ハヤカワ文庫JA

〈JA1334〉

〈TSUBURAYA×HAYAKAWA UNIVERSE 01〉

多々良島ふたたび

ウルトラ怪獣アンソロジー

山本　弘・北野勇作・小林泰三・三津田信三・
藤崎慎吾・田中啓文・西島伝法

早川書房

8200

目　次

〈TSUBURAYA×HAYAKAWA UNIVERSE 01〉

多々良島ふたたび

ウルトラ怪獣アンソロジー

初出一覧

「多々良島ふたたび」山本 弘　ＳＦマガジン 2015 年 1 月号掲載

「宇宙からの贈りものたち」北野勇作　ＳＦマガジン 2015 年 1 月号掲載

「マウンテンピーナッツ」小林泰三　ＳＦマガジン 2015 年 1 月号掲載

「影が来る」三津田信三　ＳＦマガジン 2015 年 2 月号掲載

「変身障害」藤崎慎吾　ＳＦマガジン 2015 年 8 月号掲載

「怪獣ルクスビグラの足型を取った男」田中啓文
ＳＦマガジン 2015 年 4 月号掲載

「痕（あと）の祀（まつ）り」酒島伝法　ＳＦマガジン 2015 年 6 月号掲載

多々良島ふたたび

山本 弘

イラストレーション：田中光

山本 弘（やまもと・ひろし）

1956年京都府生まれ。洛陽工業高等学校電子科卒。1978年「スタンピード！」で第1回奇想天外ＳＦ新人賞佳作に入選。1987年、ゲーム創作集団「グループＳＮＥ」に参加し、作家・ゲームデザイナーとしてデビュー。『時の果てのフェブラリー　赤方偏移世界』、《サイバーナイト》シリーズなどで人気を博す。2003年『神は沈黙せず』、2006年『アイの物語』で日本ＳＦ大賞候補となり、注目を集める。2011年、『去年はいい年になるだろう』で第42回星雲賞日本長編部門を受賞。2016年、本書収録の「多々良島ふたたび」で第47回星雲賞日本短編部門を受賞。『シュレディンガーのチョコパフェ』『アリスへの決別』『地球移動作戦』（ハヤカワ文庫ＪＡ）、『プラスチックの恋人』（早川書房単行本）、《MM９》シリーズ、『僕の光輝く世界』、『プロジェクトぴあの』、《ＢＩＳビブリオバトル部》シリーズ、『怪奇探偵リジー＆クリスタル』など著作多数。

船倉のドアを勢いよく開け放つと、松井朝雄は一歩踏みこんだ。

「出てこい！」

部屋の隅の暗がりに猟銃を向け、緊張した声で怒鳴る。銃の扱いはつい最近学んだばかり。不安が手に伝わり、銃口が揺れていた。

船倉の入口は狭く、松井が立つと他の者は入れない。調査隊長の中谷教授ら数人は、通路から松井の肩越しに、おっかなびっくり室内を覗きこむことしかできなかった。教授の助手の巽は懐中電灯を持ち、松井の腋の下から室内を照らしていた。

懐中電灯の作り出す光の輪の中、二つの大きな木箱の間に、一見無造作に放り出されたように見える灰色の帆布があった。一メートルほどの高さに盛り上がったそれから、「あーあ」という人の声がしたかと思うと、もぞもぞと動き、端がめくれ上がった。巽が手を伸ばし、明かりのスイッチを入れる。天井の裸電球が点灯し、倉庫内に光が満ちた。

帆布の下から現われたのは、意外にも若い女性だった。帆布を払いのけて立ち上がると、悪びれたところのない笑みを男たちに投げかけ、「はあい」と陽気に挨拶する。髪はショートカット。薄手の白いシャツに白い上着、細い脚にぴったり合ったスラックス。すらりとした体型で、活動的なイメージだ。足元には彼女の私物らしい大きなスポーツバッグが置かれている。

「そんな物騒なもの、下ろしてくださる？」女は両手を顔の高さまで挙げ、いたずらっぽい笑顔で言った。「レディにそんなもの向けるなんて、マナー違反でしょ？」

「船に密航する方が、よっぽどマナー違反だ」

松井は銃口を下ろしたが、まだ警戒は解かなかった。女に歩み寄り、スポーツバッグに手をかける。女は抵抗する様子はなかった。

「どうぞ、自由に検査して。寝袋の他には、カメラとかノートとかしか入ってないから」

松井は困惑と不審を覚えながらも、バッグを開いて中を調べはじめた。その間に、中谷教授たちも恐る恐る室内に入ってきていた。

「身体検査もします？」

腰に両手を当て、微笑む女。教授たちは顔を見合わせた。さすがに女性の体に手を触れるのはためらわれる。それに、この船には他に女性は乗っていない。

女は自分で服のポケットを裏返し、財布とメモとペン以外は何も持っていないことを証明した。

「お嬢さん……」教授がとまどいがちに呼びかける。

「江戸川です」女は笑顔で名乗った。「江戸川由利子。毎日新報の記者です」

「本名なのか？」バッグをかき回しながら、松井が疑わしげに言う。

「偽名だとでも？」

「密航者の言うことを素直に信じるほどお人好しじゃない。新聞記者なら身分証ぐらいないのか？」

「今日は忘れてきたの」

「まあいい。そういう名前ということにしておこう——ほう、いいカメラだな」

　バッグから取り出した望遠レンズ付きの一眼レフのカメラを、いろいろな方向からしげしげと眺め、松井は感心した。

「ちょっと、乱暴に扱わないでよ。商売道具なんだから」

「江戸川さん」中谷教授はあらためて呼びかけた。「とりあえず、そう呼ばせてもらうが……どうやってこの船に？」

「出航前にエンジンの調子がおかしくなって、なかなか動かないって騒いでたでしょ？　あの隙に」

「あんたのしわざか？」と松井。

「まさか。偶然よ。どうやって私がエンジンを故障させたりできるっていうの？」

「新聞記者か」教授は温厚な顔をしかめた。「今回の調査では、新聞や雑誌の取材はお断りしていたはずだが？」

「ご迷惑はおかけしませんわ。ほら、寝袋も持ってきてますし」

ちょうど松井がバッグの中から、折り畳まれた寝袋をひっぱり出したところだった。

「だが、万一の場合に、あなたの身の安全が保証できない」

「多少の危険は覚悟の上です。記事のためですから」

「多少の危険じゃない」松井は口を尖らせた。「多々良島には――」

「ええ、怪獣が何匹もいたんでしょ？　でも、科特隊とウルトラマンにみんな退治されたんじゃなくて？　沖合からの観察でも、怪獣の姿は見えないって」

「まだ危険なやつがどこかに潜んでいるかもしれない。だから測候所を再開する前に、念入りに再調査が必要なんだ」松井は苦々しげにつけ加えた。「また犠牲者を出すわけにいかないからな……」

「で、どうするんです？」由利子は松井を無視し、中谷教授に向き直った。「私を海に放り出します？　それとも港に引き返して――」

「できるわけないだろう」教授は肩を落とした。「もう航路を一日以上も来てる。引き返してたら二日分のスケジュールと燃料代が無駄になる……」

「じゃあ――」

顔を輝かせかけた由利子に、教授は「ただし」と釘を刺した。

「足手まといにはならんでくれ。単独行動も困る。我々の指示に従い、勝手にどこかに出かけたりしないように」

「もちろんです！」由利子は楽しそうに敬礼する。

「あと、拘束はしないが、帰ったら警察に通報させてもらうよ。密航は犯罪だからね」

「承知してます。まあ、我が社が保釈金ぐらい出してくれると思いますけど」

「あきれたな。報道関係の人というのは、そういう考え方をするのかね？」

「法律に厳密に従ってたら、特ダネなんかものにできませんから」

「ん、こりゃ何だ？」

松井はバッグの中から、手帳ぐらいの大きさの機械を取り出した。白いプラスチックのカバーに覆われ、正面にはスピーカーとダイヤルが付いている。

「知らないの？　最新型のトランジスタラジオ」

「いや、それは見れば分かるが……何のために？」

「だって、南海の孤島に娯楽なんかないでしょ？　音楽ぐらい聴きたいじゃない」

「あいにくだな。あの島じゃ、ラジオはまともに使えない」

「そうなの？」

「ああ。火山活動の影響か、強い磁気異常が続いててね。島の南側の測候所の近くはまだましだが、火山の近くがひどい。科特隊の通信機でさえ使えなかったぐらいだ」

由利子の持ち物を調べ終え、乱暴にバッグに戻しながら、松井は不機嫌な口調で言った。

「あの島は普通じゃない――何もかも異常なんだ」

多々良島は日本の最南端に近い亜熱帯気候の火山島である。数十年前から気象庁の測候所が設けられていたが、一時、火山活動が活発化し、全職員が避難していた。二年半に及ぶ活動が鎮静化し、測候所再開の下準備のために、松井、藤田、川田、佐々木の四人の職員が先遣隊として島に渡ったのは、ほんの半年前のことだ。

しかし到着早々、四人は悲劇に見舞われた。測候所が巨大怪獣に襲われたのだ。通信機で助けを求める暇さえなく、四人は命からがらジャングルに逃げこんだ。藤田は逃げる途中で死亡。他の三人はどうにか逃げ延びたものの、川田と佐々木は測候所に食糧を取りに戻り、帰って来なかった。ただ一人、脚を負傷して動けず、山中に潜んでいた松井だけが、かろうじて生き残ったのだ。

その後、彼は救助に来た科学特捜隊の隊員に助けられ、日本に帰還した。脚が癒えるまで三ヶ月を要した。

怪獣がいなくなったにもかかわらず、測候所はなかなか再建されなかった。三人の命が失われたことに対し、国会で野党の議員から、気象庁の責任を追及する声が上がったのだ。よく調べずに測候所再開を急いだせいで犠牲者が出たのではないか。新たな測候所を建てるというが、本当に安全が保証されたと言えるのか。そもそも本土から一五〇〇キロ以上も離れた孤島に、何人もの職員を常駐させる必要性があるのか。自動観測機械を設置するだけで十分ではないのか……などなど。

もちろんそれは素人考えというものだ。怪獣の出現は専門家にも予想できないことだった。それに気圧計や風向計や風速計は、ただ置けばいいというものではなく、正確なデータを得るには頻繁にチェックや整備を行わねばならない。空模様や波の高さなども、未だに人の目に頼らねばならない部分が大きい。台風の進路予測や、漁船の操業の安全のためにも、日本の南海上に有人の定点観測施設はどうしても必要なのだ。

だが、世間の人の大多数は、野党の議員と同様、測候所の意義というものをあまり理解していない。多々良島測候所の再開に関しても、「予算の無駄ではないか」「また怪獣に壊されたらどうするのか」といった声が上がっていた。だから前回の悲劇から半年も過ぎたのに、まだ施設の再建に手をつけられてもいない状況だ。今回の調査は、そうした批判に応える意味がある。

多々良島に学術調査隊が派遣されると聞き、松井はすぐガイド役に志願した。あの島のことを最もよく知っている人間は自分だ。自分が行くべきなのだと。

単なる気象庁職員としての義務感ではない。あの悲劇を繰り返してはいけない。そのためにも多々良島の安全を確認し、危険があるなら徹底的に排除しなくてはならない——そう決意していた。

測候所を再建すること。二度と犠牲者を出さないこと。それが死んでいった者たちのために松井ができる唯一の手向けだ。藤田、川田、佐々木……。

そして命を救ってくれたピグモンに。

島には滑走路などない。本土から遠いため、ヘリコプターは航続距離の関係で使えない。この距離を往復できて、なおかつ荒れ地に着陸可能な航空機は、科特隊のビートルぐらいのものだ。そのため学術調査隊は、気象庁の観測船で島に渡ることになった。調査隊には、日本の学者や研究者だけではなく、ニューヨーク大学の生物学者も加わっていた。

気象観測船〈涼雲丸〉は巡航速力一二ノット。本土から多々良島まで片道丸三日かかる。幸い、海は穏やかで、航海は順調だった。

由利子は予備の船室を与えられたうえ、船内を自由に歩き回ってもいいことになった。不審なものを何も所持しておらず、態度も協力的で、犯罪やサボタージュの意図はないと判断されたからだ。どのみち、一〇〇〇トン程度の気象観測船に、犯罪者を監禁するための専用の部屋などありはしない。

いちおう気象庁に無線で連絡して調べてもらい、毎日新報に江戸川由利子という記者が実在することは確認された。だが、まだこの情報は外部には漏らさないよう頼んだ。密航者がいたことが新聞やテレビで騒がれては、今回の調査そのものに悪評が立つ危険がある。そこで調査中は外部には伏せ、彼女の処分に関しては日本に帰った後で考えることになった。

密航発覚の直後、船内に生じた疑惑や困惑や腹立ちは、島に到着するまでの二日間で、嘘のように消え失せていった。由利子が乗員たちのためにコーヒーを淹れたり、船酔いに苦しむ青年を看病したり、トランプにつき合ったりと、明るく献身的に振る舞ったからだ。確かに密航は感心しないが、べつに誰かに何か迷惑をかけたわけではないのだし、女っ気のない調査隊に紅一点が加わるのは悪いことではない——そんな雰囲気が自然に船内に広がっていった。

ただ一人、その雰囲気に流されていないのは松井だった。

「どうしてお前、由利ちゃんと打ち解けないんだ？」

島に到着する前夜、就寝時間の前、同室の喜多村にそう訊ねられた。

「どうしてって……」

「お前だけだろ。彼女につっけんどんな態度取ってるのは。何でだ？」

松井は口ごもった。もう自分以外の人間はほとんど由利子に懐柔されてしまっている——「色香に惑わされている」と言ってもいいかもしれない。この状況では、自分の感じている漠然とした不安を口にしても、理解してもらえるとは思えない。

「あれか？　もしかして」喜多村はにやにや笑った。

「何だ？」

「子供の頃によくあっただろ。好きな女の子についつい意地悪したくなるってやつが」

松井は真っ赤になった。「馬鹿！　そんなんじゃない！」

「そんなに狼狽すると、かえって自白してるようなもんだぞ」

「………」

「まあ、いいじゃないか。かわいい子だしさ」

喜多村はベッドにごろんと横になり、まもなく寝息を立てはじめた。

しかし、松井はなかなか眠れなかった。


本土を出港して三日目の朝、〈涼雲丸〉は多々良島に到着した。

島の周辺海域は、地殻変動で新たな暗礁ができている可能性がある。接近するのは危険だ。船は沖合に碇を下ろし、調査隊員たちは船外モーター付きのゴムボートに分乗して、島に向かった。

現在の多々良島は、二つのまったく異なる側面を持つ。中央に小さな火山があり、その西側と南側は亜熱帯性の植物が鬱蒼と生い茂る原始のジャングル、北側と東側は月面を思わせる荒涼とした不毛地帯だ。かつては島全体がジャングルだったのだが、火山の北斜面から噴出した火山灰と溶岩と有毒ガスが、島の半分から生命の痕跡を消し去ったのだ。

一行は島の南側から上陸した。まず破壊された測候所に向かう。

測候所は半年前よりさらに寂(さび)れ、ひどい有様になっていた。屋根が崩れ、そこから風雨が吹きこんで、木材が腐りはじめている。床板の隙間からは雑草が生え、柱には蔓(つる)植物が巻きついていて、屋外と大差ない。もちろん無線機や発電機などの機材はすっかり錆びつき、あるいは崩れた屋根に潰されて、使いものにならなくなっていた。

「これは一から建て直すしかないな」

松井は悲しげにつぶやいた。測候所を再開するのに、まだどれぐらいの金と時間が必要なのだろうか。

　安全を確認するには、島全体をくまなく歩いて回らねばならない。由利子も含めて一〇人の一行は、五人ずつ二つの班に分かれ、島を調査することになった。

　中谷教授、松井、巽、喜多村、それに由利子の五人は、火山の西側を迂回し、ジャングル地帯を進む。アメリカ人科学者をリーダーとするもう一方の班は、火山の東側の溶岩地帯を調査する。あまり大きな島ではないので、半日で半分は回れるはずだ。通信機は磁気異常で使えないので、夕方になったら火山の北側で落ち合うよう打ち合わせた。もし非常事態が発生したら、信号弾を打ち上げて報せる手筈だ。

　ジャングルを歩き出して三〇分もしないうちに、松井らの班は、長い葉状の器官を持つ食肉植物を発見した。一行は遠くから写真を撮るだけにとどめ、接近は避けた。

「間違いないね」双眼鏡で観察し、教授は満足そうにうなずいた。「やはりスフランだ。ジョンスン島にも生えていた」

　スフランは南太平洋のジョンスン島をはじめ、熱帯の多くの島に自生している植物だ。鳥や猿などが近づくと、長い葉を巻きつけて締めつけて殺し、死体から栄養を吸収する。島によって大きさは様々で、小さな鳥しか襲わない種類も多いが、この多々良島のものは人間を捕食できるほど大きい。

　その場から動けないので、近寄りさえしなければ危険はない。それでも万一に備え、調査隊員たちは小型のナパーム弾を携帯していた。植物であるスフランは火に弱いのだ。

「よく見れば、あちこちにありますね」

巽が歩きながら周囲をきょろきょろ見回し、気味悪そうに言った。確かに注意して観察すると、ジャングルの中に一〇〇メートルぐらいの間隔でスフランが生えていることに気づく。

「火山活動が起きる以前は、あんな植物はなかったはずなんですが」

油断なく猟銃を構えて歩きながら、松井は苦々しげに言った。このあたりで科特隊員が川田の血まみれのハンカチを発見していることから、川田はこの植物に殺されたものと推測されている。おそらく佐々木もだ。それを防げなかったのが悔しい。

もっとも、たとえその場に居合わせたとしても、川田たちが目の前で絞め殺されるのを、なすすべもなく見ていることしかできなかっただろう。あの時、松井たちが携行していた武器はナイフぐらいで、とうていスフランに対して役に立たなかったはずだ。

もっと注意してさえいれば――だが、今さら言ってもしかたがないことだ。多々良島には危険な大型生物はいないと考えられていたから、測候所員もそれに対する備えなどまったくしていなかったのだ。

「だいたい、動物のいない島に食肉植物なんておかしいですよ」喜多村が言った。「普段、何食べてるんですかね」

「食虫植物だってそうだろ」教授が冷静に指摘する。「いつも虫ばかり食べてるわけじゃない。普通の植物のように光合成もしていて、もっぱらそれで生育する。虫は栄養を補うために食べるだけだ」

「ああ、そうか……」

「おそらく他の島から流れ着いた種が着生したんだろうね。火山活動の影響で、島では何種もの植物が絶滅しただろうから、その空白になった生態的地位に割りこんで繁殖したのかもしれん」

「でも、動物のいない島で動物を食べるための機能を維持するのは、エネルギーの無駄では？」

「ああ。何年かしたら他の植物との生存競争に負けて、駆逐されるかもしれんな」

「そんなには待てませんよ」

松井は憎々しげにつぶやいた。川田たちを殺した植物を、すべて根絶やしにしてやりたかった。復讐心だけではない。危険を完全に排除しない限り、この島の測候所の再建は不可能だからだ。

だが、ジャングルのあちこちに散らばったスフランをすべて焼き払うのは、かなり大がかりな作業になりそうだ。今回の調査は、その作戦の予備調査も兼ねている。

松井は歩きながら、由利子の挙動をそれとなく観察していた。これまでのところ、彼女はまったく問題を起こす様子はなかった。カメラを手に、他の調査隊員から離れないように歩いている。たまに立ち止まっては、思い出したかのようにスフランの写真を撮る程度だ。島に上陸してから、まだ数枚しか撮影していない。

どうも態度が気にかかる。松井はまだ彼女に対する疑惑を捨てきれていなかった。

「ほら、きれいな花があるぞ」

松井は試しに、一本の樹の根元に咲いている鮮やかな赤い花を指差した。

「撮らないのか？」

「女だから花が好きだと思ってるの？」

由利子はふんと鼻を鳴らし、笑った。松井は彼女の唇が花と同じ色をしているのに気づき、どきっとした。

「そういうわけじゃ……」

「フィルムの無駄よ。読者が求めてるのは花の写真なんかじゃないわ」

「……違いない」

松井は肩をすくめた。


もうじきジャングルを抜けるというあたりで小休止した。火山の西側の崖に沿って、いくつかの洞窟が口を開けている。大昔に溶岩が火山内部から流出した跡だろうか。

「このへんですよ。僕がピグモンに匿(かくま)われていたのは」

腰を下ろして缶詰の肉を食べながら、松井は懐かしそうにあたりを見回した。

「ピグモンというのは温厚な怪獣だったそうだね？」中谷教授が訊ねる。

「ええ。おとなしいだけじゃなく、頭も良くて、僕の言葉が分かるようでした。それどころか、ジャングルから食べられる木の実を取ってきたりしてくれました。僕が生き延びられたのはピグモンのお陰です」

「そんなに人なつこい怪獣がいたというのは、驚くべきことだな」

「ええ……」松井は肉をつつく手を止め、悲しげにうつむいた。「死んでしまいましたけどね。最後まで僕たちを守るために……」

科特隊が救助にやって来た時、怪獣レッドキングが襲ってきた。ピグモンは松井たちを守るためか、レッドキングの注意を引こうと騒ぎ立て、その結果、レッドキングの投げた岩に当たって死んだのだ。

「ひとつ気になるんだが……」と中谷教授。

「何ですか？」

「ピグモンという名前は君が？」

「いえ、科特隊の人です。ガラモンの矮（ピュグマイオイ）種だと言って」

「そんなにガラモンに似てたのかね？」

「ええ。だから最初は警戒しましたけどね」

ガラモンはかつて大挙して宇宙から飛来し、東京を襲撃した怪獣だ。顔は人間に似ているが、全身が突起に覆われている。四肢はいくつもの節で構成されていて、骨のようにも見える。ガラダマ（隕石）に乗って飛来した怪獣なので、ガラダマ・モンスター、略してガラモンと呼ばれるようになった。以前から敵対的な宇宙人の存在は取り沙汰されていたが、ガラモンの襲来は宇宙人による初の本格的な武力侵略だった。

幸い、外部の電子頭脳からの電波が途切れたことで、すべてのガラモンは機能を停止した。科学者が死体を調査したところ、生体組織をベースに電子機器を埋めこんで造られた、一種のロボット怪獣だと判明した。だが、生体組織の培養の方法が不明なのはもちろん、電子機器も地球人の技術力をはるかに凌駕する代物で、分析も模倣も不可能だった。それどころか、ガラモンを載せてきたカプセルの材料であるチルソナイトという特殊合金でさえ、地球の技術では破壊すらできないのだ。

ガラモンを送りこんできた宇宙人（仮に「チルソニア遊星人」と呼ばれている）は、その後、再び攻撃してきてはいない。しかし、地球侵略をあきらめたのかどうかは定かではない。もしかしたら、新たな侵略計画を練っている最中なのかもしれない。

「それが不思議なんだ。ガラモンは宇宙怪獣、それもロボット怪獣だ。どうして地球の怪獣であるピグモンがそれに似てるんだろうね？」

「分かりません」松井は正直に認めた。「ピグモンの死体は崩れた岩に埋もれてしまいましたから、詳しく調べることはできませんでした。でも、ロボットなんかじゃなかったのは確かです」

「もったいないなあ」教授はぼやいた。「貴重なサンプルだったのに。せめて死体を持ち帰ってほしかったものだ。解剖すれば何か分かったかもしれない」

その言葉に、松井は苦笑した。謎を探求したがる科学者の心理は分からないでもない。だが、彼にしてみれば、ピグモンを解剖するというのは身の毛がよだつ発想だった。もし死体が回収できていれば、藤田、川田、佐々木の墓標を作る際、近くに葬っていただろう。ピグモンを人間のように扱うのは当然のことだと思っていた。ピグモンは単なる怪獣ではないし、サンプルでもない。短い間だったが、心を通わせた友だったのだから。

小休止を終えた一行は、島の北側の溶岩地帯に足を踏み入れた。ジャングルの中のように、下生えや蔦に前進を阻まれることはないものの、岩だらけの不毛の大地は起伏が激しく、もちろん道などはない。立って歩くのにも限度があり、手を使ってよじ登らねばならない場所も多かった。

喜多村は由利子のことを心配し、しばしば「手を貸してやろうか」と声をかけた。しかし彼女は、「それにには及びませんわ」と、やんわり拒絶した。「女だからって気を遣わないでください」と。実際、彼女の歩みはしっかりしていて、男性たちに後れを取ることはなかった。

少し進むと、岩山に囲まれた小さな盆地の一角に、オアシスのような場所を見つけた。岩だらけの風景の中に、まるでそこだけ別世界であるかのように、鮮やかな緑の地帯があるのだ。長さ八〇メートル、幅四〇メートルほどの楕円形に、草や低木が生い茂っており、赤や黄色の鮮やかな花がぽつぽつと咲いている。

その植物群の中に、奇妙な構造物があった。高さはビルの四階ぐらいあり、湾曲した十数本の柱が、トンネルのような構造を形成している。建設途中で放棄された体育館を何十年も雨晒（あまざら）しにしておけば、こんな感じに荒れ果てるのではないだろうか。崩れる危険があるかもしれないので、一行は中には足を踏み入れなかった。

灰色のそれは、まぎれもなく骨――途方もなく巨大な生物の肋骨だった。仰向きに倒れているらしい。肉や内臓はほぼ消滅しており、内部は空っぽだったが、蛇腹状の強靭な表皮はまだ完全に朽ちておらず、ぼろぼろになりながらも骨にへばりついていて、日陰を作り出していた。ドラム缶ほどもある脊椎骨が十数個、草むらの中に一列に並んでいる。一部は苔に覆われ、草の海に埋没しかけていた。

太い腕骨をまたぎ越え、肋骨の向こうに回りこむと、草むらの中に長い頸椎が横たわっていた。その先にある砲弾型の頭骨は、巨体に比べて小さい。それでも小型自動車ほどの大きさがあった。

「……レッドキングだ」松井は呆然とつぶやいた。「これはウルトラマンに倒されたレッドキングの死骸ですよ」

市街地やその近くで倒された怪獣の死骸は、衛生上の問題から、本格的に腐敗がはじまる前に自衛隊によってばらばらに切り刻まれ、埋め立て地などに運ばれて処分されるのが普通だ。だから普段、一般市民は怪獣の骨など目にする機会はない。だがこの多々良島では、住民がいないこともあって、そんな手間はかけられなかった。怪獣の死骸は放置され、自然に土に還るのにまかされたのだ。

松井たちは、不毛の溶岩地帯にここだけ植物が生い茂っている理由を知った。この島には

死肉を食らう動物はいない。膨大な量の死肉と内臓は、微生物の作用で腐敗して液状になり、土に染みこんだ。風で運ばれてきた種子が、それを養分として繁茂したのだ。

「なんだ。こうして見るとけっこうかわいいじゃない」

由利子は頭骨に近寄り、カメラを構えた。頭骨は空を見上げており、人間が中でうずくまれそうな大きさの眼窩が、ぽっかりと開いていた。眼球もとっくに溶け落ちていて、眼窩には土が溜まり、草が生え、小さな赤い花が咲いていた。

「これなら絵になりそう――ねえ、そう思わない？」

「思わないね」

楽しそうな由利子の態度に、松井は軽い苛立ちを覚えた。レッドキングはピグモンを殺した憎むべき敵だ。こうして無害な骨になっても、「かわいい」などという感想は湧いてこない。

陽が西の海に沈む頃、二つの班は火山の北側で合流した。火山の麓、崖崩れなどの心配がない場所を選んでテントを張り、野営することになった。

彼らはテントの中で、得られた情報を交換し合った。教授や松井たちの班は、レッドキングの死骸について報告した。一方、島の東側を回っていたアメリカ人生物学者をリーダーとする班は、別の怪獣の死骸を見つけ、多数の写真を撮影し、詳細にスケッチしていた。

写真は本土に戻るまで現像できない。一行は数枚のスケッチを囲んで情報を検討した。レッドキングの死骸と違い、波に洗われたのか、岩場の上に骨格だけがきれいに残っていたという。スケッチの一枚は全体像で、骨がどのように散らばっているかが一目で分かるようになっていた。

「右腕がありませんね」スケッチを覗きこんで、巽が首をひねった。「波に持っていかれたんでしょうか？」

「かもしれんな」

「科特隊の報告にあったマグラーでは？」

科特隊はこの島で、レッドキング以外にも巨大怪獣に襲われたという。怪獣は二人の隊員の投げたナパーム弾で絶命した。報告書の中では「マグラー」と名付けられていた。

「いや、報告によれば、マグラーは四足歩行だ——見たまえ」

アメリカ人科学者が下半身の骨格を指し示した。

「この脚の形状。明らかに二足歩行だ。尻尾も短い」

「それに場所が違います」松井が指摘した。「科特隊の人たちがマグラーを倒したのは、島の北側だったと聞いてます」

「ということは、レッドキングとマグラー以外の怪獣？」

「そうなるね」

一同は残った左腕の骨のスケッチを観察した。人間の腕とも、四足動物の前肢とも違う。第五指が長く伸びていて、まるで翼竜のようだ。しかし、飛行生物の翼にしては、体に比べて小さすぎるように思える。

「鰭（ひれ）のようでもあるな」中谷教授は推理した。「海棲哺乳類――セイウチかアザラシの仲間かもしれん」

「ということは、この島には三種の異なる怪獣がいたということですか？」

「ピグモンとスフランも入れれば五種だ」と教授。「他の島にも自生しているスフランは勘定に入れないとしても、こんな小さな島にこれほど多くの怪獣が同時に出現するというのは、きわめて異例なことと言わざるを得ないね」

「気になりますね」

松井は腕を組んだ。これまで、レッドキングやマグラーやピグモンが出現したのは、火山活動で島の環境が激変したためだと思っていた。地中で眠っていた太古の怪獣が目覚めたのだと。実際、そうした事例は、これまで数え切れないほどある。しかし、言われてみれば、こんな小さな島に何種類もの怪獣が眠っていたというのは、不自然に感じられる。

つい先日、日本アルプスに三体の怪獣が同時に出現したことがある。彗星ツイフォンの影響で目覚めたギガスと、ツイフォンから飛来したドラコ、それにレッドキングの別の個体だ。だが、レッドキングは日本アルプスで眠っていたわけではない。オホーツク海から地中を掘って移動してきて、たまたまギガスとドラコに出くわしたのだ。

その他には、東海弾丸道路の北山トンネル工事現場にゴメスとリトラが出現した例、大田山に二体のゴルドンが出現した例があるぐらいだ。同じ場所に三体以上の怪獣が眠っていた例はない。だから多々良島はきわめて特異な例と言える。

松井は考えこんだ。自分の思いこみは間違っていたのではないだろうか？　もしかしたらこの島には、何か別の秘密があるのでは？

「新種の怪獣なら、名前をつけないといけないんじゃありません？」

それまで調査隊員たちの話を黙って聞きながらメモを取っていた由利子が、初めて口をはさんだ。

「そうだな。もちろん、命名権は発見者にある」中谷教授はアメリカ人生物学者の方を向いた。「君の発見だ。君の名前でもつけたらどうだね？」

「光栄です。そうさせていただきましょう」

そう言って、ヴィンセント・L・チャンドラー博士は深くうなずいた。

その夜――

万一の事態に備え、調査隊は野営地の端に火を焚き、隊員が二人ずつ交代で見張りをすることになった。異変が起きたら、ただちに大声でみんなを起こすのだ。

午前〇時を少し回った時刻。空高く昇った満月が、荒れ地を煌々と照らし出していた。色彩の失われた不毛の大地は、まるで異星の表面のようだった。

見張り番は巽と喜多村だった。二人が焚き火を挟んで雑談に興じていると、由利子が二個の金属カップを持って近づいてきた。

「はい、コーヒー。眠気覚ましに」

「やあ、これは済まないねえ」

二人は湯気を上げているカップを嬉しそうに受け取り、ふうふうと息を吹きかけた。

「そのラジオ……?」

巽は由利子がスラックスのポケットに入れているトランジスタラジオに気づいた。

「ああ、これ?」由利子は肩をすくめた。「短波放送で音楽が聴けるかと思って持ってきたんだけど、やっぱり駄目ね。雑音ばっかり」

「そうだろうなあ。この火山の近くは、特に磁気異常がひどいから」

二人の男はコーヒーを飲みながら、お近づきになるいい機会だからと、由利子に質問を浴びせた。記者の仕事って大変なの? 出身はどこ? 趣味は? 好きな男性のタイプは? 恋人はいるの?……由利子は気分を害する様子もなく、にこやかに微笑みながら、それらの質問に答えたり、あるいは適当にはぐらかしたりした。

コーヒーを口にして十数分後、二人の男はあくびを連発しはじめ、やがて相次いで眠りに落ちた。由利子は喜多村の肩を揺すり、目を覚まさないことを確認する。それから彼の持っていた懐中電灯を取り上げると、立ち上がり、黙ってその場を後にした。

由利子は野営地を離れ、月明かりの荒れ地を、火山に向かって歩いていった。つまずかないように懐中電灯で足元を照らしているが、その足取りには迷いも恐れも微塵も感じられない。向かうべき目標が決まっているのだ。

その姿は依然として、ありふれた日本人の若い女性そのものである。しかし、明らかに不自然だった。表情に緊張感がまったくなく、まるで家の近所を散歩しているかのような気軽さなのだ——普通、若い女性が夜中に寂しい場所を歩いていたら、少しは不安そうな様子を見せるものではないのか？

歩くこと数分、彼女は険しい断崖にたどり着いた。垂直に近い角度でそそり立つ岩の壁に、大きな洞窟が口を開けている。大型トラックが中に入れそうな広さだが、二〇メートルほど先で突き当たりになっていた。彼女はためらうことなくその中に足を踏み入れた。

突き当たりの壁の前に立ち、懐中電灯をいったん腋にはさむと、左手でポケットからトランジスタラジオを取り出した。右手でそのダイヤルを操作する。

壁が消え失せた——崩れたのではない。誰かがテレビのスイッチを切ったかのように、すっと消えてなくなり、大きな暗いトンネルが出現したのだ。

由利子は驚きも感心もしなかった。トンネルの中に一歩踏みこむと、またラジオのダイヤルを操作する。慣れた手つきだった。

トンネルに明かりが点く。壁や天井にランプがあるわけではなく、半透明のプラスチックらしい素材でできた壁全体が、白く発光しているのだ。トンネルの断面は半円形をしていて、やや下向きに傾斜しながら、奥へと続いていた。

明らかに地球人のテクノロジーではなかった。

由利子は不要になった懐中電灯を消した。またラジオを操作すると、その背後に、前と同じように岩の壁が出現した。後から誰かが来たとしても、洞窟は突き当たりのように見えるはずだ。

彼女は後ろを振り返ることなく、自信たっぷりにトンネルの中を進んでいった。

やがて広い場所に出た。天井までの高さが二〇階建てのビルほどもあり、直径がその何倍もある巨大なドームだ。天井は何本もの黒っぽい金属の支柱で支えられている。超越的な技術で岩盤をくり抜かれ、建設されたものだった。

小さな町がすっぽり入るほどの広さの空間には、ガラスに似た厚い透明物質でできた巨大な円筒が、何十基もずらりとそそり立っている。ひとつの高さがビルの一〇階以上はあった。由利子はその間に延びる街路のような通路を歩いていった。ここの床もプラスチックで、ごく薄く土埃が積もっていた。通路の両側には、やはりプラスチックでできた抽象彫刻のような構造物が、いくつも並んでいた。何かの機械なのだろうか。

それまで表情に変化のなかった由利子だが、その時初めて、歩きながら顔を軽くしかめ、少し困ったような様子を見せた。通路の左側は比較的無傷だったが、右側はひどく破壊されていたからだ。ドームの天井の一部が大規模に崩落し、壁にも穴が開いていた。家よりも大きな岩が無数に床に散乱し、透明円筒がいくつも割れ、あるいは横倒しになっている。機械類も破壊されていた。

歩きながら左側に目をやる。そこに並ぶ巨大円筒の多くは空っぽだったが、ひとつだけ、ドームのほぼ中央に立つ円筒だけが、中に何か入っていた。学校の理科室などにあるホルマリン漬け標本のようにも見える。

由利子はそれに歩み寄った。巨大円筒のサイズと比較すると、彼女は豆粒ほどの大きさだった。上半身をのけぞらせるようにして振り仰ぎ、円筒の中のものを観察する。

怪獣だ——典型的な二足歩行タイプで、身長は四〇メートルほど。鼻先からは一本の角が前方に向けて突き出し、頭部や背面や胸は、甲虫の外殻を思わせる皮の装甲に覆われている。胸から腹部にかけては、菱形の模様が規則正しく並んでいた。眼を閉じてじっと動かず、仮死状態にあるようだ。

怪獣を閉じこめた円筒の下には、あたかもステンドグラスのように、色とりどりの透明な板を並べた広いパネルがあった。一種のコンソールだろうか。彼女はそれに近寄り、手を差し伸べた。

パネルが点灯した。正面の透明なパネルに、地球のものではない文字列が浮かび上がる。機能はまだ生きているのだ。彼女はさらにパネルを操作しようとした。

「動くな」

男の声がドームの中に反響した。

「手を挙げて、ゆっくりとこっちを向け」

由利子は言われた通り、手を顔の高さまで挙げ、ゆっくり振り向いた。数十メートル後ろに松井が立っていた。猟銃をこちらに向けている。

「参ったわね」たいして参った様子もなく、由利子はぼやいた。「警報装置も壊れてたんだ」

松井は銃を油断なく構えながら、慎重に由利子に近づいていった。

「どこの星から来た？」

由利子はその質問にストレートに答えるのを避けた。

「ずいぶん学習したつもりだったんだけどなあ」彼女はいたずらを見破られた子供のように笑った。「地球人の女性の服装。話し方や考え方。男性に好意を持たれるための振る舞い。努力したのよ。地球の男はかわいい女の子に弱いと知ったから……ねえ、参考のために教えて。どうして気づいたの？」

「最初にバッグを調べた時から、変だとは思ってた」

「何も怪しいものは入れてなかったはずだけど？」

「ああ。しかし、当然入ってるはずのものが入ってなかった」

「？」

「化粧品、替えの下着、生理用品……女性が旅に出る時には、そういうものを必ず持ってるはずだ」

「ああ」由利子は感心した。「確かにそれは研究不足だった」

「昼間、ジャングルで、お前の唇が紅いことに気がついて、いっそう疑惑が深まった。お前

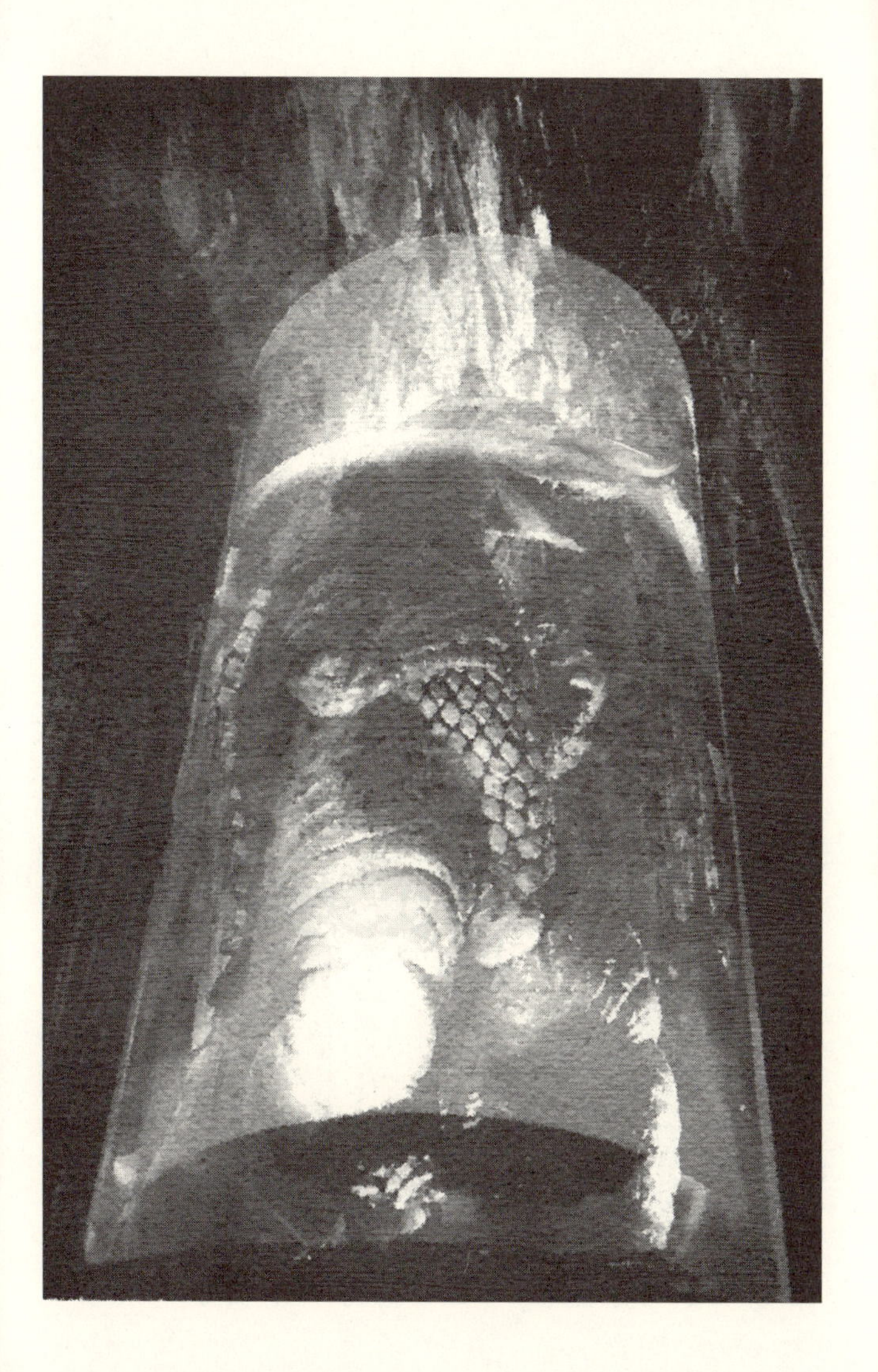

の所持品に口紅はなかったし、もちろん船内の男がそんなもの持ってるはずもない。なのにどうやって唇を紅くできたんだ？」

由利子は答えない。

「さっき、お前が岩の壁を消したり出現させたりしたのを見て、謎が解けた。あの岩は本物じゃなく、立体映画みたいなもので、突き抜けることができた。お前たちは光を屈折させて、幻を作り出せるんだ。だからきっと、その姿も幻だ……」

船にいた間も、上陸してからも、松井は誰かが由利子の体に触れるのを見た記憶がない。おそらく触れた感触は見た目とは違うはずだ。そのために女性の姿を選んだのだろう。男ばかりなら、誰も女性の体を触ってこないと踏んだのだ。

松井は銃口を上げ、由利子の顔面に狙いを定めた。だが、引き金を引くことはためらわれた。人間ではないと理性では分かっていても、無抵抗の相手、それも女性の姿をしているものを撃つのにはためらいがある。

「言え。本物の江戸川由利子はどうした？」

「殺してなんかいないわよ」

由利子は──いや、由利子の名を騙る宇宙人は、動じる様子はなく、どこか得意げな笑みさえ浮かべている。

「余計なトラブルを起こして人目を惹きたくなかったから。彼女は西イリアン諸島に秘密の取材旅行中。しばらく日本に帰ってこない。それを耳にしたから、彼女の名を借りることを思いついたの。本当は顔もぜんぜん違うはずよ。本物の彼女の顔を知らなかったから、そっくりに擬態することはできなかったの。でも、この調査隊にも江戸川由利子を知ってる人間はいないはずだから、ばれることはないと思ったの」

「なぜ調査隊にまぎれこんだ？」

「島に渡る手段が他になかったのよ」彼女は左手の親指を立てて、背後の破壊の有様を指し示した。「この基地が破壊された時、私たちの使っていた宇宙船――あなたがたの言う〝空飛ぶ円盤〟も破壊されたの。私だけがたまたま偵察のために日本に渡っていて、助かった。早く島に戻りたかったけど、渡航は禁止されていて、近づく手段がなかった。だからあなたがたの今回の調査は、まさに〝渡りに船〟だったのよ」

「この施設は――」松井は円筒に閉じこめられた巨大怪獣を、ちらっと不安げに見上げた。

「いったい何だ？　お前たちは何を企んでる？」

「コストの削減」

「何？」

「私たちの星は、あなたがたの社会のように資本主義経済ではないけど、それでもエネルギーや労力の不必要な浪費は歓迎されない。前回の侵略が失敗した時、計画が根本的に見直されたの。失敗したこと自体も問題だけど、作戦全体に無駄が多すぎたと判断されたの。ロボット怪獣をカプセルに詰めて、何百光年も離れた遊星まで運ぶなんて」

　その言葉から真相を理解し、松井は呆然となった。

「チルソニア遊星人……」

「ええ。あなたたちはそう呼んでるわね」

「じゃあ……じゃあ……」松井の頭の中で、思考がぐるぐる回転した。「ピグモンはもしかして……」

「私たちの星の原住生物。この基地でも飼われてたの。あなたがたの世界の犬や猫みたいなものよ。ここが壊れた時に、他の怪獣といっしょに逃げ出したのね」

松井は驚きながらも納得した。考えてみれば、野生動物が簡単に人になつくはずがない。ピグモンはもともとチルソニア遊星人のペットだったのだ。それで人に慣れていたことの説明がつく。

「もっとも、ただの愛玩動物じゃなく、実験材料にも使ってた。ピグモンの神経系統や防御力の高さは、兵器に利用するのに最適と考えられたから」

「兵器に……利用？」

「細胞を増殖して巨大化させて、電子部品を埋めこんでコントロールする。私たちの技術なら、そんなに難しくはない。全身が金属でできたロボットを作るより、ずっと安上がりなのよ」

話を聞いているうち、松井の心からは驚きが薄れ、むらむらと怒りが湧いてきた。

「お前たちはピグモンを――あのおとなしい生きものを、侵略兵器に改造していたのか!?」

「あなたがただって、犬やチンパンジーを医学の実験に使ったり、ロケットに乗せたりするじゃない？　それと同じよ」由利子は平然と言い放った。「でも、そんなことをするより、現地調達する方が安くつくと分かった。地球にはたくさんの怪獣がいる。それを利用することにしたの。そこでこの島に目をつけた。人工的に火山活動を誘発して、島から人を追い出した後、この基地を建設した。そして、特殊な超音波を使って、怪獣をこの島に呼び寄せた。その怪獣たちの中から特に強いものを選び出し、改造を加え、私たちの兵器に使おうとしたの。

でも、誤算があった。地球の怪獣の神経組織はピグモンとは違う。そのためにコントロールに失敗したの。いよいよ日本に怪獣を送りこもうとしていた時に、捕らえた怪獣が暴れ出して、基地を破壊しはじめた。首尾を見届けるために日本にいた私は、通信でそれを知ったけど、どうしようもなかった。じきに通信が途絶え、基地の様子を知るすべはなくなった。ただ、基地が完全に破壊されたわけじゃないことは、新聞の記事を読んで分かった。島で強い磁気異常が続いていると報じられていたから」

「この基地か……」松井は呆然と周囲を見回した。「ここの機械が磁気異常の原因だったんだな？」

「ええ。次元転移装置――次元を超越して、遠く離れた地点に物体を送りこめるマシン。さすがに天体間の転移は無理だけど、この星の上ならどこにでも怪獣を出現させられる。私の仲間はみんな死んでしまったけど、マシンだけは破壊されず、ずっとアイドリング状態だったのね。動力源も生きてる」

「じゃあお前は、これが目的で……」

「最初は基地ごと破壊するつもりだった。地球人の手にこの技術を渡すわけにいかないから――でも、これを見て気が変わった」

彼女は振り返り、円筒の中に閉じこめられた怪獣を仰いで、腕を大きく振り上げた。芝居がかった仕草だった。

「見て！　奇跡的に怪獣が一匹だけ、無傷で残っていた！　それも私たちが改造を加えた最強のやつが！　元から持っていた再生能力を強化させたの。攻撃を受けるとただちに体質を変化させて、その攻撃に対する防御力を獲得する。攻撃を受ければ受けるほど強くなる。まさに無敵よ！　科特隊はもちろん、ウルトラマンにだって倒せない！」

興奮した様子で楽しそうに講釈する由利子。それに惑わされ、松井も円筒の中の怪獣に注意を奪われた。その巨大さに畏怖を覚える。見たところ眠っているようだが、もしこいつが目覚めたら……。

松井の視線がそれた数秒の間に、由利子はスラックスのポケットに手をやった。おおげさな身振りも、怪獣の脅威を強調する演説も、注意を怪獣に向けさせ、ポケットからラジオを取り出す動作を気づかれないようにするためだったのだ。

松井がはっとして視線を戻した時、由利子はラジオのダイヤルに手をかけていた。危険を感じたが、彼はそれでも引き金を引くのをためらった。女を撃ちたくない――その人間らしいためらいが、失敗を招いた。

　由利子がダイヤルを回したとたん、猟銃が見えない何かにつかまれたかのように、ぐいっと持ち上がった。一瞬にして奪い取られ、宙に浮かぶ。銃は空中で半回転し、銃口が松井の方を向いた。

　松井はとっさに横に跳んだ。同時に銃声が轟く。右の大腿部に熱い痛みが走った。派手に転倒したが、それでも必死になって、這うようにして逃げた。

　空中に浮かんだ猟銃は、透明人間が持っているかのように、勝手にボルトを操作して排莢し、連続して発砲してくる。支える力が弱いせいか、一発撃つごとに銃身が衝撃ではね上がる。そのために命中率が悪く、最初の一発以外はすべてはずれた。

　松井はどうにか機械の間に逃げこんだ。見ると、ズボンに血が滲んでいる。

「くそっ、また脚か……！」

　松井はうめいた。重傷ではないが、痛みは強烈で、走れそうにない。

　由利子は発砲をやめた。松井が視野からはずれたので、撃っても無駄だと判断したのだ。ラジオを操作し、猟銃を自分の近くに引き寄せ、そっと床に降ろす。弾は一発だけ残してある。松井が迫ってきたら、それで反撃するつもりだ。

　彼女はまたパネルに向き直り、その表面に手を走らせた。触れた部分が発光する。ピアノを演奏するかのように、何らかの規則に従ってパネルに触れてゆくと、正面の画面に新たな文字が表示された。

　地の底から地鳴りのような低いうなりが響いてきた。

「次元回廊が安定しないわね」彼女は軽くぼやいた。「やっぱりダメージを受けてるみたい。これじゃ瞬間移動とはいかない。送り出した後も、回廊が安定するまでの何日間か、怪獣は次元の狭間に留まることになりそう。でも、問題ない。いずれ地上に実体化するから。座標もほぼ東京で固定――ねえ、聞こえてる、松井さん？」

「無駄なことはやめろ！」松井は身を隠したまま、大声で説得を試みた。「お前らの侵略は失敗したんだ！　地球の怪獣の獰猛さを見くびったせいだ！　おとなしく自分の星に帰れ！」

「それは無理なのよね」由利子は人間のように笑った。「私たちの星の掟はきびしくてね。失敗した者は殺されちゃうの。何らかの成果を上げないとね。とりあえずウルトラマンを倒せたら評価してもらえるかな、という気がするんだけど。この怪獣はその目的に最適なのよ」

二人が話している間にも、うなりはどんどん大きくなってくる。松井は隠れ場所からちらっと顔を出し、様子をうかがった。

怪獣を閉じこめた円筒が、オーロラのような不思議な光を放ちはじめている。次元転移装置とやらが作動しているのか。どんな原理なのか、どんな働きをするものなのか見当もつかないが、あと数秒で手遅れになるという予感がした。

松井は決意した。自分の命を惜しんではいられない。今、行動を起こさなくては。

彼は隠れ場所から飛び出した。由利子までの距離は三〇メートルほど。間に遮蔽物など何もない。痛む右脚をひきずり、よろよろと前進する。

それに気づき、由利子は薄笑いを浮かべた。

「無駄なことを」

パネルの操作はすでに完了している。彼女は近づいてくる松井に向き直り、またラジオのダイヤルを操作した。床に落ちていた猟銃が浮き上がり、松井に狙いを定める。

由利子は勝利を確信していた。松井はまっすぐに前進してくる。脚の負傷のせいで動作は鈍い。十分に引き寄せてから撃てば、はずすはずがない……。

彼女の誤算は、松井には猟銃以外に武器がないと思いこんでいたことだ。

十数メートルまで近づいたところで、松井は背中に隠していた奥の手――ズボンの尻ポケットに入れていた小型ナパーム弾を投げた。すぐに身を伏せる。

それを目にして、由利子は一瞬、とまどった。とっさに遠隔操作の対象を猟銃からナパーム弾に切り替える。放物線を描いて飛んできた小さな金属円筒は、彼女の眼前の空中で、ぴたりと静止した。だが、松井は投擲する前、すでに時限信管を作動させていた。

爆発が起きた。

オレンジ色の猛火が、由利子とその背後のパネルを包みこんだ。キーッという人間のものではない悲鳴が上がる。ゲル状の石油燃料を全身に浴び、火だるまとなった由利子は、踊るように身をくねらせ、苦悶した。

燃えながらふらふらとパネルに寄りかかる。パネルも炎上していた。プラスチックが猛火に煽られ、飴のように融けてゆく。

その一瞬、松井は見た。炎の中、由利子の姿が薄れ、異様な姿——セミを思わせる頭部を持つ人影が現われたのを。

次の瞬間、うなりが最高潮に達し、巨大な円筒の輝きが増した。爆発を予感し、松井は床に伏せたまま、頭をかばい、眼を閉じた。

爆発は起きなかった。まばゆい光がドーム内を満たした。まるで太陽が出現したかのようだった。松井は目蓋の裏が真っ赤に染まるのを見た。眼を開いていたら失明していたかもしれない。必死に床にへばりつく。プラスチックの床が地震のようにびりびりと震動する。彼は死を覚悟した。

光はゆっくりと消えていった。うなりも小さくなってゆく。やがて、炎が燃えるぱちぱちという音だけが残った。松井はようやく顔を上げ、眼を開いた。

パネル全体が炎と黒い煙を噴き上げていた。その手前の床に、少し前まで由利子だったものが、黒い棒状の炭となって倒れていた。炎は床に燃え移り、プラスチックを融かしながら広がりつつあった。おそらく本来なら消火設備が機能していたはずだが、警報装置と同様、壊れているのだろう。

どす黒い煙がドーム内の空気を汚しつつある。プラスチックの燃える悪臭に咳きこみながら、松井は立ち上がった。眼前にそそり立つ透明の円筒を見上げる。

怪獣は消え失せていた。

松井はぽかんとなった。円筒はどこも壊れていない。怪獣が歩いて出ていけるはずがない。ということは次元転移装置とやらが作動したのか。怪獣は空間を超えて、どこかに飛ばされたのか。

炎が激しさを増す。じきにこのドーム内全体が燃え上がり、有毒ガスが充満するだろう。

「……くそ」

松井は炎に背を向け、痛む足をひきずって、出口に向かって歩きはじめた。この脚で、あの長いトンネルを歩いて戻らなくてはならないと考えると、気が滅入る。だが、気力を振り絞らなくては。もたもたしていたら、火に巻かれる。

こんなところで死ぬわけにいかない――その強い思いが、彼を突き動かしていた。自分の使命はまだ終わっていない。キャンプに戻ってみんなに話さなければ。信じてもらえるかどうか分からない。だが、伝えなければ。無線で本土に警告を発しなければ。怪獣による被害を食い止め、犠牲者を少しでも少なく抑えるために。

まもなく東京に出現する怪獣に注意しろ。そいつは攻撃を受ければ受けるほど強くなるやつだ。

ドームの中の煙はますます濃くなってゆく。炎の熱を背中に感じ、煙に咳きこみながら、松井は出口を目指し、のろのろと、しかし着実に歩を進めた。

四四年前の中二病

山本 弘

一九六六年。僕は一〇歳だった。

子供だったとはいえ、『ウルトラQ』や『ウルトラマン』に出てくる怪獣は現実の恐竜などとは別物で、大人が創った架空の存在であることは、正しく認識していた。だが、現実ではなくても、ウルトラマンや怪獣を現実よりも劣るものと考えたことはなかった。

中学二年の頃、『ウルトラQ』の再放送があった。少し大人になった目で再見して、あらためてその特撮技術の素晴らしさに感心した。ストーリーも大胆な発想ばかりで、特にビル街のど真ん中に太古の巨大な花が開く「マンモスフラワー」のビジュアルには胸躍った。

翌日、興奮冷めやらぬままに登校した僕は、級友のTに「なああなあ、昨日の『ウルトラQ』の再放送、観た？」と話しかけた。するとTは、しらけた口調で言った。

「お前、まだあんな幼稚なもん観とるんか」

ショックだった。Tだって僕と同世代の少年だ。ほんの四年前、『ウルトラQ』

や『ウルトラマン』に熱狂していたに違いないのだ。それなのに――そんな過去などなかったかのように、かつて自分が好きだったものを「幼稚なもん」の一言で切り捨てられることが信じられなかった。

その時、初めて気がついた。これが世間の大多数の人間の反応なのだ。子供の頃に夢中になったものを「幼稚なもん」と蔑み、嘲笑し、捨て去ることが、大人になった証拠――そう考えている者が多いのだ。

大好きなものを否定され、僕は悔しい思いを味わった。その時、心の中で、何かのスイッチが入った。

かつて好きだったものをあっさり捨て去ることが「大人になる」ことだというのなら、そんなつまらない大人になどなってやるものか。好きなものを「好きだ」と堂々と言える大人になってやる。

その時の決意を、僕は貫いた。

そして今、ここにいる。

今回、小説を執筆するために、『ウルトラQ』『ウルトラマン』のDVDを観直した。欠点はあるものの、当時のスタッフが当時最高の技術を駆使し、全力を傾けて作っていた番組であったことを再認識した。中学時代の僕の印象は間違っていなかったのだ。

Tが「幼稚なもの」と一蹴した怪獣で、僕は原稿料や印税を得ている。僕だけじゃない。『ウルトラ』シリーズで育った多くの人たちが、今も怪獣や特撮を愛し、あるいはそれを仕事にしている。僕と同じく、つまらない大人になることを拒否し、自分の理想とする大人になることを選んだ人たちが。

四四年前のあの日、Tの言葉に惑わされ、道を誤らなくて良かったと思う。

そして、ふと思った。今から思えば、「幼稚なもん」というTの発言は、大人になりたくて背伸びしていた彼の「中二病」だったのかもしれないな、と。

宇宙からの贈りものたち

北野勇作

イラストレーション：藤原ヨウコウ

北野勇作（きたの・ゆうさく）

1962年兵庫県生まれ。甲南大学理学部卒。1992年、『昔、火星のあった場所』が第4回日本ファンタジーノベル大賞優秀賞を受賞してデビュー。2001年発表の長篇『かめくん』で、第22回日本ＳＦ大賞および「ベストＳＦ 2001」国内篇第1位を獲得。理系的なアイデアを叙情性に満ちた日常描写でつつんだ独特の作風が人気を集めている。主な作品に、『どーなつ』『北野勇作どうぶつ図鑑』（ハヤカワ文庫ＪＡ）、『空漠』（ハヤカワＳＦシリーズ　Ｊコレクション）『どろんころんど』『かめ探偵Ｋ』『きつねのつき』『カメリ』『ヒトデの星』『かめくんのこと』『社員たち』『大怪獣記』など。ウェブサイトは、北野勇作的箱庭。http://www.jali.or.jp/ktn/hakoniwa/

いつもと同じだ。目覚めたところから始まって、でもその目覚めたところというのがいったいどこなんだかわからない、という点も含めて。

いつもと同じなんだからその場所くらいわかっていてもいいだろうと思うんだけど、目覚めたそのときにはやっぱりわからなくて、わかってるのは、いつもと同じ、というそのことだけ、というのがなんとも不思議なんだが、夢というのはそういうものなんだろうな、となんとなく納得してしまうそこんところもまたいつもと同じ。

つまりこれが夢だってことは、いつもと同じでわかってる。いつからそんなことがわかるようになったのかわからないけど、当然これにも最初の一回目というのはあったはずで、そのときにはまだいつもと同じだというこんな感覚は当然なかったはずで、でも、いや、まてよ、それとも、いつもと同じ、というこの感覚も含めてのいつもと同じ夢ってことなのかな。

けど、もちろんそんな疑問に夢が答えてくれるはずもなくて、むしろそんな疑問には金輪際答える気はない、っていう意思表示みたいにもうすでに次のシーンへと移ってる。

今はもう使われていない多目的スペースとやらの、その中央にある六角形の作業台をテーブル代わりにして食事をしているところ。

ちゃんと食べとかないとダメよ。

髪の短い女が言う。どうやらおれに言ってるらしい。

腹が減っちゃ戦(いくさ)はできないからな。

がっしりとした体格とそれにふさわしい顔をした男が笑いながらそう言って、いきなり背中を掌(てのひら)で、ばし、と叩いてきたから、おれはその衝撃で前につんのめり、けほけほと咳き込んだ。

すこしは手加減してくださいよお、センパイ。

そんな言葉が自然に出た。同時に、そうだそうだ、この人はおれのセンパイだった、と今さらのように思う。

そうよ、乱暴はよくないわ。

女が言う。

だけどユリちゃん、そんな呑気なこと言ってる場合じゃないぜ。

ああ、そうだ、ユリちゃんだ。夢うつつのままに、ほわほわとそんなことを思い出したんだが、もちろん今まで忘れていたなんてことは言えない。

そんな場合じゃないのはたしかだけど、それとこれとは別よ、暴力反対。

ユリちゃんが言った。

はいはい、ごもっとも。

センパイが首をすくめる。

さあっ、とにかく食べましょ。

ユリちゃんが取り分けて、皿を手渡してくれた。

そこには、ソフトボールくらいの大きさの温泉卵みたいなものが載っている。どうせなら目玉焼きのほうが好きなんだけど。

それがなんだかわからないまま、おれはつぶやく。

けっこう小さいな、とセンパイ。

たしかに。

ふたりとも、文句言わないのっ。だいたいね、このくらいのほうがおいしいのよ。大きいのは、味だって大味なんだから。

ユリちゃんがふくれる。

そんなもんかね、とつぶやいて、おれはナイフとフォークを握ったまま、あらためてそいつを見つめる。そしたら、ずるり、と向きを変えたんだ。

わっ、こいつ動いたぞ。

生きがいいでしょ、とユリちゃんが笑う。

生きがいいって言うか、とおれは恐る恐るフォークの先でつついてみる。どろどろの白身に包まれている丸い部分が、ぐるん、と半回転した。

これ、目玉じゃないかっ。

おれは叫んだ。

間違いなく目玉だ。だって、くるりとこちらを向いたその玉には黒い瞳があって、その表面には、おれが映ってる。

おいおい、今さら何を驚いてるんだ。

センパイが呆れたように言う。

やっぱりまだ寝ぼけてるんだな。

ほんと、目玉焼きなんだから、目玉に決まってるじゃない、とユリちゃん。

いや、そんなこと言われたって、とおれは、皿の上からおれを見つめている目玉を見つめ返す。

その大きな瞳の奥を。

人間の目と同じだ。

透明のレンズがあるのがわかる。

レンズの奥は暗い。

その向こうがどこまでも続いているような。

世界がまるまる入っているような。

そう、まるで夜空みたいに。

泡みたいにぽこんとそんな形容が浮かんできた。

夜空にちりばめられたあのひとつひとつの星には、ひとつひとつの世界がある。

いつか雑誌か何かで見たそんな言葉を、おれはそのままつぶやいていた。

あら、今日はなんだか詩人ね。

ユリちゃんが言う。

寝ぼけてるだけだろ、とセンパイ。

ひどい言われようだけど、まあたしかにおれらしくないや。

誰かの台詞と間違えたかな。

おれがそう言って舌を出すと、ユリちゃんとセンパイが声を揃えて笑う。ああ、このふたりはほんとに名コンビだよな、とつくづく思う。でも、そんなことを口に出したりはしない。ちょっと悔しい、ってのもあるが、いちばんの理由は、せっかくのこの空気を壊したくないから、かな。そういうのもまた、おれらしくないのかもしれないけどさ。

ふたりとも笑いすぎですよお。ほんと、ひどいよなあ。ぼくだってたまには、そういう気分になりますって。

とにかく、よけいなことばっかり言ってないで食え。

はいはい。ま、詩なんて腹の足しにもなりませんからね。

ぼやきながら、おれはフォークを皿の上の玉に突き立てた。

ところが凹むには凹むんだが、なかなか刺さらないんだ。同じ力でフォークの先を押し返してきやがる。

なんだこいつ、えいっ。

むきになって思いっ切りやると、反動で玉がぴょんと跳ねて、そのまま作業台の上を転がった。

おいおい、丁寧に扱えよ。目玉ってのは一匹に二個しかないんだぞ。

センパイが言う。

だって、フォークが刺さらないんですよぉ。

あら、まだ生だったのかしら。ちょっと待ってよ。

ユリちゃんが作業台の上にあったアルコールランプに火をつけた。

これで炙ってみましょ。

うん、そいつはいいアイデアだ、とセンパイ。

そうかなあ、と首を捻りながらも、おれは手を伸ばしてテーブルの上を転がった玉を取り、ユリちゃんに手渡した。

ユリちゃんが玉を青い炎に近づけると、ちりちりちりとその表面が焼けて泡だっていく。

それにしても助かったよなあ。食えるだけでもありがたいってのに。

油の焼ける香ばしいにおいを吸い込むようにしながら、センパイが言う。

こんなにうまいんだもんな。

まさに、宇宙からの贈りもの、ってところよね。

ユリちゃんが笑った。

ははっ、そいつはいいや。

センパイも笑い、おれもつられて笑うが、次の瞬間には全員の笑いは凍りつく。

おい、なんだか変だぞ。

もちろんわざわざセンパイに言われるまでもなく、おれもユリちゃんも気がついている。

なんかさっきより玉が大きくなっているみたいな——。

そう口に出したときにはもうすでにバスケットボールくらいになっていた。

これ、どうすればいいの。

ユリちゃんが悲鳴をあげた。

目玉じゃないぞ。

だって、ここにあったのを——。

作業台の上をもういちど見て、あっ、とおれは叫ぶ。そこには今もさっきの目玉があって、おれを見つめているんだ。

いけねっ、間違えたかな。

おいっ、そいつは目玉じゃなくて卵だ。

センパイが言った。

イッペイくん、ひどいわっ。

ユリちゃんが叫んだ。

玉はもう運動会で転がす大玉くらいのサイズにまで膨らんでいて、もちろん手に持ってなんかいられない。

イッペイくんの馬鹿馬鹿っ。

とにかく、逃げろっ。

センパイが叫ぶ。

逃げるったって、どこへ、とおれ。

だって膨れ上がった玉のせいで、ドアのところまで行ける隙間もない。

と、天井にとどくくらいにまでなった玉のてっぺん辺りから、べりばりぼりばり、と卵の殻が割れるような音が聞こえてきた。

いや、卵の殻が割れるような音、じゃなくて、卵の殻が割れる音そのもの、と頭の中で訂正したそのときには、割れた卵の殻のあいだから、大きな光る目玉がふたつ、こっちを見下ろしている。

わあっ、と声をあげて起き上がり、あわてて部屋の中を見回して、卵も目玉もないことにはほっとしたけど、目覚めたときにいつも世界が傾いているというなんともアンバランスなこの感覚には、まだ慣れないし、そのうち慣れるのかどうかもよくわからない、ようするに、そういうもんだと自分を納得させるしかないんだよな。

そしてそのことは、町内会などというものに関わることになったのとまんざら無関係じゃない。うん、そういうもんだと自分を納得させるしかないという点も含めてね。

つまりおれは、このアンバランスな感覚といっしょに、そういう見知らぬ世界と関わりを持つことになっちまった、とも言えるんだろう。

そう、ワンルームマンションに住んでいたときには、町内会なんてもののことなんか考えたことなかった。というか、そんなのがあるのは古いドラマとか映画の中だけで、とっくの昔になくなったもんだとばっかり思ってたよ。

それが間違いだってわかったのは、ここに来てから。

一年ほど前からおれが住んでるここは、三軒長屋の真ん中で、いちおうは二階建て。なぜそんなとこに住むことになったのかって言えば、それまで住んでたワンルームマンションなんかよりずっと家賃が安いことを知ったからだ。

もちろん安いだけのことはあって、状態はかなりひどい。

二階建てとはいうものの、その二階の床が傾いている。この前の地震以来そうなってしまったのだが、しかし三軒長屋の真ん中で両側の家が支えになっているから安心安心、とうなずくのは大家である一の谷老人だ。

ほんとですか？

たぶん、倒れるなんてことはないだろう。

たぶんって、とおれが言うと、いや仮に倒れるとしても、ゆっくりと倒れるだろうね、このあいだの地震でわかったことだが、大きなマンションなんかより木造の二階のほうが安全なのだよ、一階が潰れても二階はそのままの形で残ったところがたくさんあるからね、だから二階で寝ればいい、寝るだけなら少々傾いてたって気にはならんだろ、と笑う。とてもいっしょに笑う気にはならない。それでも妙に説得力があるのは、なかなか立派な白い口髭のせいか。いや、やっぱり家賃が安いからだよな。

その家賃を一の谷老人のところへ持って行かねばならない。家賃は、直接手渡すことになっているのだ。それが入居のときの約束事だった。

銀行振り込みじゃダメなんですか。

君ね、コンピューターなんてものを簡単に信用しちゃいかんよ。

口髭を撫でながら言う。

へええ、信用できませんか？

じゃ、君はあんなものが信用できるのかね？

そりゃまあ、人類の科学の結晶ですからね。

おれが新聞記事の受け売りでそう答えると、やれやれ、と一の谷老人は肩をすくめた。

まったく、科学を知らない者に限って、科学を妄信するものだな。いいかね、この世界には、我々の科学で太刀打ちのできないことなどいくらでもあるのだ。

いや、そのくらいはわかってますけど、それと銀行振り込みとはまた別の話じゃないのかなあ、とは思ったが、話が長くなりそうだから素直に老人の言う通りにしたんだった。

まあ近所だから持って行くのはなんでもないが、今行けばあっちの件の進捗状況についても尋ねられるに違いない。

そう、火星のバラを食い荒らすナメクジみたいな怪物についてだ。

なるほどたしかに、このあたりの路地にはやたらと植木やら盆栽がある。道幅が狭いというこどもあるんだろう。そして、そういうのの多くは、庭じゃなくて路上にあるんだ。そもそも庭のある家なんてこのあたりにはほとんどない。自動車はとても入り込めないような道幅でしかもごちゃごちゃと入り組んでて、それをいいことに、家の前の道にいろんなものを置いてるんだ。植木鉢は当然として、植木鉢をずらりと並べる階段状の棚、さらに、ブロックを並べてその中に土を入れて道の中ほどまでを前庭みたいにしてる家とか、もっとすごいところになると、そんな庭の中に小さな池まであって、金魚や亀が泳いでいる。盆栽のことなんてさっぱりわからないけど、これはなかなか立派だな、って素人目にも見とれてしまうようなのがたまにあったりするし、言われてみると、路地のどこかで綺麗な青いバラを見たことがあるような気がするんだよな。いつのことだかわからないんだけど。

どうやらそいつが、火星のバラってものらしい。

火星のバラ、なんて言っても、もちろん火星から持ち帰ったバラなんかじゃない。あの無人探査機が電送してきた火星の夕焼けの映像。そうそう、評判になった火星の青い夕焼けだよ。あれを思わせるような青い花を咲かせるから、そう呼ばれるようになったそうだ。

植物学的にもバラではないらしいんだけど、花だけはバラにそっくりだから「火星のバラ」で通ってて、好きな人の間ではけっこうな高値で取引されてるんだとさ。

まあそれなら、狙われたっておかしくはないよな。

一の谷老人は、それが人間じゃなくて、ナメクジに似た——それも見上げるほどでかい——怪物のしわざだ、なんて言うんだけど。

いやあ、やっぱりただの転売目的の植木泥棒じゃないんですかね。

そんなことはない。目撃者だっている。

見間違いでしょう。

いや、動かぬ証拠として、ここに写真もあるんだ。

そう言いながら机の上にトランプのようにずらずらずらと並べられた写真は、ぼこぼこした何かの表面、わしゃわしゃの髭、ぬめぬめした油膜、まあそんなようなとしか言いようのないピントのボケた写真で、比較物もないので大きさすらわからない。

これじゃ、なんだかわかりませんねえ。

少なくともなんだかわからないものが写っているということはわかるだろう。

まったく、ものは言いようだよ。しかしまあこんな写真じゃ、どこも相手にしてはくれないだろう。実際、そうだったらしい。

写真だけで不足なら、現場を見に行こうではないか。

一の谷老人が立ち上がった。

そのまま路地に出て、狭い道をぐねぐねと進んでいく。

というか、これ、道なのか。

どこかの家の裏口とブロック塀との間。道だとしても私道だろう。

そこから路地というか隙間はさらに枝分かれしていて、一の谷老人はなんの迷いもなくさらに奥へ奥へ。見ると、地面には巨大なナメクジが這った跡のような銀色の帯がぬらぬらと光っている。もしかして、これをたどってるんだろうか。

あのー、とおれは一の谷老人の背中に声をかける。どこへ行くんですか。

すると老人が振り向いて言う。

火星のバラがあるところだよ。

ええっと、それはいったいどこに。

火星のバラがあるところは、火星に決まっているだろう。

ん？　ええっと、つまりそれはいったいどういう意味の——。

聞いてるのかね。

その声にはっと我に返って、夢か、と思う前に、もちろんっ、ときっぱり答えたけど、もしかしていつものように居眠っていたことがばれたかな、と内心びくつきながらも、まあそれだっていつものことだし、そんなことで一の谷老人が怒ったりしないだろうことはわかってる。

なんだかさっきからぼおっとしておるようだが。

このところちょっといろいろあって。

仕事もしておらんのに。

仕事以外でごたごたしてましてね。

ああ、あの劇みたいなやつかね。

劇みたいな、じゃなくて劇ですよ、演劇。

金にはならんのだろう。

なりませんね。

なのに、ごたごたしてるのかね。

なのに、というより、だから、ですね。金がないといろいろごたごたします。

まあとにかく、一刻も早く犯人をひっ捕らえてくれたまえ。

ひっ捕らえて、どうするんですか？

さあ、どうしてくれよう。なにしろこのままじゃ食われっぱなしだ。まあどうするかは、捕獲してからだな。

努力します。

努力より結果だよ。

はあ、と力なく答えて、一の谷老人の屋敷兼研究所を後にする。

狭い路地には不釣合いなほど堂々とした門を出たところで何気なく振り向いて、あれえ？とおれは首を傾げた。

絵本の洋館のような尖った三角形の屋根の上に載っているあの銀色のでかいパラボラアンテナ。あれはいったい何に使うものなのだろう。だいたい、なぜ今まであんなものに気がつかなかったのか。その古びようからしても、新しく取り付けたものとは思えないし。

なんだか狐か狸に化かされたような気分だが、しかしこの科学万能の時代に、などと言うと、また科学を知らない者に限って、とぼやかれるかな。

ま、家賃を持ってくるのは大抵夜だから、屋根の上までは見えてなかったんだろう。

人間は自分で思うほどちゃんと世界を見てはおらんからね。一の谷老人ならそんなことを言いそうだ。なんにしても、こんな真昼間から化かされるはずはない。

自分にそう言い聞かせるが、もうすでにふわふわゆらゆらしたなんとも頼りない気分になっていて、そんな気分のまま路地をとぼとぼと歩いて帰りながら考えるのは、そもそもこの話自体、何かに化かされてるみたいな話じゃないか、ということ。たしかに、あの老人は古狸っぽいし。

とにかくちゃんとやりさえすれば当面の問題は解決するんだから、化かされていようがなんだろうが構わない。無理やり、そう思うことにする。

さて、今回のお役目、まことにご苦労さまです。

あの日、回覧板を手にうちへやってきた一の谷老人が、妙に改まった口調でそんなことを言ったのが始まりだった。

なんですか？

もちろん、地区防災委員の件だよ。快く引き受けてくれて、まことに感謝しております。

満面の笑みで老人は言ったのだ。

だから、なんですか？

だから、この町内の防災の要、地区防災委員だよ。やっぱりこういうのは若い人にやってもらわねば、と前から思ってはいたんだが、しかし昨今はなかなか引き受けてくれる人がいなくてねえ、そこへ町内でいちばん若くて新人である君が立ち上がってくれた。ああまことに喜ばしい。よくぞ、引き受けてくれました。

えっ、何の話ですか。

いやあ、そんな謙遜はしなくてよろしい。

老人は手に持っていた回覧板をおれの目の前に突き出した。そこには、「地区防災委員決定！」という赤字の見出しの横に、おれの顔写真がでかでかと載せられてる。いつ撮られたのかわからないが、写真のおれは正面を向いて笑っている。

なんですか、これは？

見ての通り、回覧板だよ。

回覧板はわかりますが、これ、どうするんですか。

もちろん皆で回覧するんだよ、回覧板だからね。でもその前に、一刻も早く君に見せたくて、まずここへ持ってきたというわけだ。

いや、こんなこと勝手に決められても、というおれの肩に手を置いて、この町内の平和は君の肩にかかっているのだ、よろしく頼みましたぞ、なんて言う。

だから、さっきからいったい何を言ってるんですかっ。

思わず声が大きくなった。

まあまあ落ち着いて落ち着いて、と一の谷老人はなだめるように言った。

だって君、防災委員を引き受けてくれるって、ほらここに、とバインダーにとじられた回覧板のバックナンバーをめくって突き出した。

そこには、「防災委員としての協力をお願いできますか?」という質問があり、その下には近所の判子が並んでて、同じようにおれの三文判もある。いつものように中身なんか碌に読まずに、判子だけ押して隣に回したんだった。

だいたいこの回覧板というのも、ここに引っ越して来てから存在を知ったもので、そう言えば子供の頃にそんなものがあったような気がするが、こんなのまだあったんだなあ、という感じだった。最初のうちはどんなことが書いてあるのだろう、といちいち読んでいたが、本当にどうでもいいことばかりしか書いてないので、いつからか読まずに判子だけ押して次に回すようになっていた。

なにぶん体力の必要な役目なので、この引き受けてくれるという人たちの中から、いちばん若くて体力がありそうな君にお願いするということに決定しました。

えっ、と思ったが、たしかにおれの判子が押してある。隣近所がその順番で軒並み押してたから、てっきり「既読」を示す判子だと思って押したんだろう。

いや、あのときは何の疑いもなくそう思ったんだが、後から考えると、いやいや、防災委員云々の文章は後で付け加えられたものなのではないか、という気もしてきた。つまり、まんまとはめられたんだ。だが、あのときはあれよあれよでそんなところにまで気が回らなかった。

いやそれにしても、こういうことを嫌がる若い人が多いのに、黙って快く引き受けていただけるとは、これはもう大家としてもじつに誇らしい、いや本当にありがとうありがとう、と一の谷老人は目に涙を浮かべた。

そうだ、なにしろ相手は大家。ここでヘタに機嫌をそこねたりしたら後々まで響いてきそうだし、おれとしては、はあ、とか、いやあ、とか、ごにょごにょと口の中でつぶやくしかなかったわけ。

で、続いて切り出された防災委員としての最初の仕事というのが、それ。

内容をひと通り聞いたあと、念のため聞き返した。それもまた狐か狸にでも化かされたみたい、というか、おかしな夢みたいな話だったからな。いや、おかしいのはその仕事の内容だけじゃない。もっとおかしなことがある。そうだよ、いくらおれがいいかげんな人間だからって、うっかり判子を押したとか町会長が大家だとか、その程度の理由でそんなおかしな依頼をはいそうですかと引き受けるはずがないじゃないか。

いちおう抵抗は試みた。

そんなの、ちゃんとした専門の組織に任せるべきなんじゃないんですか。ほら、そういう事件が専門のなんでしたっけ、ええっと、科学特捜隊？　でしたっけ、なんかそんなの。そういうしかるべきところに届けたほうがいいんじゃないですか。

もちろん届けたとも。しかし最近はそういう事件が頻発しているとかで、この程度の被害では後回し後回しで、なかなか相手にしてくれんのだ。大きな被害が出た後では遅いというのに、まったくお役所仕事というのは困ったものだよ。

いやしかし、だからといって素人の手に負えるようなものだとは――。

ごにょごにょごにょと口の中で返事をしぶってると、それにまあ君にだっていいことがひとつもないというわけじゃないからねえ、つまり――。

とここで一旦言葉を切って、わざとらしく左右を見回し、さらにわざとらしく声を潜め、なにも只で、とは言わんよ。

おれの耳元でそう囁いたわけだ。

そりゃもちろん防災委員というのは他の委員と同じで名誉職なのだから、防災委員だけを特別扱いして町会費から謝礼を出すというようなことを私の一存では決められないのだが、しかしここはひとつ他の方法でだな、あっ、そうだ、これはたとえばの話なのだが、君、劇の練習をするところが必要なんじゃないのかね。たとえば、今は使われていない多目的スペースとか、まあそういう公共の場所を無料で提供することができなくもないのだが、そういうことでひとつ、どうだろうね。

なぜそんなこと知ってるんですか。

なぜって、君、店子と言えば子も同然じゃないか。親も同然の大家としては、そのくらいの事情は知ってて当然だろう。

いやそんなことはないと思うけど、とつぶやきながら、あまりの急展開にくらくらするおれの頭の隅では、ついこのあいだの出来事がまるで今起きているかのように再生されている。

まったく、寝耳に水とはこのことで、これまでずっとこのニコニコ会館の会議室を稽古場として使用してきたっていうのに突然、ここは演劇の稽古には使えません、なんて言われた。会議室なのだから、会議以外の目的の使用は困る、とかなんとか。いやいや、だってこれまでずっと使ってきたんですから、急にそんなことを言われても、と抗議しても、いやいや、今までがおかしかったのです、とカウンターの向こうから職員は説明する。

本来ここは市民の会議室として貸し出すように作られた施設なのですが、いつのまにかその会議という言葉がどんどん拡大解釈されるようになって、あげく歌やらダンスやら演劇やら、そういう練習にまで使用されている、というのが現状でして、もちろんそれを放置してきたのはこちらの怠慢で、そこに関しては深く陳謝いたしますよっ、といきなりカウンターを乗り越えてきて土下座する。

近頃そういう謝り方が流行っているらしい。そして、土下座が済むとすべて終わった禊も終えた、と言わんばかりのすっきりした顔で何事もなかったかのようにまたカウンターを乗り越えて自分の机に戻り、あとはこちらをときおりちらちら見るだけ。まあ担当者とはいっても彼が決めたことじゃない、もうすでに決定済みのことなのだろう。彼はそれを伝達して場合によっては土下座する、というだけの役だ。

それにしても、ついこのあいだまで、いい意味でだか悪い意味でだか知らないけど、なあなあでやってきたのに、突然それがダメになった、っていうのはどういうわけなのか。小さな劇場とかライブハウスへの締め付けが厳しくなってきた、なんて話は前から聞いてたけど、じゃあこれもあの新しい市長の方針ってやつなんだろうか。無駄を徹底的にカット、ってのをひとつ覚えみたいに連発して、計画がうまくいかないのはそういう無駄をやってる者たちのせいだ、と糾弾することで人気をとる。どうやらそういう戦略らしくて、もちろん職員も下手に逆らうと同僚に密告されていきなり懲戒免職をくらったりするから家族のことを考えるとどうしようもない。そういう事情もいちおうはわかるから、目の前の職員を責める気にもなれない。

そんなこんなで弱っていたところへの、町会長でありうちの大家でもある一の谷老人からの申し出で、まさに渡りに船。

いやしかし待てよ、ともうすでに引き受けてしまった今になってから思うのは、そんなに都合のいい話があるもんだろうか、もしかしたら、一の谷老人の差し金であのニコニコ会館の会議室の使用条件締め付けが行われたのだとしたら、とかそんなこと。いや、いくらなんでもそれでは陰謀論が過ぎるってもんか。でも、あの人がかなりうさんくさいこともたしかで、自宅の玄関に「一の谷研究所」なんて看板を上げてるけど、いったい何を研究してるのか、どころか、何をしているのかすらわからない。まあ何もしなくても家賃収入で食っていけるんだろうから、昔風に「隠居」とでも呼べばいいだけのことかもしれないんだけど、それにしても、やっぱり怪しいよなあ。

いやいや、そんなことより今は、依頼の件。たしかに近頃あちこちでおかしな事件が頻発していそうなのだが、いくらなんでもなあ、と首を傾げざるを得ない。だって、巨大なナメクジ状の怪物って、なんだそりゃ。

でも、それで当面の問題が解決するんなら調子を合わせとけばいいかな、とまた最初の考えに戻って、おれは一の谷老人の相手を続ける。

ことの起こりは、あの火星探査計画だ。無人探査機によるサンプルリターン計画の奇跡的な成功は、君も知っているだろう。

もちろん知ってますよ。

おれは答える。もう何度も同じ話をしているから馴れたもの。しかし同じ理由で眠い。何度も聞いて、聞き飽きた話なのだ。例によって途中で夢と現との境がぐにゃぐにゃになり、それでも聞き続けるうちに自分がどこにいるのやらわからなくなってくる、というのもいつものことで、それでも、いやあ、あれは盛り上がりましたよねえ、といつものように相槌を打つくらいはできる。

うむ、と一の谷老人。

なにしろ一時は原因不明のトラブルで完全なる失敗に終わったと考えられていた計画だったのに、それが現場の技術者たちの不屈の努力で大逆転だからな。

柔軟で粘り強い我が国の技術に全世界が感動しました。

当然のごとく、次はいよいよ人間だ、ということになった。

ちょっとした火星フィーバー、火星バブルでしたね。景気回復、そしてあの大災害からの復興のために、今こそ我が国の主導で有人火星計画を、なんてね。

だが、本当はあれがなぜ帰ってきたのか、誰にもわからないんだよ。

いやあ、だからそれは現場の技術者たちの不屈の努力でしょ。

そういうことにしといたんだよ。本当のことを言えば、あのカプセルが火星から戻ってこれたはずはないんだ。何をどうやったところで、あれを地球まで戻すことなんて不可能だったんだから。

だって、現に帰ってきたじゃないですか。

そう。だから、送り返されてきた、と考えるべきだろうな。

送り返した？　誰が？

さあねえ。これぱっかりは、行ってみないことにはわからんねえ。つまり、次はいよいよ人間だ、という結論は同じだ。幸いにしてね。

行ってみないと、って火星へですか。

まあそういうことになるね。

そんなわけのわかんないところにのこのこ行く馬鹿がいますかね。

そりゃあ、馬鹿正直にすべてを話したりはしないだろう。

ああ、そういうもんですか。

そういうものだよ、科学とは。

でも、それとこのナメクジの怪物と、どんな関係があるっていうんですか？　あっ、まさか、その帰ってきたカプセルの中に謎の卵が入っていて、なんてのじゃないでしょうね。

そんな君、サイエンスフィクションじゃあるまいし。

一の谷老人は、ほっほっほっ、と品良く笑う。

まあここはひとつ、自分の目で確かめてみてはどうかね。

そう言って窓の外を指差した。

外はもう夕暮れだ。

西の空が夕焼けている。

たぶん。

たぶん、としか言えないのは、夕焼けのはずなのに赤くないから。

火星のバラみたいに青いんだ。

つまり、火星の夕焼けみたいにね。

どうなってるんだ、と部屋の反対側の窓を見ると、ちょうど大きな月が昇ってくるところで、白く輝く球面の上半分が、窓枠いっぱいに見えている。

やけにでかい月だな。

そうつぶやいたとたん、べりばりぼりばり、とそのてっぺんにひびが入り、丸い殻を突き破って巨大な光る目玉が覗く。

わあっ、と叫んで飛び起きた。

べりばりぼりばり、っていうあの音が今も耳に残っているような気がしたけど、部屋の中にも窓の外にもこっちを見下ろしている目玉なんかなくてほっとしたところで、いきなり外が真っ白に光った。次の瞬間に、ぺりぱっしゃあんっ、続いて、ざうざうざうと窓の外が鳴り出したから、わざわざ確かめるまでもなく土砂降りだ。

なんだ、これじゃ今日は中止だな、とここでがっかりしながらもちょっと嬉しくなってしまうのが、おれのダメなところなんだよなあ、なんて思っているところに電話が鳴った。

おい、何やってんだ。まさか昼寝でもしてたんじゃないだろうな、とセンパイの声。

そんなことないですよぉ。

とにかく起きろ。

だから、寝てませんって。

そうそう、すくなくとも嘘じゃない。電話が鳴ったときにはちゃんと起きてたんだからね。

言い訳はいいから、早く来い。何時だと思ってるんだ。

えっ、何時なんですか、などとはもちろん問い返したりせず、目覚まし時計を見ると、約束の時刻はとっくに過ぎている。なんで鳴らなかったんだ。そこへまた、がらごろがらばばり、と外から響いてきた。

そうだ、この天気。

だけどセンパイ、どうせこんな天気じゃ、夜店なんて出せないでしょ。

馬鹿、こっちはいい天気だ。

ついさっきまで土砂降りみたいな音がしてましたけどね。

おおかた土砂が降ったんだろ。砂嵐でもあったんじゃないか。

ああ、聞いたのは音だけだからなあ。それにしてもおかしな天気ですよね。

最近はそうなんだよ。バルンガのせいで大気中のエネルギーの流れが不安定になってるんだとさ。

ええっと、それじゃ、お祭りはあるんですか。

お祭りじゃなくて、地蔵盆だ。いいから、すぐに来い。

はいはい、と電話を切ったときには、窓のスリガラス越しに西日が射していた。試しにからからからと窓を開けると、雨雲ひとつ見当たらない。じゃ、やっぱりバルンガの仕業なのか、と空を見回したけど、それも見当たらない。

バルンガねえ、とおれはよく晴れた夕空を見上げてつぶやいた。

そう、今じゃすっかりそう呼ばれてる。

例によって、なんとかのひとつ覚えみたいに、宇宙から来た、なんて言われてるけど、実際のところはよくわからないんだってさ。ま、最近はなんでもかんでも宇宙から来たことにしといたほうが、当たり障りがないんだろうね。だって、宇宙から来たんなら仕方がないし、誰の責任でもないからな。

なにしろ、あれをコントロールできるかどうかで我が国の未来が決まるそうだし。

あの日、原子炉がどうしようもない状態になったとき、どこからともなく現われたあれが、原子炉をすっぽり包み込んだ。うん、そのシーンは、テレビで何度も何度も見た。見飽きるくらいね。

だいぶ後になってわかったことだけど、あのとき原子炉はすでにメルトダウンしてたんだってさ。にもかかわらず、周辺の放射線量が急激に減少して、そして今も一定の値に抑えられてる、っていうのは、大型のバルンガがあそこに常駐しているおかげらしい。

ちょっと前までは電気泥棒としてあんなに嫌われていたバルンガなのに、おかげで今じゃすっかり人気者だ。

いや、それはバルンガによる陰謀で、そもそも原子炉を暴走させたのがバルンガなのだ。そんな陰謀論を唱える奴もいるが、いくらなんでもそりゃ無理筋ってもんだろう。

これから先、バルンガがもっと増えて他のエネルギーまで食うようになった場合の対策はまだ立てられていないが、それでもバルンガのおかげで当面の危機は回避された。それは間違いない。

今後、我々はバルンガとなんとか折り合いをつけてやっていくしかないのではないでしょうか？

バルンガ関係のニュースは、だいたいこんな言葉で締めくくられる。ないのではないでしょうか、なんて言われても、ないのではないのかどうかなどわかりゃしないから、こちらとしては今のところは子供にも人気のバルンガをせいぜい利用させてもらおう、ってわけで、こういうことをしている。とは言っても、おれはセンパイに言われるままに手伝ってるだけだけどね。とにかくまあそんなわけで、さっそく地蔵盆の現場に駆けつけた。

くじ引きで割り当てられた場所に行ってみると、両側にはもう店が出てる。

なるほど、ヨーヨー釣りに射的か。

なあんて、落ち着いてる場合じゃない。さっそく、屋台にする組み立て式のテントをあたふたと立てた。

正面には、ちゃんと看板も付いてる。

発電所に覆いかぶさって七色に発光しているバルンガの絵。それにかぶせて、もこもこした字体で『バルン菓子』と書いてある。

そう、もちろん我が国を救ってくれたあのバルンガに便乗してるってわけ。これはセンパイのアイデアだ。

ようするに綿菓子なんだけどさ、ただの木の棒じゃなくて発光素材のはいった棒を使ったところが工夫だ。それが綿菓子の中でぴかぴか光ると、エネルギーを食ってるバルンガみたいに見える。

ま、発光素材の分だけ仕入れは高くなるけど、それだけで普通の綿菓子の倍ほどの値段をつけても飛ぶように売れるからな。センパイはこれでずいぶん稼いで、それでぶらぶらしてるおれにも声をかけてくれたんだ。

演技のことだけじゃなくて、生活費をかせぐための仕事までこうして世話してくれるんだからありがたいよな。ほんと頭があがらない。その分、次の公演じゃ、がんばらなきゃ。

準備が終わった頃にはもうすっかり暗くなって、子供も大人もけっこう歩いてる。

それじゃ、しっかりやるんだぞ。

様子を見に来たセンパイは、そう言ってすぐに自分の屋台へと戻っていった。同じような屋台なんだけど、センパイが売ってるのはバルン菓子じゃない。バルン菓子はおれにまかせて、センパイは新商品を試すんだって。

こんなのすぐに真似されるし、真似されだした頃にはもう飽きられてるのさ。

センパイは言う。

それは、ガラダマ焼きとかいうやつで、それもやっぱりこないだの事件が元ネタになってるらしい。

そうそう、隕石騒動ってやつだよ。けっこう大騒ぎになったよな。ガラダマっていうのは隕石のことで、宇宙にはそういうものがたくさん漂(ただよ)っていて、地球に落ちてきたり宇宙船の外壁をぶち抜いたりするそうだ。こないだ落ちてきたのは、そんなガラダマの中でも特大のやつなんだってさ。あの事件、まだいろいろ裏があるらしいよ。だって、隕石が落ちただけで、あんなことにならないだろ。政府は何かを隠してる、とかなんとか。センパイはそういう裏事情に詳しいんだよ。

いや、それにしても近頃そういう事件がやたらと多いよな。

そういう時代かもね、なんてユリちゃんは言ってた。

どういう時代だよ。

そうつっこんだらユリちゃんは、宇宙時代よ、なんて妙に自信たっぷりに答える。

そりゃたしかに宇宙から変なものがいろいろやって来たりしてるみたいだけど、宇宙時代ってそういうことなのかねえ。

だって、人間が出て行こうとしてるんだから、同じタイミングで向こうから来たっておかしくはないでしょ。

そんなもんかい。

そうそう、この世でいちばん大切なのは、タイミングよ。

歌うようにユリちゃんが言った。それはそうと、今日はまだユリちゃんを見ていない。センパイの店を手伝ってるのかな。あとでそっちの様子を覗きに行って、よおよお、ご両人、なんて冷やかしてやろうか。

ねえねえ、どうしてバルンガっていうの？

ぼおっとしてたところに、いきなり声をかけられた。見ると、水色地に赤い金魚模様の入った浴衣（ゆかた）の女の子が、店の前に立って、看板の絵を指差してる。

そりゃ、バルーンみたいだからさ。

バルーン？

風船だよ。ほら、アドバルーンってあるだろ。

デパートの上にあるやつ？

そうそう、あのバルーン。

バルンガは、あんなふうに丸くないよ。

うん、まあ形はちょっとでこぼこだな。
クラゲみたいな足もあるし。
でも、空に浮かんでるところは同じだろ。
それはそうだけど。
他にそんな生き物はいないだろ。
だからバルンガ？
そうそう。
どんな味？
綿菓子と同じさ。甘いよ。
そうじゃなくって、本物のほう。
本物って、本物のバルンガ？
そう。
うーん、そいつはちょっとわからないなあ。
うーん、そいつはちょっとわからないかあ。
おれを真似て同じように首を傾げる。
お父さんとお母さんはいっしょじゃないの？
うん、ひとりなの。
女の子はタスキ掛けしている布袋から、小さな蝦蟇口(がまぐち)を出した。

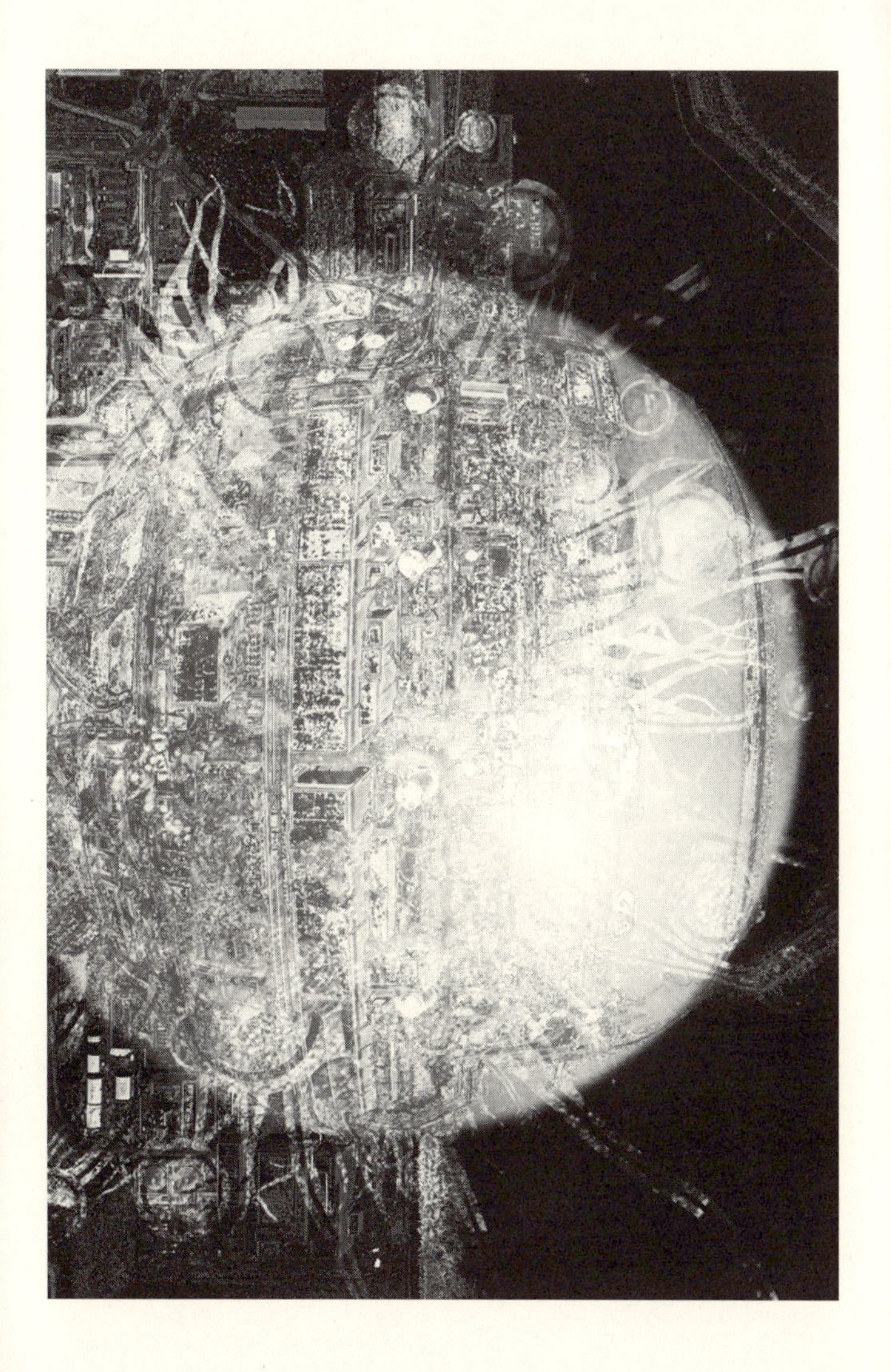

ひとつくださいな。

あいよっ、とおれは棒を取った。

お嬢ちゃんが今夜のお客さん第一号だぞ。おっと、まだ機械も動かしてなかったよ。

スイッチを入れると、ううううん、とモーターが唸り、アルミの盥（たらい）みたいな円筒の中心に立っている柱が回転を始めた。

アルミの縁が目の高さくらいだから、背伸びしてやっと覗き込める。赤い鼻緒の下駄の後ろの歯を浮かせて。そうなんだ、子供はみんなこれを見たがるんだよな。

見えるかい？

おれが尋ねると、うん、と背伸びしたまま嬉しそうにうなずいた。

では、うまくいったらおなぐさみ。

メーターを見てモーターの回転が安定したのを確認して、ザラメを入れる。

熱くなった回転体が、蚕（かいこ）みたいにするすると飴の糸を空中に吐き出していく。宙に浮いたままドーナツ状の空間を時計回りに漂ってるそのきらきらした糸を、おれは棒で絡めとって、ふわふわのままバルンガのように大きく成長させてやる。

棒を反時計に回しながらやるのがおれのやり方さ。本当にそれが効果的なのかどうかはわからないが、なんとなくそうやったほうがうまくいくような気がする。といっても、まだこれをやりだして三日目だけどね。三日坊主じゃないことを証明しなきゃな。

形らしい形をとってないまま宙に浮いてふわふわ回転している雲みたいなのを見るのがお

れは好きだ。ふわふわゆらゆらたよりないところがまるでおれみたいだから、ってのは冗談で、たぶん「太陽系の誕生」のことを思い出すからじゃないかと思う。子供の頃、親父が連れて行ってくれたプラネタリウムでそんなのを見たことがあるんだよ。

もっとも、あんなふうに固まって惑星になってしまわないように、星間物質みたいなふわふわのままで成長させなきゃならない。

それがおれの今の仕事だ。

もしかしたら、バルンガもそうだったのかもな。何かの具合で、固い惑星にはならずに、ふわふわの地に足がついてない生命体になった、とかさ。

そんな空想をしながら、おれはくるくると棒を回す。

すごいっ、魔法みたい。

女の子が声をあげた。

そうそう、子供は大抵そう言うね。魔法みたい、って。

いやいや、これは魔法なんかじゃないぞ。

おれは目の前に浮かぶ星間物質を絡めとり、もっと大きく成長させながら言う。

これは科学さ。

そしておれの手元を覗き込んでいる女の子に尋ねる。

お嬢ちゃん、「フェッセンデンの宇宙」って知ってるかい？　実験室で小さな宇宙を作った男の話だよ。こんなふうに手でかき回せるくらいのね。

まてよ、おれはいったい誰からそんな話を聞いたんだっけ。いや、聞いたんじゃなくて、小学校の図書館か。図書館で借りた本で読んだんだっけ。いや、でも、なぜあれを借りたのかといえば、表紙の絵を見て、あっ、知ってる話だ、と思ったんじゃなかったか。

自分の作った小さな太陽系を見下ろしている白衣の男。ふわふわくるくると浮かんで回る白い繊維を見つめているうちに、自分がその男になったような気がしてくる。

バルンガだ。

バルンガによって我が国は救われた。

白衣の男が言う。

そう。少なくとも、当面の危機的状況を脱することはできた。それだけはたしかだし、それに関しては、あのバルンガに感謝してしかるべきだろう。今後の我々のエネルギー事情まではわからないがね。

くるくるくるくるくるくるくるくる。

白いふわふわしたものが回っている。見つめていると、こっちまでふわふわくるくる、まさに地に足がついてないみたいに――。

どうしたの？　大丈夫？　ねえ、大丈夫？

遠くから知ってる声が聞こえる。

あれれ？

おれは思う。

なんだ、ユリちゃんの声じゃないか。それじゃ、あの女の子は、子供の頃のユリちゃんだったのかな。

そうだそうだ、きっとそう。大事なことはいつも夢の中で気がつくんだ。おれはいつもそうなんだよな。

夢の中でおれは思う。そして、もう残念な気持ちになっている。だって、こんな夢はすぐに忘れてしまうだろう。いつもと同じように。

まったくしょうがないやつだな。

センパイの声がした。

緊張しすぎたのね、きっと。

ユリちゃんが言う。

先が思いやられるぜ、まったく。

あら、あなたたちって、いいコンビだと思うけどな。

よせやい。そんなことより先を続けるぞ。

ぺちぺちぺち、とセンパイの掌がおれの頰を叩くから、うーん、とひとつ唸っておれは目を開ける。

あれ？　ここは？

いいか、もう自力で帰ることはできないんだ。こうなったらここでなんとか生き続けるしかない。

センパイが言った。

さあ、地球の夢を見るのは、やることを済ませてからよ。

ユリちゃんがおれを励ますように笑う。

ああ、今度の芝居は、そういう設定だったっけ。まだ寝ぼけてる頭でどうにか状況を整理しつつ、おれは尋ねる。いつものように――。

それで、今度こそうまくいきそうなんですか。

そんなことやってみなきゃわからん。とにかく、やれるだけやってみるしかないだろう。まず自分を騙せなきゃ、お客は騙せないぞ。

だけどセンパイ。

馬鹿野郎、クラブ活動じゃないんだ。いつまでもセンパイなんて呼ぶんじゃない。

だって、センパイはセンパイですよ。おれ、センパイが書く台本が好きなんですよ。

よけいなこと言ってないで、続けるぞ。いいか、おれたちは火星に取り残された宇宙飛行士だ。そのくらいはわかってるな。

そうだったそうだった、たしか事故で帰還ユニットが破損して、それから――。

おれは答えながら、思い出す。さっきまで見ていた夢を思い出そうとするように、頭の中に残っている破片をかき集めて、ひとつの形を組み立てようとする。

それにしても、火星に何かがいるかもしれないなんて。

おれはぼやく。

聞いてないよお。

当たり前だ、最高機密なんだから。

センパイも知らなかったんですか。

知るもんか。知ってたのは、あいつだけだ。

船の人工知能を擬人化した老人が映ってる画面を指差した。この擬人化はどうかと思うよ。どうせならかわいい女の子とか――。

黙っていたのは悪かったと思うがね、しかし、そのおかげで君たちだってあれと同じように送り返してもらえるかもしれんじゃないか。どうせ自力じゃ帰れなくなってしまったんだ。

人間万事塞翁が馬、というやつだよ。

送り返してもらえるのはいいけど、人間じゃなくなってるかもね。

卵に入れられてたりしてな。

そんな君、サイエンスフィクションじゃあるまいし。

ほっほっほっ、と画面の中で老人が笑う。

もう送り返されてる途中かもしれないわよ。

ユリちゃんが言う。

これは送り返される卵の中で見ている夢だったりしてね。

それじゃ君、夢オチじゃないか。

あら、夢オチ、けっこうじゃない。

それはともかく、まず腹ごしらえだ。

腹が減っては稽古はできぬ、ってやつですね。

馬鹿野郎、稽古じゃなくて本番だ。

ガラダマが宇宙船を貫通した。外壁だけじゃない。原子炉もやられた。もう帰れない。さあどうする、かあ。

状況を復習するようにおれは言った。

まあその前に、食べましょ。

そうだな、アンバランスな世界でバランスを保つためには、それが大事だ。

食べるって、またあれですかあ。

贅沢言うな。ここにはあれしかいないんだから。

そうよ、あれがいるだけよかったのよ。

稽古も本番もあれじゃ、打ち上げもきっとあれだろうな。あ、打ち上がらなくなったから、こうしてるのか。

おまえ、それでうまいこと言ってるつもりかよ。

たしかに、うまくはないわね。

目玉はうまいけど。

結局、食うんじゃないか。

でも、あの目玉、ナメクジにしちゃ大きすぎませんか。

だって、角出せ槍出せ目玉出せって、歌にもなってる特徴でしょ。

ユリちゃん、そりゃカタツムリだよ。

それに、カタツムリの目玉だってあんなにでかくないし。

なによ、二人とも。とにかく今度はあたしが目玉を食べるわよ。

はいはい。

またあんなことにならなきゃいいけどな。

あんなことって？

だから、あんなこと、だよ。おいおい、もう忘れちまったんじゃないだろうな。おっと、
こんなこと言ってるとまた――。

べりばりぼりばりぼりばりべりばりべりばりぼりばりぼりばりべりばり。

べり。

大いなるQ

北野勇作

ああ、あの頃は今よりずっと宇宙が近かったな。

たとえば、アポロ。八号あたりが月のまわりをぐるぐるしてたと思ったら、十一号は月に着陸して石を持って帰って来た。

星雲から来た銀色の巨人が、怪獣や宇宙人と闘ってたのも、たぶん同じ頃だな。地球には存在していないスペシウムという元素に由来する光線で次々に倒していった。うん、好きだったよ。そりゃあ、でかい怪獣がビルを壊したりするんだから、見てておもしろくないはずがない、どころか、見てるだけで鼻血を出すくらいには興奮する。

でも正直言うと、他人事だったなあ。なんて言えばいいか、そう、どこか遠く――たとえば「東京」とか――、そういう自分とは関係のない遠い世界で起きている出来事にしか思えなかった。

うん、東京。

東京の出来事、って感じ。

あの頃の田舎の子供にとって「東京」というのは、「宇宙」とか「未来」なんかよりずっと遠い世界だった。つまり、自分のいるところとは地続きではないそんな別世界を舞台にしたお話、だな。

でも、あれは違った。いやいや、あれだってやっぱり東京が舞台だがね。東京タワーとか国会議事堂とか出てくるし。

でも、あの東京は、近所の路地や空き地やブロック塀や田んぼと繋がっているように思えた。

そこには、巨大なヒーローなんていない。そこで普通に暮してる人たちがあたふたして、そこで普通に暮してる人たちが事件を解決したり、しなかったり。

今から考えると、あれは再放送だったんだろうな。夕方だった。母親から夕飯の材料のお使いを言いつけられたり、なんだか急にがあがあがあと掃除機を動かしたり――。

そんな落ち着きのないがちゃがちゃした時間帯にやっていた。

まだビデオなんてない。そんなものはドラえもんが出してくれる未来の道具、というか、ドラえもんもまだなかったはずだ。もうひとつのQ、オバケのQ太郎はあったけど。

とにかく、これを逃せばもう二度と見ることができない。もしかしたら再放送はあるかもしれないが、そんなのいつになるかわかりゃしない。

何ひとつ見逃さないように。あとでぜんぶ自分の頭の中で再生できるように。

まわりの世界すべてを遮断して、白黒のブラウン管にのめり込むしかなかった。

そう、まさにあのナレーションの通り、あの三十分のあいだ、私の目は私の身体を離れて、あの世界をさまよっていたに違いない。

ところが、あの番組をいくら観直しても、もうあんな体験をすることはない。なぜだか、もうあんなふうにはならないんだ。あの世界へは行けない。あるとき、そんなことに気がついた。

いったいどうすればもういちどあそこへ行けるのか？

それからというものずっと、そんなQを抱えたまま、この世界をうろうろしている。

うん、今もここで、こうしてる。

マウンテンピーナッツ

小林泰三

イラストレーション：鷲尾直広

小林泰三（こばやし・やすみ）

1962年京都府生まれ。大阪大学基礎工学部卒。同大学院基礎工学研究科修了。1995年、「玩具修理者」で第2回日本ホラー小説大賞短編賞を受賞して作家デビュー。以降『人獣細工』『肉食屋敷』などの作品集で緻密な論理とグロテスクなイメージを特徴とするＳＦ・ホラー短篇の名手としての評価を確立した。2001年発表の『ＡΩ』、2002年発表の短篇集『海を見る人』（ハヤカワ文庫ＪＡ）で、日本ＳＦ大賞に連続ノミネート。2011年発表の『天獄と地国』（ハヤカワ文庫ＪＡ）で、第43回星雲賞を受賞。他の作品に『天体の回転について』『見晴らしのいい密室』（ハヤカワ文庫ＪＡ）、『ウルトラマンＦ』（早川書房単行本）、『アリス殺し』『失われた過去と未来の犯罪』『因業探偵新藤礼都の事件簿』『わざわざゾンビを殺す人間なんていない。』『ドロシイ殺し』など。ウェブサイトは、小林泰三の不確定領域。http://web.kyoto-inet.or.jp/people/kbys_ysm/

久野千草は焦っていた。

もうバスの発車時刻だというのに、なかなかバス停に辿り着けないのだ。バス停は目と鼻の先だったが、途中の道路をデモ隊が陣取っている。迂回すると、五分はかかるだろう。しかし、もう発車時刻だ。とても間に合わない。

――こうなったら、デモのど真ん中を突っ切っていこうかしら？

千草はいったんは決心したが、デモの主体に気づくと考えを改めた。

――あら、やだ。これってマウンテンピーナッツだわ。

マウンテンピーナッツは、先ごろ世界的な環境保護NGOであるイエローピーナッツとマウンテンコリーが合併して生まれた世界最大かつ最強の環境保護団体だ。特に、辺境地域の盗賊団を母体とするマウンテンコリーは環境保護のために極めて過激な手段をとることで知られていたが、マウンテンピーナッツもまたその過激さと武力を受け継いでいるのだ。しかも、国際世論を味方につけているので、日本の警察やマスコミは迂闊に手を出せないときている。

無理にデモの中を通り抜けようとして、暴行されたりしたら、泣き寝入りだ。

——ということは、今日のオーディションは諦めなくっちゃならない訳？　せっかく、憧れのアイドルになれるチャンスなのに。

千草はデモ隊を恨めしそうに睨みつけた。

——どうして、わざわざこんな田舎町でデモなんかするのかしら？

参加者たちは口々に環境破壊反対、資源開発反対、軍備増強反対、怪獣政策の見直しを叫んでいる。軍備増強というのは、対怪獣の特捜組織ＵＰＧ（Ultra Party Guardians）の新設のことらしい。この街にはＵＰＧの基地がある。おそらくそれがデモの主要因だろう。

——いつまでも、ぼうっとしていても仕方ないわ。無駄だと思って努力をやめるよりは、最後まで諦めない方がいいに決まっている。だって、諦めたら、そこで終わりだけど、諦めさえしなければ、可能性はゼロではないもの。

千草は頭の中に周辺の地図を思い浮かべた。そして、デモを迂回する最短コースを考えた。

——そうだわ。あの公園を抜けていけば、かなり時間を短縮できる。それでも、三分はかかりそうだけど、駄目と決まった訳じゃないわ。

千草は走り出した。

公園に入った瞬間、同時に数人の人間が公園に飛び込んできた。千草のように入り口からではなく、フェンスを飛び越えてきたのだ。

——何？　この人たち？

　千草は横目で見て、その正体にすぐ気づいた。

——マウンテンピーナッツの実動部隊のメンバー——俗称、戦闘員だわ。デモ隊に紛れていたのね。デモの参加者は一般会員だけど、この人たちは違う。世界中から志願してマウンテンピーナッツに入り、特殊訓練を受けているという噂だわ。全世界で総勢一万人はいるという話もあるし。でも、どうして、この公園に来たのかしら？　ここら辺で新たな開発が行われるという話は聞いたことがないから、たぶん通常の警備活動ね。巻き込まれないように注意しなくっちゃ。といっても、わたしは毛皮や鰐皮製品なんかは身に着けてないから大丈夫だとは思うけど。

　ふと、前を見ると、虫取り網を持って走っている小学校低学年ぐらいの少年がいた。

——まずいわ！　あの子に注意しないと！

「すぐに虫取り網を捨てなさい!!」

　だが、千草の叫びはすでに遅かった。

　少年は千草の言葉の意味がわからないのか、ぽかんとしているだけだった。

　草むらから、黒い影が飛び上がった。マウンテンピーナッツの黒いコスチュームを着こんでいる。空中でくるりと回転すると、少年の前に立ちはだかった。ポケットからガラス壜を取り出し、少年に近づいていく。

「逃げて!!」千草は再び叫んだ。

少年はやっと事態を理解したようで、虫取り網を捨てて、逃げ出した。

だが、戦闘員は自分の身体能力を見せつけるかのように、少年の頭上をかすめて飛び越え、そのまま地面の上を回転し、彼の前方で立ち上がった。

背後には別の戦闘員が迫っていた。挟み撃ちの格好だ。

――もうだめ。

千草は目をつむった。

「おまえら、孫に何するつもりだ!?」杖を持った老人がよろよろと走り寄ってきた。戦闘員たちの動きが止まった。

「うわー!!」老人は杖を振り上げ、戦闘員の一人に挑みかかる。

「まずはこのじじいからだ」戦闘員はそう言うと跳躍し、老人の背後に降り立った。

振り向こうとする老人を羽交締めにする。

壜を持ったもう一人の戦闘員は老人に向けて走り出す。

「やめてぇ!!」千草は反射的に老人の方へと走り出した。

だが、戦闘員の方が遙かに早かった。

戦闘員は全速力で駆け抜けながら、壜を老人の顔に叩きつけた。

壜の中の液体が飛び散った。

老人は絶叫した。

――酪酸だわ。

酪酸はバターから作られる酸であるため、環境には無害だという主張らしい。だが、もちろん人体には有害だ。目に入れば失明のおそれもある。だが、彼らにとって、これは非暴力の象徴らしい。

ガラス壜の細かい破片が老人の顔に突き刺さり、血塗れになっていた。

「お爺ちゃん！」少年が走り寄ってきた。

千草は少年を保護しようとしたが、足がもつれてしまった。

少年は戦闘員に体当たりしようとした。

だが、戦闘員は素早く身をかわし、少年の髪の毛を摑んだ。「不届き者、地球の敵め！生き物たちからの報いを受けるがいい」

「孫だけは許してくれ」老人は酸のため、目が見えなくなったようで、手探りで這いずりながら、孫の所へ向かおうとしていた。

「駄目だ。無残にも命を奪われた虫たちの無念を思い知るがいい！　地球は人間だけのものではない。ただ、自分の楽しみのためだけに命あるものを傷つけることはどれほど罪深いことか。これはおまえたちのためにやっているのだ。重い罰を受けることで、正しい価値観を確実に身に付けることができるのだ。もちろん、正しい価値観は視力なんかより遥かに重要で尊い徳なのだ」戦闘員は少年の顔に酪酸入りの壜を叩きつけた。

少年は泣き叫んだ。

気がつくと、さらに別の戦闘員がその様子をカメラに収めていた。海外で放送されているマウンテンピーナッツがスポンサーになっている番組で流すのだろう。彼らは映像を巧みに編集し、悪逆の限りを尽くす環境破壊者をヒーローとして叩きのめす自分たちを演出するのだ。その番組を見たマウンテンピーナッツの支持者である環境保護主義者たちは溜飲を下げ、そしてマウンテンピーナッツにさらなる寄付を行うのだ。おそらく虫取りをする少年の映像に重ねるように何万という昆虫たちが苦しみ悶えながら、死ぬ様子が映されるのだろう。CGで邪悪に歪められた彼と祖父の笑顔と共に。

——とんだヒーローだわ。本物のヒーローは絶対にこんなことはしない。本物のヒーローなら、こんな時は……。

千草ははっと我に返った。

——駄目よ。今はヒーローのことは忘れなくっちゃ。だって、今日はオーディションだもの。

千草は戦闘員たちを刺激しないように、少年と老人に近づいた。

二人とも呻き苦しんではいたが、命に別状はない。

明らかな傷害事件だが、警察に通報しても意味がない。マウンテンピーナッツは国際世論を味方につけているので、被害者が死亡でもしていない限り、警察が動くことはまずないのだ。被害者が死亡した場合はさすがに逮捕されるが、裁判まで進むことは稀でたいていは起訴猶予になってしまう。この国の司法も行政も外圧に簡単に屈してしまう。日本は捕鯨国であることもあるが、その上マウンテンピーナッツの世界的な宣伝工作により、完全に環境破壊国としてのイメージが根づいてしまっている。もちろん諸外国でも昆虫採集や魚釣りや狩猟は行われているが、日本人が行うそれは特に悪質で残虐であるということになってしまっている。これはマウンテンピーナッツが大量に制作し、全世界で放送している番組により形成されたイメージなので簡単には払拭(ふっしょく)することはできない。マウンテンピーナッツにとっては、特定の国を悪者にした方が活動を単純化できるし、余計な敵を作らずにすむのでメリットが大きいのだ。

千草は携帯電話で救急車を呼んだ。

救急車は数分で到着した。

戦闘員たちは遠巻きに犠牲者の二人が救急車に運び込まれる様子をにやにやと眺めていた。

——完全に遅刻だわ。

だが、落胆よりも怒りが勝っていた。

——見てなさい。いつか、きっとあなたたちの前に本物のヒーローが立ちはだかるから。そのヒーローは……。ああ。駄目。このことはひとまず忘れなくっちゃ。

千草は半ば無意識に、とぼとぼとバス停へと向かった。

そこには奇跡的にバスが停まっており、今まさにドアを閉めようとしていた。

「待ってぇええ!!」千草は叫びながら、走り出す。

バスはいったん動き出したが、千草を認めたのかすぐに停まってくれた。

「お嬢ちゃんも、あのデモに巻き込まれたのかい?」年配の女性が声をかけてきた。

「ええ。もう間に合わないかと思いました」

「このバスもここに来る途中、デモにあって遅れたんだよ。車道まで飛び出してくるんだから、本当にひどいよね」

「そうだったんですか」

——まあ、それで間に合ったんだから、不幸中の幸いだわ。問題はこのバスが電車の発車時刻に間に合うかどうかだけど。

千草の住む降星町には鉄道はない。電車に乗るためには、バスで三十分離れた隣町の駅に行かないといけないのだ。途中の道はほぼ山道で片側が崖になっているような場所も多い。一年程前は頻繁にあんなことがあったので、山の中を通る時、千草は少し不安になる。もちろん、最近は起こってないので、大丈夫なはずだけど。

千草の不安は的中した。

雷鳴のように大きく不快な咆哮が山々に響き渡った。

前方数百メートルの道路わきの山肌を突き破って巨大な生物が顔を出していた。

車内は瞬時にして阿鼻叫喚に包まれた。

——また、一年前のように、怪獣の出現が活発化するのかしら？　ええと。あれは何という怪獣だった？

千草は車内の喧騒をどこか遠くで起こっているような感覚で眺めていた。この状況で慌てふためいても、できることは限られている。今は運転手の判断と技量を信じて祈る以外に何もすることはない。

――テレスドンっぽいわね。でも、なんだか、全体に丸っこくて、ぼこぼこしている。まるで腐りかかったテレスドンみたい。そうだわ。あれは確かデットン。テレスドンの弟だったかしら。あっ。弟ってことは「テレスドン」とか「デットン」とかは、種族名じゃなくて、個人名――というか個獣名なのね。

デットンはテレスドンのように炎を吐いたりしないから、近づかなければ大丈夫なはずだった。大事なのは落ち着いて逃げきることだ。

だが、山道は狭く、簡単にはUターンできそうになかった。特にこのような緊急事態では気が焦ってなかなかうまくいかない。運転手はギアをバックに入れ、そのまま後退して逃げることにしたようだ。

だが、これはあまり利口な選択ではなかった。バックではあまり速度が出ないうえ、カーブの多い山道では、ハンドルを操作ミスしやすい。

がたんと衝撃があった。

二十五名の乗客たちは一斉に窓の外を見た。

車体がガードレールに接触していた。後輪が一つ道路から飛び出し、崖のふちにかかっていた。

運転手は必死になって、道路に戻ろうとしていた。だが、後輪が引っ掛かり、タイヤが空回りするばかりで、全く動かない。

デットンはバスを目標に決めたようで、こっちに近づいてきた。

——ああ。これはもう電車には間に合わないわね。

千草はぼんやりとそんなことを考えていた。

「ドアを開けろ!」乗客の一人が叫んだ。

それが賢明な判断かどうかはわからなかった。ドアの外はすぐ崖になっているので、ガードレールに乗って移動しなければならない。怪獣が迫る中、そんな芸当ができる人間がどれだけいるだろうか。それにデットンはもう二、三十メートルの距離に迫っていた。今から逃げることは不可能に思えた。

フロントガラスを通して、デットンの不気味に膨らんだ鼻がまるで3D映画のように見えた。ぶよぶよとした全身はまるでウレタンの塊の様だった。歩くたびにぶるぶると全身のあらゆる場所が振動している。大きく開けた口の中の歯の生え方も不規則で、ところどころ欠損があった。目は死んだ魚の様で、赤黒く濁っている。

——来る!

千草は深呼吸をした。

デットンの爪がバスにぶつかり、バスは空中に放り投げられた。

崖の下までは五十メートルはあるだろう。

——なんてことかしら。崖下にバスが転落したら、乗っている二十六人全員死んでしまうじゃないの……。

地面に落下する寸前、デットンの尻尾がバスをとらえ、さらに百メートルほど飛ばされ、渓流脇の岩場に激突した。爆発が起こり、バスは炎に包まれ、どす黒い煙がまきあがった。

——もし、わたしがウルトラマンじゃなかったらね。

「ウルトライブ！　ウルトラマン!!」

千草——初代ウルトラマンの両手の上には、バスの乗客全員と運転手が載っていた。大半は気を失っていた。何人かは意識を保っているようだったが、乗客の中に千草がいないことには気づいていない。

デットンはこちらを睨みながら、じりじりと近づいてくる。

——デットンはなんとかしなくちゃならないけど、その前にこの人たちを安全な場所に運ばなきゃ。

「シュワッ！」初代ウルトラマンは人々を手に載せたまま、飛び立った。次の瞬間には駅前に到着した。改札口の前に乗客たちをそっと降ろす。

変身してから、まだ十秒ほどしかたっていない。時間は充分ある。

初代は再び飛行した。

デットンは山中を市街地に向けて移動中だった。

デットンはそれほど強力な怪獣ではない。だから、撃退は難しくはないだろう。

だが、千草は戸惑っていた。

彼女は自分が巨大ヒーローであることをまだ完全には受け入れていなかった。アイドル志望の女子高生と身長四十メートルの銀色の巨人ヒーローとのギャップは果てしなく大きい。小学生の頃に男の子たちに交じってヒーローごっこをした記憶もない。ウルトラマンであることは千草のセルフイメージとあまりにもかけ離れていた。一年前、千草は友人を救うため、自らウルトラマンとなる道を選んだ。そして、それは一度きりのものだと思っていた。だが、人々が危機に瀕したとき、気がつくと千草の目の前にギンガライトスパークが現れたのだ。あの選択以降、千草はウルトラマンであることを運命づけられてしまったようだった。

そして現に今、危険な怪獣が現れ、それを食い止めることができるのはウルトラマンだけ。そして、今ここにいるウルトラマンは千草だけだ。だとしたら、自分がヒーローの役割を果たさなければならないのは自明のことだ。

割り切れなさを感じながらも、彼女はデットンの前に立ち、ファイティングポーズをとった。

「ヘアッ！」

デットンも初代を敵とみなしたようで、威嚇のために咆哮した。

――どうしようかしら？　ウルトラマンタロウはいろいろな怪獣の特徴を教えてくれたけど、デットンの弱点は教えてくれなかったような気がする。まずはオーソドックスに格闘戦で弱らせてから、スペシウム光線で爆殺する？　それとも、いきなりスペシウム光線を使う？　テレスドンやゴモラなら、まず弱らせる必要があるかもしれないけど、デットンは脆弱だからその必要はないかも。まあ、デットンだったのは不幸中の幸いだわ。もしゼットンだった

ら目も当てられない。前に戦った時は打つ手がなかったもの。

変身していられるのはあと二分ちょっと。あまり悩んでいる時間はない。とりあえずスペシウム光線を当てて、倒せなかったら格闘技を試すことに決めた。

初代は腕をクロスさせた。

その時、千草は自分とデットンとちょうど正三角形を描くような位置に浮かぶ飛行物体に気づいた。

——何、あれ？

それはジェット戦闘機のような形をし、カラフルな模様が描かれていた。なにより特徴的なのは空中に静止していたことだ。つまり、垂直離着陸機（VTOL）だということだ。戦闘機に関してそれほど詳しくはなかったが、既存のビートルにこのような形態のものがないことは知っている。となると、これは新型機だ。しかも、怪獣に対して投入されたということで、だいたいの察しはついた。

——これはきっとUPGが配備した対怪獣用の新型戦闘機ね。だったら、デットン退治はこの戦闘機に任せて、わたしは退散してもいいんじゃないかしら。

初代はクロスした腕をはずす。

——でも、この戦闘機、本当に大丈夫かしら？　たぶん実戦はこれが初めてよね。武器がデットンに全く歯が立たないという可能性もあるわ。このましばらくウルトラマンの姿で見守った方がいいのかしら？　でも、見守っている間に時間がなくなるかも。

──やっぱりスペシウム光線、撃っとこ。

初代は再び腕を交差した。

その瞬間、千草は腕に凄まじい衝撃を覚えた。

両腕が炎に包まれている。

──痛っ!!　何？　デットンが飛び道具使ったの？　まさか！

だが、デットンに変わった様子はなかった。じっとこちらを睨んでいるが、光線や炎やそれ以外の武器を使ったようには見えない。

──じゃあ、何？

再び衝撃を受けた。カラータイマーの付近から炎が噴き上がっている。

今度はウルトラマンの目がはっきりととらえていた。

ミサイル攻撃だ。戦闘機からミサイルが発射されたのだ。

──誤射？　間違えてわたしを撃ったの？　そうなの？

初代は戦闘機に向かって手を振った。誤射については別に怒っていないというジェスチャーのつもりだった。

戦闘機から三発目が発射された。初代の顔面を狙って飛んでくる。

──誤射じゃない！

「ジュワ！」初代はミサイルを回避した。

だが、ミサイルは旋回して戻ってくる。

——赤外線か何かで誘導しているの？　それとも、無線コントロール？

「ダッ！」初代は飛び立った。

ミサイルはなかなか振りきれない。

初代は真上に向かって急速上昇を始めた。

ミサイルは水平飛行を行う前提で設計されているので、垂直上昇を長く続けることで微妙なブレが生じ、速度が遅くなった。

初代は空中で大きくUターンし、ミサイルに向けて、スペシウム光線を照射した。

ミサイルは爆発四散した。

《人間よ。いったいどうしたというのだ？》

千草はウルトラマンとして、戦闘機に語りかけた。

「ウルトラマン、おまえは我々の装備を破壊した。これは人類に対する敵対行動だ。今後は我々の敵とみなす」

《君は何者だ？》

「わたしはマウンテンピーナッツの日本支部総司令官・原動隆一郎だ」

——マウンテンピーナッツ？　自衛隊でも、UPGでもなく、日本国内で、民間団体が戦闘機？

《なぜ、戦闘機など保有している？》

「これは戦闘機ではない。環境保護設備だ。その一部をおまえが破壊したのだ、ウルトラマン」

《破壊したのはミサイルだ。そして、先に攻撃してきたのは君たちの方だ》

「攻撃？　あれは正当防衛だ」

《わたしは君たちを攻撃などしていない》

「おまえは罪のない野生動物を攻撃しようとした」

《デットンを野放しにしていたら、人間に甚大な被害が及ぶ》

「それはデットンの責任ではない」

《デットンは凶暴で危険な怪獣だ。駆除しなければ、数万人単位の被害が発生する》

「人間のエゴのために罪のない生物を殺すと言うのか？　だとしたら、人類は自然を逸脱した存在となる。地球上に存続する資格はない」

カラータイマーが赤く点滅を始めた。

――もう時間がないわ。

千草は原動との交渉を打ち切ることにした。

民間団体が戦闘機を保有し、ミサイルを発射するなんて常軌を逸している。話の通じる相手ではない。

初代はデットンの上空に移動し、両腕をクロスした。

地上と空中から無数のミサイルが発射された。

ウルトラマンの肉体はとてつもなく頑強だ。だが、数百発以上のミサイルすべてに同時に対応することはできない。初代は空中で体勢を崩し、そのまま墜落を始めた。

——このままだと、あと三十秒で地面にぶつかるわ。ただ、それ自体はそんなに悪いニュースじゃない。悪いニュースは変身時間があと二十秒ちょっとしかないことよ。

初代は失速するがまま自然に落ちるのではなく、強制的に自分の肉体を地面に向けて加速した。初代は超音速で山中の地面に激突した。衝撃波が地表を伝播し、大量の土砂を跳ね上げた。だが、ウルトラマンの肉体はその程度で破壊されたりしない。空中で変身が解除されてから地面に落下するより、変身状態のまま地面に激突する方が遙かに安全なのだ。

変身してから三分が経過した。

ウルトライブは解除された。

千草はクレーターの中央部で泥だらけになっていた。

周囲にはまだもうもうと土煙が渦巻いていた。

千草はその中を全力疾走した。

——今、見つかるのはとても危険だわ。もし、わたしがウルトラマンだということが知られたら、あいつらにどんな目にあわされるか、考えるだけでもぞっとするわ。

幸いなことに鬱蒼とした丘を越えると、すぐ市街地に繋がっていた。

クレーターの上空には爆撃機が集結し、爆撃を開始していた。

現場には次々と火柱が立ち、やがて石油の燃える臭いが漂ってきた。

——あれはナパーム弾ね。もしわたしがあそこにいたら、ひとたまりもなかったわ。あの人たちはウルトラマンの正体が人間であることを想定して、こんなことをしているのかしら？

千草はスマホでニュースサイトを閲覧した。

どうやら、デットンは市街地に侵入したらしい。町の全域に避難命令が出ているが、もちろん怪獣が暴れている状況下で避難なぞできるはずがない。

——もう一度変身する？　連続変身は試したことがない。だけど、人々を見殺しにはできない。

千草は物陰に隠れると、ギンガライトスパークを取り出した。

だが、変身は起こらなかった。

——やっぱり連続変身は無理みたい。だけど、どのぐらい待てばいいのかしら？　一日？

それとも、一時間ぐらい？

スマホでテレビ放送を受信すると、市街地はすでに火の海になっていた。デットンはたいした能力を持ってはいなかったが、巨体が暴れるだけで、これだけの被害になるのだ。また、デットンの動きには街の機能を麻痺させ、人々の犠牲を最大限にするような明確な意思が感じられた。単に本能のまま暴れている訳ではなく、人類に敵対するなんらかの力が背後に働いているのかもしれない。

地元警察の機動隊が姿を現した。

戦力的には全然足りないが、怪獣の足止めはできるかもしれない。その間に少しでも避難が進めばそれだけ多くの命が助かる。

機動隊の前に黒ずくめの一団が現れた。

――マウンテンピーナッツの戦闘員！

千草は目を見張った。

全員が手に自動小銃を持っている。

対する機動隊の方は急ごしらえのためか、拳銃やガス銃ぐらいしか装備していないようだった。

「もし、デットンを傷つけるような真似をしてみろ。こっちも容赦しないぞ」そう言いながら、戦闘員は機銃掃射した。「こっちは国際条約に基づいた行動なんだ。お前らの国の法律なんか、無視できるんだよ‼」

数名の機動隊員の足に命中し、彼らはばらばらと倒れた。

「次は頭か胸を狙うぞ」

機動隊員たちは負傷した仲間を担ぐと、撤退を始めた。

――これは仕方がないわ。相手が悪いもの。

戦闘員たちはデットンの周囲に散開し、それを援護するように共に前進した。

機動隊員たちはそれをただ遠巻きに眺めるしかなかった。

デットンは我が物顔にビルを破壊し、逃げ遅れた人々を踏みつぶした。

炎の中で揺れ動いて見えるその顔は歪に微笑んでいるようにも見えた。

やがて、自衛隊の戦闘機が数機やってきた。

機動隊員たちは、自衛隊に現場を引き継いだようだった。

考えてみれば、怪獣の相手は機動隊より自衛隊の方が望ましい。

法的に自衛隊が怪獣と戦えるかどうかは数年前に防衛大臣が問題を提起してから、国民的な議論が広く行われてきた。現在では、怪獣と戦うことは災害救助とほぼ等価だと考えられている。だが、怪獣を操っているのが宇宙人と判明した場合については、まだ議論の余地が残っている。それは戦争とみなされるため、投入する戦力が防衛のための最小限の範囲であることが、国会で承認されなければならないのだ。

自衛隊機はミサイルを発射した。

デットンに命中。だが、デットンは全く怯まなかった。

ミサイルで怪獣を殺せない理由については、何度も考察されてきたが、いっこうにそれらしい回答は得られていない。

一番有力な説は、怪獣たちの再生能力が原因というものだ。つまり、実際には傷ついているが、組織の再生能力がそれを上回っているという説だ。だが、対ウルトラマンや怪獣同士の戦いにおいては、怪獣もまた負傷することが知られている。これはなんらかの手段で再生が阻害されていると考えることもできる。

また、別の説では、怪獣の周辺には一種の力の場が展開されていて、ミサイルはそれを貫通できないとされている。しかし、ウルトラマンを含むある種の宇宙人たちは明示的に光波バリアを作りだすことができるが、すべての怪獣たちがそのようなものを発生させる訳ではない。体外に展開するマクロバリアの他に細胞間に張り巡らされるマイクロバリアの可能性があるというがどうだろうか。

最も可能性が高いのは怪獣の肉体を構成する物質は我々のそれではなく、全く未知のものだという説だ。怪獣はその体長と比較して、極端に体重が重い、もしくは軽いことが知られている。つまり、通常の物質ではないということだ。この説の難点は怪獣の死骸からはなんら特別な物質が発見されていないことにある。だが、怪獣の足跡や衝撃力から推定した生存中の体重と比較して、死骸の体重が数分の一になっていることからして、その未知の物質は死後急速に消失するとも考えられる。

あるいはこの三つの説は同じ事実を指しているのかもしれないし、三つの混合が正しいのかもしれない。あるいは、これらとは全く違う似ても似つかない原因によるのかもしれない。

ミサイルはデットンを傷つけることはできないが、どうやら足止めはできているようだった。デットンを足止めできるのなら、その間に住民の避難を進めることができる。

だが、そこに突然、別の飛行物体が現れた。

――マウンテンピーナッツのビートルだわ。

ビートルは自衛隊の戦闘機とデットンの間に割って入った。ビートルは低速で移動できるので、ジェット戦闘機と比較して、防御向きだと言える。

そして、ビートルは自衛隊機に向けて、ミサイルを発射した。

自衛隊機は爆発した。

人々の間から悲鳴があがった。

自衛隊はマウンテンピーナッツには決して攻撃ができない。他国からの侵略に対しては自衛権を発動することができる。だが、マウンテンピーナッツの目的は侵略ではなく、怪獣保護だ。そもそもマウンテンピーナッツは国家ですらない。自衛隊は国内法上も国際法上もマウンテンピーナッツと交戦することは許されないのだ。

ビルの間からもミサイルが発射された。

どうやら、マウンテンピーナッツは市街地にまで地対空ミサイルを運び込んでいたらしい。おそらく国際世論の圧力を背景にして、強引に持ち込んだのだろう。

デットンは殺戮と破壊の限りを尽くした。


その翌日、デットンの猛威による被害はさらに広がっていた。犠牲者の数は大規模災害のそれに匹敵し、被害総額は数十兆円に上っているとの推計がなされていた。

多くの人々は逃げ惑うだけだったが、やがて逃げるだけではなく、戦おうという人々が現れ始めた。

ウルトラマンや自衛隊が怪獣と戦えないのは、マウンテンピーナッツに手出しできないからだ。だが、一般人なら、個人の緊急避難や正当防衛を盾にマウンテンピーナッツと戦うことができる。デットンを倒すことができないまでも、マウンテンピーナッツだけでも排除できれば、怪獣退治に向けての道が繋がる。

そういった事実に気づいた人々が集まり、猟銃や火炎瓶に加え、3Dプリンターを駆使して作りだした自家製の銃器や爆弾も持ち寄って、大規模な自警団が形成されていった。

　暴れ疲れたデットンが睡眠に入ったとき、作戦は決行された。

　その様子はテレビでも中継され、千草はそれに見入っていた。

　デットンに数百メートルまで近づいたとき、マウンテンピーナッツの戦闘員たちが現れた。

手には自動小銃を握っていた。

「そこをどけ！」自警団のリーダーが叫んだ。

「いやだ」戦闘員の一人が言った。「デットンを傷つけることは絶対に許さない」

「だったら、お前たちが血を見ることになるぞ！」

「やれるものなら、やってみろ」

　自警団のリーダーは戦闘員に自家製の銃を向けた。

　戦闘員は不敵な笑みを浮かべている。

　自警団のリーダーはがたがたと震えている。

「どうした？」戦闘員は嘲るように言った。「人を撃ったことがないのか？」

「畜生‼」自警団のリーダーは銃を振り上げ、戦闘員の方に向けて走り出した。撃つことができないので、銃を鈍器として殴ろうとしているらしい。

「撃て」戦闘員の一人が言った。

　ばらばらばらばら。

一斉に自動小銃が火を吹いた。

自警団のリーダーは腹から血を流して倒れていた。

彼だけではない、背後にいた自警団のメンバーたちも弾を食らったのか、次々と倒れていく。

――許せない。

千草はギンガライトスパークを取り出した。

いけない、千草。

「どうして、ウルトラマン？」

君は地球人と戦ってはいけない。

「だって、罪もない人たちがデットンに踏みつぶされるのを黙って見ているなんてできない」

だが、ウルトラマンの力を種族内の争いに介入させてはいけないのだ。

「どうして？」

それを行ったが最後、我々は全宇宙のすべての種族を支配下に置くことになってしまう。

「どういう意味？」

君たち地球人は様々な価値観を持って、様々な国家や文明を作りだしている。もしウルトラマンがそのうちの一つの価値観のみを尊重したら、どうなるだろうか？

「でも、正しい目的のために力を使うなら、いいのではないの？」

何が正しいかを決めるのが価値観なのだ。つまり、価値観とは、それぞれの文明・文化が保有する公理なのだ。それを否定することはできない。

「正義は一つではないってこと?」

そうだ。マウンテンピーナッツにとっての正義とは、地球環境の保全なのだ。だから、人類が地球環境に介入すること自体が悪なのだ。地球環境が人類の存続より優先される。もちろん、彼ら自身の価値観は極めて幼稚で単純化されているため、自己矛盾をはらんでいる。例えば、食物にする以外の目的での動物の殺戮は許さないのに、彼ら自身の戦闘機が地球環境を破壊していることには目をつむっている。しかし、幼稚であろうとも、それが一つの価値観を構成しているなら、否定することはできない。

「人類よりも環境が大事ってこと? それって本末転倒じゃないの? だって、地球環境を守る理由って人類が滅びないためでしょ?」

それもまた一つの価値観だ。価値観に正しいも間違いもない。議論の出発点であり、公理系なのだから。例えば、自国の国民の利益を最優先すべきだという価値観がある。一方で人類全体の利益を優先すべきであり、そのためには自国の国民が犠牲になっても構わないという価値観もある。あるいは、他国と戦うぐらいなら、自国が滅んだ方がいいという価値観がある。為政者の幸福が最優先で、国民の幸福は二の次だという価値観もある。そのどれが正しいかをウルトラマンが決定することはないのだ。

「じゃあ、自国民を何千万人も殺戮する独裁者がいても放っておくの?」

ああ。現に、我々はそのような独裁者を放置してきた。種族内の価値観の相違は種族内で解決すべきなのだ。

「人類はまだ未熟で、自分たちだけの力で解決できないのよ」

未熟なのは、我々も同じだ。完全に成熟した種族などこの宇宙には存在しない。我々が動くのは、種族間の侵略行為や、まだ自衛能力が整っていない文明を強力な野生動物が崩壊させようとした時だけだ。

「そんなのあなたたちの自己満足じゃないの！」

そう思われても仕方がない。だが、ウルトラマンである限り、わたしはこの信条を変えることはない。

「わかったわ。じゃあ、マウンテンピーナッツには一切手出ししない。攻撃するのは、デットンだけだとしたら、どうなの？」

いいだろう。だが、もし君が人間を攻撃したら、その時は強制的に変身（ウルトライブ）を解除する。

千草は頷（うなず）いた。

「ウルトライブ！　ウルトラマン!!」

瞬時にして、デットンの上空に到達する。

地上に降りたら、マウンテンピーナッツの攻撃を受けなければならない。もちろん、上空にいても、数百発の地対空ミサイルの餌食になる。

だが、ウルトラマンは大気中をマッハ五で飛行できる。もし低空ぎりぎりをこの速度で飛行すれば、ミサイル攻撃は不可能だ。

——でも、その速度で、デットンを攻撃することはできるのかしら？

——ウルトラマンの能力なら、可能なはずだわ。わたしの精神力さえついていけたら。

千草は瞬時にして、攻撃進路を想定した。

——あとはやるしかない。

初代ウルトラマンは空中を宙返りし、そのままビルの間の道路に侵入した。高度は二十メートル。通り過ぎた後の衝撃波でビルの窓ガラスが砕け散り、乗り捨てられた自動車が宙を舞った。

ミサイルが何発か発射されたが、目標を見失い、明後日の方向に飛んでいく。

——あのカーブを過ぎれば、デットンが見えるはず。そこで、スペシウム光線を発射すれば……。

カーブを曲がり始めたとき、初代の目が異変をとらえた。幾筋ものワイヤがビルの間に蜘蛛の巣のように張られていた。

ウルトラマンのパワーと強靭さがあれば、簡単に断ち切れるかもしれない。だが、マッハ五で突っ込んだ場合、両側のビルにどんな被害が出るか想像もつかない。

初代は進路を変え、急速に上昇した。

突風が巻き起こり、ガラスの破片が巨大な竜巻を形成した。

千草がウルトライブしてから、まだ三十秒程しかたっていない。その間にこれだけの計画を練ることができるとは思えない。つまり、マウンテンピーナッツはウルトラマンがこのような行動をとるだろうことを予測して準備していたのだ。周辺のビルの屋上から一斉にミサイルが発射された。

——このまま急速上昇してやり過ごす？

——いいえ。そんなことをしていたら、いつまでたっても、デットンは倒せない。

初代は空中で急停止した。

数万Gの加速度にミサイルは追随できず、そのまま上昇していった。

初代はデットンに急降下キックを喰らわせた。

デットンは回転し、一キロメートル程も弾け飛んだ。

アスファルトは砕け散り、巨大なクレーターが形成された。

初代はデットンに向けて走り出す。

膨大な土砂が宙を舞う。

そして、デットンの目前で数発のミサイルが初代をとらえた。

いや。それは単なるミサイルではなかった。それには強靭な歯が備えつけられており、初代の四肢に喰らいついた。

——何、これ？

初代はすぐさま取り外そうとした。

次の瞬間、歯の間から鋭いドリルが出現し、初代の皮膚を切り裂き始めた。

皮膚の下から、強烈な光が漏れだす。

――ウルトラマンの皮膚を傷つけているの？

千草は驚愕した。

ウルトラマンには血液は存在しないが、皮膚が破られると体内のエネルギーがプラズマとして噴出するのだ。

まだウルトライブして一分しかたっていないのに、カラータイマーが点滅し始めた。

これは対ウルトラマン兵器。どうして、地球人にこんな技術が？

――まさか、メテオール！

メテオール――それは都市伝説に語られている超絶科学だ。

過去にウルトラマンを含む宇宙人たちが残した兵器や宇宙船などを分析して、人類が手に入れたオーバーテクノロジーだという。だが、原理的に未解明な部分が多いため、国際機密条約でその使用は厳重に規制され、その存在すら公にされていないと言われている。マウンテンピーナッツはどこかからメテオールの情報を手に入れ、条約を無視して実用化していたのだ。

千草は激しい怒りを覚えた。

――これじゃあ、怪獣以上の脅威じゃないの！

だが、ウルトラマンは人類を攻撃できない。とにかくデットンを倒すことが先決だ。

「ダッ！」

初代は跳躍し、倒れているデットンのすぐ近くに降り立った。

――もう時間がない。すぐに決着をつけないと。

初代は腕をクロスしようとした。

と、そのとき、

「スペシウム弾頭弾、発射！」

マウンテンピーナッツ日本支部総司令官・原動の声を初代の鋭敏な聴覚がキャッチした。

――何？　今、何て言ったの？

初代の手足に喰らいついているミサイル型兵器からさらに小型のミサイルが初代の体内に向けて発射された。

そして、スペシウム光線を発しながら爆発した。

――厭ああああ!!

千草は両手足にとてつもない衝撃を感じた。

手足の感覚はなくなったが、かろうじてちぎれてはいないようだった。だが、エネルギーの流出が止まらない。

周辺のビルはプラズマの噴流に巻き込まれ、粉々に吹き飛んでいく。

「どうした、ウルトラマン？」原動が言った。「おまえのせいで街が崩壊してしまうぞ。さっさと逃げ帰れ」

なんとか立ってはいたが、両腕はだらりと垂れさがっている。

「シュワック！」

千草は満身の力を込めた。だが、腕は途中までしか持ち上がらない。

カラータイマーの音がどんどん速くなる。

——もう駄目かも。

今、ここでウルトライブを解除したら、すぐデットンの餌食になってしまう。だが、もはや打つ手はなさそうだった。

「とどめだ、ウルトラマン」

さらにミサイルが初代の太腿を襲った。

もはや初代に立っている力は残っていなかった。そのまま仰向けにビルを破壊しながら、倒れていく。

千草の意識は急速に薄らいでいった。

かすかに感覚が残っている。

倒れた拍子に腕が交差したのを感じた。

「ヘアッ!!」

半ば無意識のままスペシウム光線が発射された。

千草は、デットンが空高く噴き上げられながら爆発していく夢を見たような気がした。

医者は、手足の傷は跡が残らずに治る、と言った。

千草はほっとした。骨が内部から破裂していたため、相当複雑な骨折になって筋肉も断裂していたが、そのことが逆に皮膚の損傷を防いだとのことだった。

医者は、どうしたらこんな怪我をするのか、と首を捻っていた。

千草は、怪獣から逃げている途中で気を失って気づいたら怪我をしていた、と答えておいた。

怪獣の攻撃なら何が起きても不思議ではないと思ってもらえるだろう。


ようやく普通に歩けるようになった頃、また怪獣が現れた。

出し抜けに市街地に現れ、そして火炎を吐いた。

街は高温に包まれ、熱気は巨大な茸雲を作りだした。

尾はなく、いかり肩で、頭部は胸の中に埋没していた。

――ジャミラだわ。

千草は厭な感覚にとらわれた。

――あの怪獣とは戦いたくない。

千草はウルトラマンタロウから聞いたジャミラの出自を思い出した。

――だけど、ジャミラは元は人間とはいえ、今はもう怪獣。人々の命を脅かすのなら、戦うしかない。

「ウルトライブ！　ウルトラマン‼」

初代はジャミラの前に立ちはだかった。

――たぶん、あいつらはもう来ているはずだわ。

案の定、マウンテンピーナッツのビートルが現れた。

自衛隊機はもうやってこないようだった。国際世論からの反発が強かったのか。それとも、元人間であるジャミラを攻撃することに対し、疑義が生じたのか。もしメテオールが実在するなら、各国政府はウルトラマンや宇宙人が持っていた怪獣データベースも手に入れているはずだ。

ジャミラは不気味な咆哮をあげた。

ジャミラにはスペシウムは無効だと思われる。初代は両手を組んで、ウルトラ水流の準備をした。

ジャミラは水に弱い。

ビートルは初代とジャミラの間に割り込んできた。

――また、メテオールで初代を攻撃するつもりね。

千草は攻撃を覚悟した。

だが、ビートルの機首は初代ではなく、ジャミラの方を向いている。

ジャミラは口を開いた。

その口の中へビートルがミサイルを発射した。ミサイルが破裂すると共に、大量の水が噴き出した。

——水爆弾？

ジャミラは少量の水では倒せない。だが、直接口の中に流し込まれたら、どうなるかは知られていない。

ジャミラの全身から煙のようなものが立ち上った。同時に嘔吐を始めた。赤黒い内臓のようなものをげぼげぼと苦しみながら、吐き続けている。

同時に周囲のビルから、一斉に放水が始まった。

——何？　どうして？

「無様なものだ」原動の声がした。「元はと言えば、開発の名のもとに宇宙環境を破壊しようとした自分が悪いのに、逆恨みして暴れ、さらに地球の環境を破壊するとはな。おまえに生きる資格はない」

——マウンテンピーナッツはジャミラを野生動物とは認識していないんだ。元人間であるジャミラは怪獣化しても人間だから、地球の環境を破壊する敵として排除しようとしているのね。

ジャミラは溶解しかかった内臓を大量に吐き出しながら、倒れ伏した。

マウンテンピーナッツ軍は上空に向けて、大砲のようなものを発射した。瞬時にして黒い雲が湧きだし、大粒の雨が降り出す。

——メテオールを活用した人工降雨だわ。

ジャミラは自らの内臓でできた泥濘（でぃねい）の中、悶え苦しんでのた打ち回った。人間の泣き声のように咆哮し、初代に助けを求めるように手を伸ばした。

千草は無意識のうちにその手を握った。

初代の手の中で、ジャミラの手はぐしゃりと潰れ、溶解していった。

ジャミラの全身もぐしゃりと潰れた。

だが、泣き声は続いた。

ジャミラは全身が朽ち果て、泥と化してもなお、泣き続けていた。


千草の心はひどく打ちのめされてしまった。

あれほど苦しみ抜いて死んだ怪獣は今までいなかった。あるいは、ウルトラ水流を使えば、ひと思いに殺せたのかもしれない。だが、千草にはどうしても殺すことができなかった。

ジャミラには人間の心が残っていた。初代の手で握った時にそのことがはっきりとわかったのだ。つまり、マウンテンピーナッツの判断は正しかったことになる。もし千草がジャミラを殺してしまっていたなら、果たして千草は自分を許すことができただろうか？

——もうウルトラマン辞めたい。

そして、ウルトラマンを辞めることは実は簡単なことなのだ。

怪獣が現れた時、単に変身しなければそれでいい。それだけで、千草はヒーローではない一般人に戻れる。

千草に必要なのは変身しない勇気だけだ。

平穏な数週間が過ぎ去った。

そして、ノスフェルが現れた。

ノスフェルは剝き出しの筋肉を持つ二足歩行の鼠の化け物だ。

人間を襲い、殺した人間に自らの細胞を埋め込んで、ビーストヒューマンとして操るという極めて悪質な怪獣。そして、悪質な行動ゆえ、知性ある存在として扱われるため、もちろん自衛隊は簡単には手を出せない。ノスフェルに対し、どの程度の戦力なら「最小限」と呼べるのか？　その答えを出せるものは誰もいなかった。

しかし、知性があったとしても、人間でないことが明らかならば、野生動物とみなせるため、マウンテンピーナッツの保護対象となる。

殺害された上にビーストヒューマンにされた犠牲者とマウンテンピーナッツの戦闘員という二重の壁に守られ、ノスフェルは悪逆の限りを尽くした。

家族や恋人を殺され、怪物にされた人々は絶望の淵に立たされ、半狂乱となった。自暴自棄となり、マウンテンピーナッツの戦闘員に立ち向かい、蜂の巣にされたり、わざとノスフェルに殺され、自らの愛する者と同じビーストヒューマンになる運命を選んだりした。

悲劇が悲劇を生み、人々の苦しみは天を覆い尽くした。

千草には平穏さに逃げ込むことができなかった。

助けられる人々を助けないのは殺しているも同然に思えた。

彼女は決心した。

「ウルトライブ！　ウルトラマン!!」

変身した途端、無数のスペシウム弾頭弾が初代の全身に撃ち込まれた。

兵器はさらに改良され、研ぎ澄まされていた。

ノスフェルの周囲はマウンテンピーナッツが開発したバリアに守られていたが、市街地はスペシウム光線に晒され、周囲数十キロメートルにわたって、焼け野原となった。

初代もバリアを発生させ、スペシウム弾頭弾から身を守った。

メテオールは人類にはまだ解明されていない原理に基づいた技術だ。

だから、マウンテンピーナッツはバリアの真の特性については気づいていない。バリアは空間の相転移を波動として制御する技術だ。波動であるため、互いに干渉を起こす。周波数と極性を微妙に調節すれば、相殺して無効化することも可能だ。

初代のバリアでノスフェルのバリアを無効化すれば、ノスフェルをスペシウム光線の嵐の中に曝露することができる。

もちろん、初代自身も同じくスペシウム光線に晒されることになるので、極めてリスクの高い作戦ではあった。

――今はこの方法しか思いつかないわ。でも、これでいいの。だって、ウルトラマンはヒーローなのだから。

初代はいっきにノスフェルに接近した。

バリアは干渉し、消失した。

——さあ。来るなら来て。

千草は覚悟を決めた。

だが、スペシウム光線の嵐は瞬時におさまった。

マウンテンピーナッツはなんらかの方法でバリアの消失を感知し、ノスフェルを守るために、スペシウム光線を停止したのだ。

それはむしろ好都合だった。スペシウム光線がなくなったのなら、初代にはダメージがない。

——そして、ノスフェルにはこれをプレゼントするわ。

「ジュワッ!!」

初代はスペシウム光線を発射した。

しかし、ノスフェルは持ちこたえている。

初代はさらにスペシウム光線の強度を上げた。

ノスフェルの肉体の一部が灼熱し始めた。

「ダッ!!」

初代はさらに一歩足を進め、光線の強度を一段階強めた。

ノスフェルの身体に亀裂が入った。

初代の身体の温度も上昇を始めた。これ以上は危険かもしれない。

――あと少し。

そして、ノスフェルは大量の血飛沫(ちしぶき)を撒き散らし、爆発した。

ノスフェルはスペシウムの直撃に三十秒以上耐えた。

――こんな怪獣はもう出てきてほしくない。

初代は空を見上げ、離陸体勢に入った。

ノスフェルの鋭く長い舌が攻撃してきた。

――えっ？　再生してる？

初代は地面に倒された。

カラータイマーが点滅する。

――スペシウム光線は駄目ってことね。

初代は指先をカラータイマーに合わせるように両腕を水平に構え、そして右手のみ背後に掲げ、そのまま投げつける動作で、八つ裂き光輪を発射した。

八つ裂き光輪はスペシウムのエネルギーをリング状に収束させた技だ。セブンのアイスラッガーやジャックのウルトラブレスレット、そしてA(エース)の多種多様な切断技にも勝るとも劣らない強力な切断力を持っている。

だが、ノスフェルは弾き返した。

――厄介だわ。でも、八つ裂き光輪はアイスラッガーやウルトラブレスレットと違って連続発射できるのよ。

数十の光輪に取り囲まれ、攻撃されるうちに、ノスフェルの肉体に傷がつき始めた。

初代は傷ができた部分に集中的に攻撃を加える。

両腕が切断され、宙を舞う。続いて、両脚と尾。

「やめろ、ウルトラマン！　なんて残酷なんだ!!」原動が叫ぶ。

先端がドリル状になったミサイルが初代の全身に撃ち込まれてくる。

だが、千草はなんとか苦痛に耐えた。

——ノスフェルにはちゃんととどめを刺さないと……。

初代は光輪を一つに束ねると直接手で摑み、ノスフェルに駆け寄った。

「ジュワッ！」

ノスフェルの首を切断した。

ノスフェルの首はどんと激しい落下音をたてた。

すかさず、初代はとどめを刺そうとした。

だが、そこに駆け寄る者がいた。

——原動隆一郎！

初代の動きが止まった。

——今、攻撃したら、原動を巻き込んでしまう。

「可哀そうに、可哀そうに」原動はまだ動いている首に飛びつくと、大量の血を浴びながら、泣きじゃくった。

——ああ。この人は本気なんだ。本気で怪獣の命が人間のそれよりも尊いと思ってるんだわ。

千草は絶望した。

環境保護を何かの野望の隠れ蓑にしているのなら、むしろ安心できた。だが、この男は心底自分の正義を信じている。そのような正義の怪人をどう扱えばいいというのだろう。

ノスフェルの目が開いた。

「ああ。よかった。生きていたのか？」

ノスフェルの目から大量の触手が伸び、一瞬で原動を絡め取った。

——駄目。捕食される。

だが、触手は原動を口には運ばず、そのまま眉間にもってきた。

千草は判断に迷った。

今、攻撃しないとまずいことが起きそうな気がする。だが、下手に攻撃したら、原動が死んでしまう。

すでにノスフェルの肉体は再生しつつあった。

そしてその額には原動が収められていた。

——融合しているの？　それとも、寄生？

「助けてくれ！」原動が叫んだ。「苦しいんだ」

《どう苦しいんだ？》千草はウルトラマンとして尋ねた。

「説明できない。単なる痛みではない。内臓を通じて直接脳に純粋な苦痛が送り込まれているようだ。意識が鮮明なだけに、耐えられない」

初代はノスフェルの額に手を伸ばしたが、触れることはできなかった。

ノスフェルは高速で移動し、舌で初代に攻撃を加えた。

ノスフェルが動くたびに強い苦痛が原動を襲うようで、激しく絶叫を繰り返していた。

千草は原動を救うための方法を必死に考えた。だが、圧倒的に時間が足りない。

万策尽き、千草はその場に立ち尽くすしかなかった。

ノスフェルはマウンテンピーナッツの戦闘部隊に向かって歩き出した。撤退しようとする者たちを片っ端から、舌で絡め取り、捕食を始めた。

――そうか。原動を食べなかったのは人質にするためだったのね。額に原動がいれば、ウルトラマンもマウンテンピーナッツも攻撃できないから。

舌に絡め取られた一人の戦闘員がノスフェルに向かって、自動小銃を撃った。

同時に原動が絶叫する。ノスフェルを攻撃すると、痛みはストレートに原動に伝わるようだ。

一人の戦闘員の発砲が契機になり、戦闘員たちは続々とノスフェルに対する攻撃を開始した。

自動小銃を撃った男はすでに握り潰され、捕食されていた。

いつの間にか数機のビートルが現れ、一斉にノスフェルに攻撃を加えた。

今、ウルトラマンとマウンテンピーナッツが協力すれば、ノスフェルに勝てるかもしれない。だけど、それは原動を攻撃することになってしまう。

千草はどうすることもできなかった。

ノスフェルの目が赤く輝いた。舌が高速で宙を舞い、すべてのビートルを薙ぎ払った。

ビートルは爆発炎上し、街は炎の海となった。

初代はウルトラ水流で消火を始めたが、追いつかない。

燃えながら力尽きていく戦闘員たち。その中の一人が最後の力を振り絞り、ミサイルランチャーを構えている。

ノスフェルはそれに気づいたのか、舌を伸ばした。

だが、舌が隊員を絡め取ったとき、ミサイルはすでに発射されていた。

ミサイルはレーザー誘導型で正確にノスフェルの額を狙っていた。

それがどういう意図だったかはわからない。

あるいは、怪獣を撃つのは忍びないが、人間の姿をしたものを撃つのは抵抗がなかったということかもしれない。たとえ、それが彼らのリーダーであったとしても。

とにかくスペシウム弾頭弾は原動を直撃し、彼は苦しみから解放された。

ノスフェルの頭の上半分は消滅していたが、それもすでに再生しつつあった。

――つまり、ノスフェルの肉体のどこかに体組織再生器官があるってことね。そこを破壊しなければ他の部分を攻撃してもすぐに再生してしまう。本来なら、体組織再生器官の位置を特定すべきだけど、今は探している余裕はない。

カラータイマーの点滅が早くなった。

――あと数秒。

――だったら、全身くまなく、粉砕するしかないってことよね。

初代は左手から右手にリング状のエネルギー波を誘導し、右手を拳にして突き出し、ノスフェルに命中させた。

ノスフェルは硬直し、身動きできなくなった。

「ダッ！」

初代は胸の前で、X字型に両腕を交差させた。

ノスフェルは全身が同時に粉砕され、細かい塵となって、爆発し飛び散った。

ウルトラアタック光線からウルトラ念力への連携技だ。

「シュワッ！」

初代は大空へ飛び立った。

瓦礫の中、千草は立ち尽くしていた。

これほどの被害を出さずにノスフェルを倒すこともできたはずだ。それを言えば、デットンもジャミラも同じだ。マウンテンピーナッツの邪魔があったため、被害が拡大してしまったと言い訳するのは容易(たやす)い。だが、それでいいのだろうか？　彼らは悪意があったのではない。ただ、千草や一般の日本人とは価値観が違い過ぎただけだ。価値観の相違を非難することは果たして正しいことだろうか？

誰もいないはずの街にずるずると引きずる様な足音が聞こえた。

――マウンテンピーナッツの生き残り？

だが、現れたのは一人の少女だった。髪はショートの金髪で、黒を基調とした皮かビニールかよくわからない材質の服を着ていた。脇腹を押さえながら、足を引きずっている。

通りすがりざま、千草を睨みつけた。

「貴様！　ウルトラマンか?!」少女は吐き捨てるように言った。

千草は思わず頷いてしまった。「あなた、もしかしてノスフェル……」

「これで勝ったと思うな！　わたしは負けた訳ではない！　次は必ずおまえを倒す!!」

――やめといた方がいいと思うわ。わたしの友達にはティガやギンガもいるんだから。

だが、千草は少女の気迫に圧(お)されて、声を出すことはできなかった。

少女の脇腹から何かが流れ落ちた。それは血ではなく、焼け焦げた何かの部品だった。

そして、少女は姿を消した。

少女が落としていったのだろうか。二つの人形らしきものが落ちていた。

一つは様々な布のようなものを全身に巻きつけた人形。顔にはなんの特徴もなかった。髪の色は幼稚園児が持っているクレヨンを全部画用紙に塗りたくったような色。手と足と顔はぬめぬめと脂ぎっていた。

もう一つは黄色い擦り切れた衣服のようなものを纏(まと)っていた。瘦せさらばえた肉体が布を通して見えていた。

——スパークドールズかしら？

もしそうだとしたら、ウルトラマンだけより適応範囲が広がるかもしれない。怪物も世界もますます複雑化し、混迷を深めていっているのだ。新たな戦力が必要な時だろう。

千草は人形を手に取った。

数日後、中止されていたオーディション再開の連絡が届いた。

ウルトラマンは神ではない

小林泰三

「我々ウルトラマンは決して神ではない。どんなに頑張ろうとも救えない命もあれば、届かない思いもある」

これは映画「ウルトラマンメビウス&ウルトラ兄弟」でハヤタが言った言葉である。人間としてのハヤタは「ウルトラマン」の最終回において初代ウルトラマンと分離しているので、この台詞を語ったハヤタは人間ではなく、初代ウルトラマンの変身である。つまり、百パーセント、ウルトラマン自身の言葉なのである。

ウルトラマンは全知全能ではない。知らないこともできないこともある。人類から見れば、無限の超能力を持っているように見えていても、実はその能力は有限なのである。一も無量大数も無限から見れば、共に有限の量であり、本質的な差はないのだ。ウルトラマンと人類の差は単なる進化の時間差にすぎない。ウルトラマンと人類は隔絶しているのではなく、互いがそれぞれの未来と過去なのである。

ウルトラマンは人類より遙かに進歩しており、さらに進歩を続けている。進歩する余地があるということは、ひっくり返せばまだ不完全であるということだ。ウルトラマンの判断が常に正しいとは限らない。例えば、ノンマルトやペガッサ星人との戦いでは、ウルトラセブンは自らの選択に確信を持てないでいる。また、地底文明デロスとの戦いで、ウルトラマンマックスは「これは地球という同じ星の異なる文明同士の争いだ。私がその争いに荷担する訳にはいかない」と宣言している。

もし、ウルトラマンが地球の国家間の争いに介入したとなると、ウルトラマンの意思に反する国家は存続できなくなってしまう。ウルトラマンが絶対善であるなら、それもまた容認されるべきであろうが、それを誰が保証できるだろうか？

もし、ウルトラマンがナチスドイツのホロコーストを阻止したら？　広島に原爆を投下しようとしているエノラ・ゲイを撃墜したら？　イスラム国を壊滅させたら？　尖閣諸島に上陸しようとする中国船を撃沈したら？　どれが容認できて、どれが容認できないかは人によって違うだろう。それをウルトラマンが独断で決定してしまったら、ウルトラマンは地球の支配者になってしまう。ウルトラマンの価値観を人類に押しつけ、強制した時点でウルトラマンを侵略者とみなさなければならないだろう。

一方、ウルトラマンと融合している人間の視点からは、正義のためにウルトラマンの力を使いたいと考えるのは自然なことだろう。強大な敵から弱者を守ることは正義以外の何ものでもない。目の前で虐げられている人がいて、自分がウルトラマンの力を持っているなら、どうして躊躇（ためら）う必要があろうか。

だが、それは個人の思い上がりなのである。殆ど（ほとん）どの人間は自分が独裁者になれば理想社会を築くことができると信じているに違いないが、それならどうして世界の独裁国家は楽園にならないのか。価値観は多種多様であり、すべての人間を満足させる正義は存在しない。軋轢（あつれき）の中でゆっくりと合意を形成していくしか方法はないのだ。

ウルトラマンは人の強さと弱さ、自らの強さと弱さを知っている。真の勇者であるからこそ、己の行動を制限する。そのようなウルトラマンを描くことを試み、今回の作品が生まれたのである。

影が来る

三津田信三

イラストレーション：楢喜八

三津田信三（みつだ・しんぞう）

奈良県生まれ。編集者を経て2001年『ホラー作家の棲む家』（現在は『忌館　ホラー作家の棲む家』に改題）でデビュー。その後、本格ミステリと民俗学的見地に基づく怪異譚を融合させた『厭魅の如き憑くもの』をはじめとする《刀城言耶》シリーズを刊行。同シリーズの『首無の如き祟るもの』で第61回日本推理作家協会賞と第8回本格ミステリ大賞の候補に、『山魔の如き嗤うもの』で第9回本格ミステリ大賞の候補に、『幽女の如き怨むもの』で第66回日本推理作家協会賞の候補になる。2010年、同シリーズ長篇5作目の『水魑の如き沈むもの』で第10回本格ミステリ大賞を受賞。作家三部作、《死相学探偵》シリーズ、《家》シリーズなど、独特の世界観と筆致で人気を博す。近著は『わざと忌み家を建てて棲む』『魔邸』など。2016年には『のぞきめ』の映画が公開された。

はじまりは水曜日の夕方、社会部の記者である相馬の何気ない一言からだった。

「由利ちゃん、昨日はどうしたの、休み疲れ？　ぼーっとしちゃってさ」

「えっ、何のこと？」

江戸川由利子が真顔で訊き返すと、相馬は半ばお道化け、半ば拗ねたような表情で、

「そりゃね、銀座の夕暮れ時、俺みたいな男にさ、声かけられても嬉しくも何ともないだろうけど、だからって無視することないじゃん」

「銀座ですって？　私、しばらく行ってないわよ」

「またまたぁ」

「あのね、銀座でお買い物するほど、結構なお給料はもらってないの。芸能部のお仕事もする相馬ちゃんは、きっと違うんでしょうけど」

「そ、そんなことないよ」

由利子に皮肉っぽく返され、たちまち相馬は何も言えなくなったのか、逃げるように玄関から出て行ってしまった。

「変なの」

毎日新報ビルの一階のロビーで、エレベータに向かいながら彼女は首を傾げた。

確かに三日前の日曜から月曜にかけて、由利子は大学時代の友達である小淵沢絢子（おぶちざわじゅんこ）の実家へ遊びに行った。大学卒業後、二人とも都内で就職したのだが、絢子は会社での人間関係が上手くいかず、一年前に退職して田舎へ帰っていた。由利子は再就職を勧めて引き留めたのだが、「働きながらの都会生活に疲れちゃった」と絢子に言われ、さすがに返す言葉がなかった。

それでも二人の付き合いは、その後も続いた。手紙と電話だけだったが、お互いの近状を報告し合った。一月（ひとつき）ほど前、絢子から電話があって話していたとき、「由利ちゃん、ちょっと働き過ぎじゃない」と心配され、「良かったら、うちで骨休みしなよ」と誘われて、小淵沢家を訪れる話が纏（まと）まった。

絢子の実家は神戸（ごうど）地方の初戸（はど）にあるため、日帰りは難しい。そこで月曜に休みを取り、日曜から一泊二日の予定で行くことにした。この小旅行の疲れが出て、それを相馬に見られたのだろうか。だが、休んだ日の翌日、仕事帰りに銀座へなど行くわけがない。いや、そもそも彼女は行っていないのだから。

由利子も相馬も、毎日新報の社員である。彼女は報道カメラマンで、彼は社会部記者――

時には芸能部記者にもなる――という違いはあったが、お互いを「ちゃん」づけで呼ぶほどには親しい。特に彼の相棒だったカメラマンの杉本が、新婚早々にセスナ機の墜落事故で亡くなってからは、記者とは思えないほど気の弱い相馬を、由利子も気遣っていた。杉本の事故死には、のちに「悪魔ッ子」事件と呼ばれる怪現象が関わっていたので余計である。

しかし、最近になって相馬も、ようやく立ち直る気配を見せはじめた。何事にも自信を持てなさそうな性格の裏に潜む、茶目っ気のある呆け振りが、少しずつ戻ってきていた。だから先程の銀座云々も、彼の冗談だと由利子は思うことにした。予想外の反撃を彼女から受け、きっと彼も困ったのだろう。

「ただいまぁ」

由利子が帰社の挨拶をして写真部に入ると、

「どうだ？　いい絵は撮れたか」

デスクの関が、すぐに声をかけてきた。非常に仕事熱心な上司で、しばしば彼女に怪事件の調査を命じることもある。ただし今回、彼女が撮ってきたのは、皇居の堀で群れていた白鷺（しらさぎ）たちの姿だった。

かつて古代の巨大吸血植物ジュランの大きな根が、この堀に浮かんだことがあった。触手のような根は堀からビルの地下街へと伸び、次々と人間に襲いかかった。やがて日本広告ビルの屋上を突き破り、巨大で無気味な花を咲かせ、周囲に毒花粉を撒き散らし出した。所謂（いわゆる）「マンモスフラワー」事件である。現場が皇居の近くだっただけに、国民の関心も高かった。

あれから時が流れ、今では元の平和な堀に戻っている。そんな光景を読者に伝えたいと、由利子は思っていた。

「デスク、バッチリです。カラーじゃなくても、白色は映えますからね」

「白色？　あぁ煙か」

「はぁ、煙って何です？」

「何です……って由利ちゃん、火事に煙はつきものだろ」

「……火事？」

どうにも話が噛み合わない。それは関も同じらしく、急に怖い顔になると、

「おいおい江戸川君、歌舞伎町の火事の現場に、偶然にも遭遇したので、写真を撮って帰ります――って昼過ぎに電話をかけてきたのは、君じゃないか」

「私が？」

「そうだよ。だからこっちも紙面を空けて、こうやって待っていたんだ」

「そ、そんな……」

「まさか君、まともな写真は一枚も撮れなかったなんて、言うつもりじゃないだろうな」

火事になど遭遇していない、電話もかけていない、と由利子がいくら主張しても、関は聞く耳を持たなかった。写真撮影に失敗した言い訳だと、どうやら思っているらしい。

「休み呆けじゃないのか」

そう言って怒られる始末だった。

「もう今日はいいから、帰って休みたまえ」

それでも部下想いの関は、口調こそ刺々しかったものの、最後には彼女を心配してくれた。

普段の由利子なら、たとえ相手がデスクであろうと、自分に落ち度はないのだから、絶対に引かなかったはずである。しかし関と言い争っているうちに、なぜか急に疲れを覚えてしまった。

「……はい。すみませんでした」

素直に頭を下げると早退届を出し、真っ直ぐアパートへ帰ることにした。

今夜は早く寝よう。

とぼとぼと家路を辿りながら彼女は思った。いつもなら予定外の空き時間ができると、何をしようか、何処へ行こうか、誰と会おうかと、それこそ張り切るのだが、さすがにそんな気にはなれない。とにかく自分の部屋で、ゆっくりと横になりたいと願うばかりだった。

なんか疲れたなぁ。

ぼうっとしながらも由利子は、乗り慣れた通勤電車と歩き慣れた道筋のせいか、気がつけばアパートの前まで帰っていた。そこへ大家の小母さんが、隣家から買い物籠を提げて出て来たので、彼女は軽く会釈をした。

すると大家に、妙なことを言われた。

「あら、忘れ物？」

「ど、どうしてです？」

思わず訊くと、小母さんは怪訝な顔をしながら、

「どうしてって由利ちゃん、さっき出かけたじゃないの。なのに戻って来たところをみると、忘れ物しかないでしょ」

「そのとき、私と話しました？」

「いいえ。うちの窓から、由利ちゃんが駅の方へ歩いて行くのを、偶々見ただけよ」

「それ……ほんとに私でした？」

「あなたを見間違えるはずないじゃない」

そう言って大家は笑ったが、由利子の顔色が悪いことに気づくと、急に心配しはじめた。

「ちょっと大丈夫？　疲れてるんじゃないの。少しくらいのお休みじゃ駄目なのよ。由利ちゃんは働き過ぎなんだから、もっと長いお休みをもらわなきゃ」

それから、ふと思い出したとでもいうように、

「さっき出かけたときの由利ちゃんも、なんだか青白い顔をしてたわねぇ」

お粥を作ってあげるという小母さんの親切を、彼女は丁重に断ってからアパートの部屋に入った。かなりの疲労感を覚えているのに、妙に目だけが冴えている。これでは眠れそうにもない。神経が昂ぶっている証拠だろうか。

それにしても、どういうことかしら……。

カメラとバッグを机の上に置くと、由利子はベッドに腰かけながら考えた。

昨日の夕方、銀座にいる彼女を相馬は見たという。今日の昼過ぎ、歌舞伎町の火事の件で、

社に彼女が電話をしてきたと関は言い張る。そして先程、アパートから駅へと向かう彼女を、大家が目撃したという。

　その三人が揃って、由利子は疲れているのではないか、と言うのだが、彼女にすれば、三人の方こそ大丈夫かと訊きたい。問題は彼女にではなく、三人にあると思ったからだ。ただ、それも長くは続かなかった。

　だって、変よね。

　相馬は見間違いという可能性が、大いに有り得る。関の場合はちょっと考えられないが、デスクとしての激務が祟って、別のカメラマンからの電話を、つい勘違いしたのかもしれない。だが、大家の小母さんは違う。とても面倒見が良く、由利子も可愛がってもらっている。そんな大家が、アパートの住人を間違えるはずがない。そうなると関の話にも、何やら信憑性が出てくる気がする。相馬は大いに疑わしいと思うものの、そもそも三人ともが、由利子には覚えのない彼女自身の言動について口にしているのだ。

　つまりは三人の問題じゃなく、やっぱり私の……。

　そう考えると、とたんに怖くなってきた。と同時に、いきなり睡魔に襲われた。ちゃんと着替えないと……と思っているうちに、彼女は深い眠りに落ちてしまった。

　翌日、かなり早く目覚めた由利子は、物凄い空腹を覚えた。昨夜は夕食も摂らずに寝たので、当然と言えばそうなのだが、それにしても尋常ではない腹の空き具合だった。いつもより随分と多めに朝食を摂ったくらいである。

その日は早出だったが、規定の時間よりも早く出社した。写真記者の勤務には、朝から夕方の早出、日中の日勤、昼から夜の残り、そして宿直がある。この四つでローテーションが組まれるのだが、デスクの関から特命で怪事件の調査を頼まれることの多い由利子は、やや特別扱いになっている。とはいえ普段は、そのローテーション通りに勤務するように、彼女も心がけていた。

写真部に入ると、デスク席にはもう関がいて、各社の新聞を熱心に読み比べている最中だった。

「おはようございます」

「おはよう。おお、江戸川君」

挨拶したのが彼女だと気づくと、関は自社の新聞を広げて見せながら、

「君の特ダネ、ちゃんと載ってるよ」

慌てて由利子が確認すると、うねるような炎をあげて燃え盛る繁華街のビルの写真が、「白昼の歌舞伎町で火事」という見出しの記事と共に、新聞に掲載されているではないか。

「デスク、これって……」

「いやぁ昨日は、まんまと一杯喰わされたよ。君も人が悪いなあ。特ダネを出し惜しみするとはね」

どういうことかと訊くと、昨日の夕方、由利子が現像した火事の写真を、関のところへ持って来たというのだ。

「デスク、でも――」

「はいはい、君は知らないって言うんだろ。まったく何の冗談かね。まぁ特ダネ写真さえ、こうやって撮って来てくれれば、こっちは何の文句もないけどね」

あくまでも関は、由利子の悪ふざけだと思っているらしく、愉快そうに笑っている。そんな彼を見ているうちに、彼女は何も言えなくなってしまった。

悶々とした不安を抱えながらも、予定に入っていた記者の取材のいくつかに、由利子は同行した。帰社したのは夕方だったが、早出の時間通りである。それなのに彼女は、またしても酷い疲労感を覚えた。崩れるように自分の席に座ると、数枚のメモの中に、「昼過ぎ、星川の一平君から電話あり」の伝言を見つけた。

星川とは、毎日新報が取材でよく利用する星川航空のことである。同社のパイロットである万城目淳と、助手の戸川一平の二人とは、仕事仲間という間柄を超えて、由利子は非常に親しかった。これまでも三人で数多の怪事件に遭遇し、時には解決してきた実績もあった。

机に突っ伏してしまいたいのを我慢して、由利子が電話をすると、すぐに一平が出た。

「はい、星川航空」

「もしもし、私――」

「あっ、由利ちゃん。何の断りもなく帰るなんて、酷いなぁ。そりゃないよ」

まただ……と思ったものの、何があったのかを尋ねると、一平は呆れたような口調で、

「まさか忘れたんじゃないよね。ヘリを飛ばしてくれって、昼前に来たじゃない。こっちは

飯もお預けで、すぐヘリの準備をしたのに、一言もなしに帰っちゃってさ」

「いつも通りの私だった？」

　思わず突っ込むと、やや戸惑った声音（こわね）で、

「そう言えば、なんか変だったような……」

「どんな風に？」

「うーん、影が薄いっていうかさぁ……えっ、何を言ってるの由利ちゃん？　自分のことでしょ」

　ようやく異変に気づいた一平に、「ごめん。また連絡する」と言って、由利子は電話を切った。

　いつもならとっくに二人に相談しているところだが、なぜか今回は躊躇（ためら）いがあった。この件を彼らに話すのは、あたかも自分の恥部を見せるかのようで、どうにも居た堪れない気分になるのだ。どうしてかは分からない。

　机に座りながら途方に暮れていると、横を通りかかった同期の記者が、素っ頓狂な声を上げた。

「あれぇ、由利ちゃん……ついさっき、経理にいなかった？」

　一瞬の間のあと、由利子は駆け出した。もちろん目指すは経理部の部屋である。

　エレベータの前まで走ったが、階数表示のランプが他の階で止まって動かないのを見て、すぐさま階段へ向かう。緊急に入った取材のときでも、これほど急がないだろうというほど

'14
NARA
KIHACHI.

の物凄い勢いで、一気に階段を駆け下りる。それから廊下を走って角を曲がり、人々を掻き分けて進み、経理部に飛び込むと同時に、室内を見渡した。

……いない。

そこには経理の人間と、経費の精算などの用事があって来ている他部署の者が数人いるだけである。

「あら由利ちゃん、早いわね。もうお手洗いに行って来たの。でも、まだ精算できてないわよ」

顔見知りの経理部のお局さんが、びっくりした表情で彼女を見た。

だが由利子は、お手洗いという言葉を耳にしたとたん、その場を飛び出していた。次に目指すのは、同階の端に位置する女子トイレである。

トイレの出入口に飛び込もうとして、中から出て来た年配の女性と危うく正面衝突しそうになり、お互いが小さな悲鳴を上げた。

「す、すみません」

「い、いえ、どうぞ。早く入って」

今にも漏れそうなほど切羽詰まった顔に、きっと見えたに違いない。その女性はさっと身を避けると、先に彼女を通してくれた。

急いで駆け込んだものの、そこで由利子は立ち止まった。女子トイレには個室が四つあったが、手前の三つの扉は開いており、奥の一つだけが閉まっていたからだ。

少し待ってみたが、一番奥の扉が開く気配はまったくない。どうしたものかと考えながら歩を進めるうちに、いつしか彼女は奥の個室の前に立っていた。

そっと右手を伸ばして迷い、すっと引っ込める。その繰り返しを何度かして、ようやくノックした。

……とん、とん。

しかし、何の応答もない。

……とん、とん、とん。

今度はもう少し強くノックする。だが、相変わらず個室の中から返事はない。いや、まったく応えないどころか、そもそも何の物音もしない。しーん……と静まり返って、まるで息を殺しているような雰囲気である。

そっちがその気なら――。

由利子は掃除用具入れからバケツを取り出すと、それを奥の個室の前に伏せた。かなり高さは足りなかったが、そこに上がると扉の上部に両腕を伸ばし、懸垂の要領で身体を持ち上げつつ扉の上に顔を出して、個室内を覗いた。

……誰もいない。

隠れられるところなど、もちろん何処にもない。彼女から見て死角はあったが、幼児でもない限り身を潜ませるのは不可能である。

バケツから下りて、扉に手をかける。しかし、鍵がかかっていて開かない。個室の中には誰もいないのに、扉は内側から施錠されていた。

さあっと二の腕に鳥肌が立った。トイレにいるのが自分独りだと思うと、もう怖くて堪らない。

由利子は慌てて逃げ出したが、再び経理部に行くだけの判断力は、まだ幸いにも残っていた。

「計算間違いでもあった？」

ところが、経理部に戻った彼女の顔を見るなり、お局さんにそう尋ねられ、一瞬まともに頭が働かなくなった。

計算間違いの心配↓経費の精算は済んでいる↓すでに彼女は受け取ったらしい。

この単純な思考に、思わぬ時間を使ってしまった。慌てて廊下に出たが、はたと迷った。

彼女は何処へ行ったの？

写真部に戻ったのか、それとも帰宅したのか。どちらかに決めてすぐに追わなければ、このままでは逃げられてしまう。

きっと帰ったんだわ。

何の根拠もなかったが、由利子は一階へ脱兎の如く階段を駆け下りた。

ロビーの受付の前を通り過ぎたところで、ちょうど玄関扉から出て行く自分の後ろ姿が目に入った。しかもそれと入れ替わるように、相馬が入って来るではないか。

「相馬ちゃん！　捕まえてぇ！」

由利子の叫び声に、ロビーにいた全員が何事かと彼女に顔を向けた。しかし、相馬ほど驚愕の表情を浮かべた者は、他にいなかった。

「えっ……？　ええっ！」

玄関扉を入った地点で立ち尽くす相馬を押し退け、由利子は表へ飛び出した。急いで左右を確認したが、もう彼女の姿は消えたあとだった。

「ゆ、ゆ、ゆ、ゆ、由利ちゃん……」

振り返ると、相馬が幽霊でも見たような顔で、ぶるぶると震えている。

「い、今さっき玄関で、す、す、擦れ違った……よね？」

「それは、確かに私だったのね」

尋ねるというよりも、確認する口調である。それが相馬にも伝わったのか、うんうんと頻りに頷いている。

「で、でも……こっちが挨拶してるのに、無視してそのまま、すうっと……」

と続けたところで、彼は再び身震いした。

「あ、あれは、いったい……」

「相馬ちゃん、このことは黙っててくれる。私がいいと言うまで、内緒にして欲しいの」

うんうんと頷く相馬に念を押して、由利子はカメラとバッグを取りに戻ると、そのまま退社した。

相馬にはああ言ったが、何か具体策があるわけでは決してない。さっきも、もし彼女に追いつくことができ、仮に捕まえられたとして、それからどうするのか何の考えもなかった。自分独りで対処するには、あまりにも奇っ怪過ぎる現象ではないだろうか。

真っ先に思い浮かんだのは、一の谷博士である。一の谷研究所の所長にして、世界的な名声を博する学者で、これまでにも多くの怪事件の真相を突き止めている。その中には由利子たち三人が持ち込んだ事件も多数あった。

でも……。

一の谷博士に相談すると、遅かれ早かれ万城目淳と戸川一平にも伝わるに違いない。仮に博士が内緒にしてくれても、あの二人のことである。きっと嗅ぎつけるだろう。

どうして淳ちゃんたちに、彼女のことを知られるのが嫌なのかしら……。

この恥ずかしいと思う気持ちは、いったい何処からきているのか。

そんな悩みも抱えながら駅へ向かううちに、このままアパートに帰るのが嫌になった。いつもなら万城目たちに連絡を取って付き合ってもらうのだが、今回はそれができない。仕方なく目についた喫茶店に、取り敢えず入ることにした。

「いらっしゃいませ。お二人様ですね」

店員にそう訊かれ、「いいえ」と答えかけて、はっとなった。がばっと後ろを振り返ったが、誰もいない。

前に向き直ると、先程まで真ん丸く両目を見開いて、驚いたような表情をしていた店員が、今は血の気の引いた真っ白な顔で、小刻みに身体を震わせている。

「ご、ごめんなさい。やっぱりいいわ」

由利子は軽く頭を下げ、その場から逃げ出すように立ち去った。

最初に店員が驚いた顔をしたのは、双子のように容姿も服装もそっくりな客が二人、入って来たからではないのか。次に怯えた表情を見せたのは、その片割れが一瞬で消えてしまったせいではないだろうか。

喫茶店からアパートに帰り着くまで、由利子は絶えず周囲を窺いながら、あ、の、女、がいないことを確認しないと、まともに歩けない有様だった。

その夜、アパートの共同電話が鳴った。由利子が出ると、小淵沢絢子からだった。上京するので三、四日ほど泊めて欲しいというのだ。妙な現象が起きているだけに本当は断りたかったが、それでは彼女が困るだろう。もしかすると絢子は、この前の由利子の訪問が刺激となり、再び東京で就職する気になったのかもしれない。仕事があるので相手はできないけど、と断ったうえで由利子は承諾した。

翌日は日勤だった。どんよりとした生憎の曇り空で、野外の撮影には向いていない日和だったが、特に問題もなく仕事はできた。

同僚と昼食を摂ったあと、由利子はアパートに電話した。大家の小母さんには今朝、絢子のことを頼んでおいた。昼過ぎに訪ねて来るので、部屋に入れてくれと言ってある。大丈夫だとは思うが、できれば友達の声を聞いて安心したい。

「もしもし、江戸川ですけど――」

「あっ、由利子」

共同電話に出たのは、当の絢子だった。考えてみれば日中のこの時間、アパートの住人はほとんどいない。彼女が電話に出るのは当然かもしれない。

無事に着いたのね——と由利子が口にするよりも早く、絢子が言った。

「やっぱり仕事に行くの？　ほんとに私は構わないから気にしないでね。わざわざ出迎えてくれただけで、凄く感謝してるんだから」

いきなり首筋から冷水を流し込まれたように、ぞっとする悪寒が背中を伝い下りた。

絢子をアパートで出迎えた者がいる……。

彼女はそれを私だと思っている……。

それとはもちろん、あの女……。

私とそっくりの、もう一人の私……。

女が帰って来たら、いったい絢子は……。

そこまで考えた由利子は電話を切ると、同僚に「急用ができたので帰る」とだけ告げ、急いでアパートへ向かった。絢子に忠告しようかと迷ったが、寸前で止めておいた。いったい何と説明すれば良いのか。

私と瓜二つの女がそっちにいるけど、それは偽者だから気をつけて……。

とでも言うのか。とても電話では無理だ。信じられないような事情を、絢子が理解できるよう説明しているうちに、あの女が帰宅したらどうするのか。

間に合って、お願い！

タクシーを拾おうかと思ったが、渋滞に巻き込まれる危険がある。ここは堅実に電車を使った方が良い。

駅に着いて電車から降りたとたん、由利子は走り出した。ホームを、階段を、駅前の商店街を、とにかくアパートまでひたすら走り続けた。

そのためアパートの自分の部屋の、扉を開けて飛び込んだときには、息も絶え絶えだった。

「……じゅ、じゅ、絢子」

友達の名前を呼ぶのが、やっとだった。

「あぁ、由利子ぉ……」

それなのに当の絢子は、なんとも締まりのない声を出している。曇り空のため日の射し込まない薄暗い部屋の奥で、ぼうっと佇むばかりで、何の危機感も覚えていないらしい。

「良かった」

思わず由利子が扉口に座り込むと、

「どうしたの？」

抑揚のない口調で絢子に訊かれた。

「それがね、何から話せばいいのか……」

「なんか由利子、変よ」

「うん。実は――」

「まるで由利子じゃないみたい」

「えっ？」

「本物の由利子じゃなくて、もう一人の彼女じゃないかしら」

「な、何を……」

「あなた、偽者でしょう」

その瞬間、部屋の奥の薄闇に佇む絢子に対して、由利子は言い知れぬ恐怖を覚えた。

……彼女は絢子じゃない？

ひょっとして自分と同じように友達にも、もう一人の自分が現れたのだとしたら……。

そんな疑いが脳裏を掠（かす）めた刹那、部屋の奥のそれが物音も立てずに、ぐぐぐぐっと迫って来た。

「嫌ぁっ！」

床にお尻をついたまま後退（あとずさ）るのと、背後で扉が開くのとが、ほぼ同時だった。

「由利子？」

とっさに振り返ると、そこには驚いた顔をした絢子が立っていた。慌てて部屋の奥を見ると、あれがいない。もう一人の絢子は消えていた。

由利子は立ち上がり、繁々と友達を眺めた。何処をどう見ても小淵沢絢子だったが、しばらく会話をして本人だと確信できるまでは、どうにも不安で仕方なかった。

由利子は友達を部屋に入れると、二人分のインスタントの珈琲を淹れてから、

'14
NARA
KIHACHI.

「とにかく最後まで話を聞いて欲しいの」

ここ数日の奇っ怪な体験について、すべてを語った。

もう一人の由利子の存在を知らされ、絢子は絶句した。しかし、すぐに彼女も恐ろしい台詞を口にした。

「由利子もなの？」

「えっ……ということは、やっぱり絢子も」

先程の体験で予想していたとはいえ、本人が認めたことが由利子にはショックだった。

「やっぱり……って、どういうこと？」

だが絢子の方も、とっさの由利子の返しに対して、かなりの衝撃を受けたらしい。

「もう一人のあなたが、ここにいたのよ」

「……追いかけて来たのね」

絢子の言葉に、由利子はぞっとした。

「東京まで出て来れば、きっと大丈夫だと思ったのに」

「それじゃ、実家の方で……」

「ええ。家族をはじめ集落の数人が、私には行った覚えのない場所で、私を見たと言い出したのがはじまりだったの」

「私と同じだわ」

「けど、どうして私たちが……」

そのときアパートの共同電話が鳴った。今は出ている暇などないと思いながらも、由利子は妙な胸騒ぎを覚えた。

「ちょっと待ってて」

絢子に断ってから、廊下の電話台へ小走りで向かう。

「もしもし――」

アパート名を彼女が口にする前に、受話器の向こうで大声が上がった。

「由利ちゃん！　無事か」

「あっ、淳ちゃん」

電話の相手が星川航空の万城目淳だと分かったとたん、由利子は逆に問い返していた。

「私のことで、何かあったのね」

「あったどころじゃないよ。飛行中のセスナ機から、忽然と消え失せたんだからな」

万城目によると、二時間ほど前に由利子が訪れ、「取材でセスナを出して欲しい」と言ったらしい。しかも、いつもは同行する一平を断り、自分が万城目の横に乗るというのだ。不満顔の一平を宥めて、由利子の望み通りに、万城目はセスナ機を飛ばした。

ところが、ふとドアの窓から地上を見下ろし、正面に目を戻すと、横に座っていた由利子が消えていた。愕然としながら後ろの席も確かめたが、何処にもいない。高度三千メートルの上空で、煙のように消失したのである。

「落ちたのかと思ったけど、それならドアが開いて、いくら何でも気づいたはずだ。外に出ていないのなら、機内にいなければ可怪しい。でも乗ってるのは、俺独り……。本当にぞっとしたよ」

どういうことかと万城目に詰問され、ようやく由利子も決心がついた。

「今から一の谷研究所に行くから、向こうで会いましょ」

そう言って電話を切ると、部屋で待っていた絢子と一緒にアパートを出て、由利子はタクシーを拾った。

「こうなったら一の谷博士に頼るしかないわ」

由利子は車中、これから向かう研究所と星川航空の二人について、絢子に簡単に説明した。

一の谷研究所では、すでに万城目たちが待っていた。どうやら愛車のプリンス・スカイラインスポーツ・コンバーチブルを飛ばして来たらしい。

まず由利子がここ数日の体験を話し、次いで絢子が集落での出来事を語った。その間、博士も万城目も一平も何ら口を挟むことなく、ひたすら耳を傾けている。

「ドッペルゲンガーか」

二人の話が終わったところで、一の谷博士が呟いた。

「ど、どっ、どっぺれ、げんがぁ？」

一平が舌を噛みそうになりながら、首を傾げた。

「もう一人の自分――ってやつですね」

自称SF作家の万城目は、さすがに知っていたようだ。だが由利子も一平と同様、チンプンカンプンである。

「古代のエジプト人たちは、万物にカーがあると信じておった」

一の谷博士が続けると、それについては万城目も知らなかったのか、

「カーとは何です？」

「そうだな。うん、ここに万年筆がある」

博士は背広の内ポケットから、一本の万年筆を取り出すと、それを四人に示しながら、

「これと生き写しの、もう一つの万年筆がこの世には存在しておる、という考えだな。こっちがオリジナルだとすると、もう一方がカーになるわけだ」

「そのカーの人間版が、ドッペルゲンガーですね」

万城目の言葉に、一の谷博士は重々しく頷くと、

「自分のドッペルゲンガーを見てしまった人は、決して少なくない。有名なところではゲーテやモーパッサン、詩人のシェリーも目撃しておる」

すると一平が、なんとも恐ろしげな口調で、

「自分とそっくりな人間を、自分で見ちゃうんですか。気味が悪いなぁ」

と言ったあとで、急にはっと息を呑むと、博士の顔を覗き込むようにして、

「そのどっぺれ何とかを見た人は、大丈夫なんですか」

「昔からの言い伝えによると、近いうちに死ぬとされておるのだが……」

「ええっ！」

一平が悲壮な眼差しを、由利子と絢子の二人に向けた。

「まさか由利ちゃんたち……」

ぶるぶると首を振る絢子と違い、由利子は不安そうな顔で、縋るように一の谷博士を見詰めた。

「後ろ姿を目にしただけなんですけど……」

「ふむ。安請け合いはできんが、恐らく大丈夫だろう。とはいうものの一刻も早く原因を突き止め、何らかの対策を取らねばならん」

博士は重々しいながらも優しげな口調で、

「由利ちゃんと絢子さんには、何か心当たりがあるんじゃないかね」

由利子は少し考えてから、ゆっくり友達に顔を向けると、

「絢子、きっとあれよ」

「えっ……」

「いいわ。私が説明するから」

そこで由利子が語ったのは、四日前に初戸の集落で体験した、ある薄気味の悪い出来事についてだった。

日曜の朝は早くにアパートを出たお蔭で、小淵沢家には昼前に着けた。そこで昼食をよばれ、それから二人で散歩に出た。長閑な田舎の風景を愛でつつ、川沿いの小道を歩き、友達と他愛のないお喋りをする。その心地良さに、由利子はうっとりした。知らぬ間に溜まって

いた様々なストレスが、すうっと洗い流されていくような感覚を味わえた。

　ところが、小渕沢家に戻ってみると、絢子の祖母と母親をはじめ誰の姿も見えない。しかも隣の政木(まさき)家が、どうにも騒がしい。絢子が様子を見に行くと、突然ぽっくりと同家のご隠居が亡くなったと分かった。昼食のときは元気だったらしいので、隣の家族もかなり慌てているという。

「私は大丈夫だから、お隣に行ってあげて」

　とっさに田舎の付き合いを考え、そう言った由利子に、

「それがね由利ちゃん、お隣のご主人――亡くなったご隠居の息子さんが、あなたにも手伝って欲しいって言うのよ」

　絢子は申し訳なさそうに、意外な台詞を口にした。それから驚く由利子に、初戸の葬送習俗である「二人使い」について説明しはじめた。

　この地方では仏が出ると、その家とは何の血の繋がりもない者たちが、同家の親類縁者に案内をする風習があるという。遠方の政木家の親族には、絢子の母親と近所の人たちが手分けして電話連絡をする手筈になったので、集落の親戚筋への知らせを、絢子と由利子の二人に頼むというのだ。

「いいわよ。ちょっと休んだら、村の中を見せてもらうつもりだったから」

　由利子が承諾すると、絢子が簡単な集落の地図を描き、そこに該当する家を記入しながら、

「うちのお祖母ちゃんには、必ず二人一組で回れって言われたけど、あまりにも非効率的で

しょ。半々に分けましょう」

お互いの担当を手際良く決めていった。その結果、集落の西側は由利子が、東側は絢子が受け持つことになった。

とはいえ見知らぬ土地で、他人の家の不幸を伝える役目である。由利子も最初は緊張した。だが、そのうち不謹慎ながら楽しくなってきた。亡くなったのが九十七歳の老人で、長患いの果ての闘病死でもなく、今日の昼まで元気だったのが、ぽっくりと大往生を遂げたのだから、訃報に付き物の悲壮感がほとんどない。訪ねる先々の家の誰もが同じように感じるらしく、その多くは笑顔で出迎えてくれる。

しかも知らせに来たのが、小淵沢家の娘の東京の友達だと分かると、何処の家でも珍しがって、お茶とお菓子で歓待してくれた。村の歴史や伝承なども聞けて、図らずも非常に有意義な時間を過ごせた。ただ、少しだけ気になったことが、二軒の家であった。

一軒目は座敷に通され、中年の夫婦と話していたときである。奥から老人が出て来て、政木家の使いが由利子だけだと分かった瞬間、急に怒り出した。

「いかん。二人使いは、必ず二人でやらんとならんのや」

「お祖父ちゃん、それは昔のことやから」

夫婦がいくら宥めても、老人は頑として譲らない。由利子も居心地が悪くなってきたので、次の家に向かうことにした。

二軒目は帰り際だった。玄関まで見送られ、門から外へ出たところで、

「かげがくる」

なんとも薄気味の悪い呟きが耳に届いた。

声のした斜め後ろを振り向いて見ると、その家のお婆さんらしき老婦人が、凝っと由利子を見詰めている。いや、こちらに視線が向いているわけではなく、彼女の左斜め後ろを眺めているような感じである。

「あのー、何て仰ったんですか」

老婦人の台詞と眼差しを気味悪く思いながらも、由利子は優しく丁寧に尋ねた。しかし返ってきたのは、

「かげがくる」

という同じ文言と、やっぱり由利子の左斜め後ろに向けられた不自然な凝視だった。

一礼して慌ててその場を離れたが、それ以降、しばしば由利子は奇妙な感覚に囚われだした。

自分の左斜め後ろを、まるで誰かが歩いてるような……。

思わず振り返るが、人っ子ひとりいない。まったく人気のない道が、ずっと延びているだけである。

気のせいかと考えて先へ進むと、またしても似た感覚に襲われる。

自分の左斜め後ろを、何かが跟いて来ている……。

恐る恐る振り向くが、そこには何もいない。視界に入る範囲には、野良猫の一匹も見当た

らない。

にも拘（かかわ）らず前を向いて歩き出すと、何とも言えぬ忌まわしい気配を覚えてしまう。

自分の左斜め後ろに何かがいる……。

すべての知らせを終えて小淵沢家に戻るまで、まるで何かに憑かれたような厭な感覚は、ずっと続いた。

――という由利子の話が終わるや否や、我慢に我慢を重ねていたような様子で、いきなり絢子が叫んだ。

「私もそうだったの！　でも由利子に言うと怖がると思ったから、黙っていたら……」

「もう一人の自分が現れだしたのね」

騒ぐ二人を他所に、一の谷博士はいったん部屋を出たが、すぐに一冊の書物を抱えて戻って来た。

「初戸の葬送習俗の二人使いだが、かつては全国各地に見られたものらしい」

博士が手にしていたのは、閇美山犹稔（へみやまなおなり）『葬送儀礼の分類と研究』という本である。

「この著者の閇美山君は私の友人で、非常に優れた民俗学者なんだが、二人使いについても、ちゃんと書いてある」

急いで本を覗き込もうとする由利子と一平を、「これこれ」と一の谷博士は窘（たしな）めてから、

「閇美山君によると、二人使いの風習には、死者の魂を迷わせないための機能があるらしい」

「どういうことです？」

万城目の問いかけに、博士は心配そうな眼差しを二人の女性に向けつつ答えた。

「つまり独りで死の知らせを伝えに行くと、そのあとを死者の霊が跟いて来てしまう。そうなると成仏できなくなる。だから訃報は必ず二人一組で行なうようにと、多くの地方で同様の儀礼が伝わっているらしい」

「それが今では迷信だと、何処でも蔑ろにされているわけですか」

「うむ。恐らくそうじゃろう。しかし、老人たちだけは別だった。だから由利ちゃんに警告しようとした」

「お婆さんが呟いた『かげがくる』ですか」

「最初の『かげ』とは、人影の『影』と同じ漢字を指すのだろう。その影とは、死者の霊のことじゃ。地方によっては、魔物を意味する場合もあるらしい。それが『くる』とは、つまり『やって来る』という意味じゃな」

「影が来る」

自分で口に出しながら、ぶるっと身震いした由利子を一瞥してから、万城目が心配そうな様子で、

「でも博士、由利ちゃんに憑いたのは、死者の霊でも魔物でもありません。本人たちのドッペルゲンガーです。これはいったい、どういうことなんでしょう？」

するとーの谷博士は、ゆるゆると首を振りつつ、

「それは私にも分からない。二人の分身が現れたのは、二人使いを正しく行なわなかったせいらしいとしか、今のところは言えそうにもない」

「そんなぁ」

一平が情けない声を出すと、おずおずとした口調で絢子が、

「……実は、亡くなった政木家のご隠居は、昔から拝み屋のようなことをしていました。なんでも陰では依頼者の生霊を操って、他人に呪いをかける行為もしていたとか……。そんな噂もあって、一部の村人には恐れられた存在だったようです」

「分かったわ」

合点がいったとばかりに、由利子が叫んだ。

「そのせいで二人使いの役目を、誰もが嫌がったのよ。どんな障りがあるか知れたものじゃないから。そこでお鉢が回ってきたのが、村を捨てるように東京へ出て行った絢子と、その友達の私だった――」

彼女のあとを受けて、一平が続けた。

「そんな村人たちの懼れが、現実になったわけだ。ただでさえ危険な、拝み屋だったご隠居の二人使いなのに、由利ちゃんたちは、それを一人で回ってしまった……。その結果、奇っ怪な分身が現れるようになった」

「つまり分身は、由利ちゃんたちの生霊でもあるわけか」

万城目の解釈に、うんうんと博士は頷きつつも、すぐに強い口調で、

「だが今は、そんなことはどうでも宜しい。問題は、いかに二人の分身を消すかだ」

「何か方法はありますか」

　万城目が詰め寄ると、一の谷博士は険しい顔で、

「一つだけある。いや、考えられる」

「何ですか。何でもしますから教えて下さい」

　一瞬の躊躇のあと、博士が口を開いた。

「超短波ジアテルミーじゃよ」

「あっ、東洋大魔術団のリリーちゃんに使用した、あの機器ですね」

　かつてリリーは催眠術師の父親と舞台に上がり、彼女自身は箱の中に閉じ込められながらも、空中を歩くというショーを観客に披露していた。幼いころから特異体質だったリリーは、就寝時に父親が催眠術を用いないと、決して眠れなかった。その結果、いつしか人体電気のバランスが崩れ、精神と肉体が分離する体質になっていたのである。舞台で空中を歩いたのは、幽体離脱をした彼女だったのだ。

　やがてもう一人の彼女は、リリーを死へと誘うようになる。危険を察知した万城目たちは、一の谷博士の超短波ジアテルミー機器を使って、分離したリリーの精神と肉体を一つにすることに成功する。先に記した「悪魔ッ子」事件である。

「しかし博士――」

　万城目が眉間に皺を寄せながら、

「あれを使うためには、それぞれの分身を二人の側に引き寄せる必要があります」

「先輩、そりゃ不味いよ！」

一平が叫んだ。

「そんなことしたら、由利ちゃんたちが自分のどっぺれ何とかと、顔を合わせるだろ。そうなったら……」

死んでしまうのではないか、と彼は言いたいらしいのだが、さすがに口には出さない。

「その前に、どうやって分身たちを誘き寄せるのか、という問題もあるぞ」

なおも難しい顔をする万城目に、一の谷博士が思案しながらも、

「その二つの難題だが、実は一気に解決できるかもしれない」

「どうやってですか」

「初戸の集落に二人を連れて行き、二人使いで歩いた道を、再び歩いてもらうんじゃよ」

「するともう一人の彼女たちが現れ、それぞれの斜め後ろに憑くって寸法ですね」

「それなら二人も、自分のどっぺれ何とかを見なくて済むや」

喜ぶ万城目と一平に対して、博士の顔色が冴えないことに、素早く由利子は気づいた。

「どうされたんですか」

「我々は今、分身という言葉を使っているが、ドッペルゲンガーの正体が何なのか、まったく分かっていない」

不安そうな眼差しの由利子と絢子を見詰めながら、一の谷博士は続けた。

「その一方で、初戸集落の二人使いの習俗を正しく行なわなかったがために、その影響が出ているらしいこと。ひょっとすると彼女らは、由利ちゃんたちの生霊かもしれないこと。また影と呼ばれるものが、死者の魂や霊だったり、その地方の魔物だったりという解釈もあること。この三点が判明しておる。しかし、これらが果たして本当に結びついているのかどうかは、まったく不明なんじゃよ。そういうあやふやな状態で、超短波ジアテルミーを使って良いものか……正直、私にも判断がつかんのだよ」

「どういうことです？」

　戸惑う一平に、万城目が答えた。

「リリーちゃんの場合は、精神と肉体の分離現象だと、はっきり分かっていた。だから超短波ジアテルミーで、その両者を合体させて、元に戻したわけだ。ところが由利ちゃんたちのあれについては、今のところ完全に謎のままだ」

「けど先輩、あれはどう見ても――」

「うん。由利ちゃんだった」

「だったら――」

「本人と合体させても何の問題もないと、一平、お前は断言できるのか」

　一言も応えられないまま一平が下を向くと、それまで俯いて考え込んでいた由利子が顔を上げた。

「私、やります」

「由利ちゃん！」

止めようとする一平を、万城目が制する。

「まず私で試して下さい。それで成功すれば、絢子もお願いします」

「そんな、由利子」

「由利ちゃん、それは――」

絢子と一平の訴えを、

「いいの。もう決めたんだから」

由利子は固い決意で、完全に退けた。

「……先輩ぃ、……博士ぇ」

一平の情けない声が室内に響いたが、もう誰も何も言わなかった。

その夜、由利子と絢子は博士の勧めで一の谷研究所に泊まった。アパートに帰るのが怖いという理由もあったが、何よりも博士の一言に震え上がったからである。

「影たちが今夜あたり、二人のところへ来るかもしれない」

このままでは消されてしまうと悟った影たちが、オリジナルを始末しようとして動き出す可能性がある。そう博士は考えたのだ。

万城目と一平も、護衛として泊まり込むことになった。二人が近くにいてくれるだけで、由利子も心強い。お蔭で安心してベッドに入れた。

ところが、とても不安がっていた絢子が寝息を立てはじめても、由利子は眠れなかった。

明日の「実験」を思うと、逆に目が冴えてきてしまう。

超短波ジアテルミーを使用して、本人と影を一つにする試みは、まさに実験だった。成功の保証は何処にもない。

でも、やるしかないわ。

ベッドから出て、カーテンの隙間の窓越しに、黒々と曇った陰鬱な夜空を眺めながら、由利子は決意を新たにした。それから明日のために少しでも休んでおこうと、ベッドに戻りかけたときである。

研究所の正門の向こうに佇む、二つの人影に気づいた。

あれは……。

そのうちの一方が、すうっと前に出て、街灯の明かりの下に立った。

……絢子。

さらにもう一方の人影が、すすすっと門へと動いたところで、由利子は悲鳴を上げた。

たちまち万城目と一平が駆けつけ、少し遅れて一の谷博士もやって来た。もちろん絢子も目を覚ました。

「か、か、影たちが……」

由利子が怯えながら窓を指差すと、博士がカーテンの隙間から確認している間に、万城目に両肩を摑（つか）まれ、揺さぶられながら詰問された。

「見たのか、由利ちゃん？　自分の影を、君は目にしてしまったのか」

嫌々をするように彼女が首を振ると、両肩を握った彼の力が急に弱まった。

しかし、万城目が安堵していたのは、ほんの束の間だった。

「博士、もはや一刻の猶予もなさそうです」

「そのようじゃな。このまま皆で由利ちゃんたちを守り、夜明けと共に出発しよう」

だが由利子は、永遠に夜が明けないような気がして仕方なかった。こうしている間にも影たちは少しずつ近づき、やがて彼女と絢子の二人と入れ替わってしまうのではないか。しかも入れ替わったことに、万城目たちが気づかなかったとしたら、いったいどうなるのか。

恐ろしい想像ばかりが浮かび、一向に眠れない。

それでも由利子は、いつしかうとうとしはじめた。さすがに疲れたのだろう。あとは万城目に起こされるまで、どうにか熟睡することができた。

まだ完全に夜が明け切らぬうちに、プリンス・スカイライン・スポーツ・コンバーチブルに超短波ジアテルミーの機器が積み込まれた。運転席に万城目、助手席に一平、後部席には由利子たちが乗った。

「さぁ、影たちの見えない、今のうちに」

一の谷博士に見送られ、車は研究所を出発した。目指すのは神戸地方の初戸の集落である。

早朝のため道が空いていたのと、一平が怖がるほど万城目が飛ばしたお蔭で、予定よりもかなり早く村には着けた。

「いいかい由利ちゃん、二人使いをしたときと同じ道順を、ゆっくり歩くんだ」

万城目が真剣な顔つきで、実験手順の確認をした。

「僕たちは車で、のろのろと君のあとについて行く。そうして影が現れるのを待って、超短波ジアテルミーを使う。君は何もしなくていい。たとえ斜め後ろに何かの気配を感じても、決して振り向いちゃいけない。いいね」

「うん、分かった。それじゃ、あとはお願い」

由利子は三人の顔を順に見つつ、無理に笑顔を作ってから、おもむろに歩き出した。

その時点で、すでに周囲の田畑では、何人もの村人たちが働いていた。それなのに由利子が姿を見せたとたん、まるで全員が逃げるようにいなくなった。二人使いの習俗を信じていそうにもない世代の者たちまで、たちまち家の中に引っ込んでしまった。

絢子の影の噂が、きっと広まってるんだわ。

そんなところへ、友人の由利子が現れた。触らぬ神に祟りなしと、きっと誰もが思ったのだろう。

いいわ。この方が集中できるもの。

由利子は村人たちの反応を前向きに捉えたが、次第に不安も覚えはじめた。

もし影が現れなかったら……。現れても自分に襲いかかってきたら……。超短波ジアテルミーが効かなかったら……。効いても完全な合体に失敗したら……。

背後からは車のエンジン音が、微かに伝わってくる。それが唯一の支えだったが、あまりにも心許ない。振り返って皆の顔が見たい。大丈夫だよと、万城目に言って欲しい。

思わず由利子が、後ろを振り向きかけたときだった。左斜め後ろに、ぞっとする気配を覚えて背筋が凍った。

あれだわ。

もう一人の由利子が、ついに現れた。ほんのすぐ後ろにいて、彼女と同じ歩調で跟いて来ている。少しも遅れることなく、ずっと彼女に張りついている。

淳ちゃん、頼むわよ。

思わず祈ったが、しばらく待っても何の変化も起こらない。相変わらず由利子は歩き続け、それが彼女に跟いて来ている状態のままである。

どうしたの？

超短波ジアテルミーが効かないのか。リリーと同じ理屈が、自分たちには当て嵌まらないのか。

焦る由利子の首筋に、ふっと生暖かい息吹が感じられた。ぞわっと項が粟立つ中で、彼女自身の声が聞こえた。

代わらない？

いやーっと悲鳴を上げかけた瞬間、ビリビリッと身体全体が震え、その場で棒立ちになった。万城目に片腕を掴まれ、「由利ちゃん、大丈夫か」と訊かれるまで、由利子は身動き一つできなかった。ようやく元に戻れたのは、車の中でしばらく休んだあとである。

どうやら実験は成功だったらしく、由利子の何処にも異常は見られない。もちろん影の姿も消えている。そこで絢子にも同じ方法を試み、無事に終えることができた。

その足で小淵沢家を訪れ、一の谷博士には取り急ぎ電話で知らせた。少し休んでから絢子とは別れ、由利子たちは研究所へと戻った。

博士に報告をする万城目と一平の横で、どうして影の存在を皆に知らせたくなかったのか、その理由が分かったような気が、ふとした。

あの影がやったことって、もしかすると私の願望が、少なからず含まれていたんじゃないかしら……。

銀座で好きに買い物をしたい、スクープをものにしたい、万城目と二人だけでセスナ機に乗りたい――という自分の想いを、彼らに見透かされてしまうことを、ひょっとすると無意識に警戒したのではないだろうか。

幸い一の谷博士をはじめ誰も、その事実には気づいていないらしい。仮に博士は分かっていても、絶対に黙っていてくれるはずである。

由利子は安堵したが、その瞬間、もう一人の絢子とアパートで対峙したときのことが、まざまざと思い出された。

あのとき絢子の影は、私を偽者だと言った。

本物の絢子が心の奥底に秘めた友達に関する感情が、もしも影の台詞となって口から出たのだとしたら、あれはどういう意味だったのか。

危うく考え込みそうになり、慌てて由利子は止めた。いくら友達とはいえ、決して足を踏み入れてはいけない、そこはまさに心の影の部分だったからだ。

依頼から本作を書き上げるまで

三津田信三

円谷プロ作品の中でも、「ウルトラQ」「ウルトラマン」「ウルトラセブン」「怪奇大作戦」は繰り返し何度も鑑賞している。そのため今回の依頼はとても嬉しかった。が、同時に大いなる不安も感じた。

そもそも僕はホラーミステリ作家である。怪奇小説や探偵小説ならお手の物だが、ＳＦは書いたことがない。本企画に「怪奇大作戦」が入っていれば、まだ悩まなかったかもしれない。擬似科学によって怪事件を解決するＳＲＩの活躍なら、どうにか書けそうな気がしたからだ。しかし、対象となるのは「ウルトラQ」と「ウルトラマン」である。どちらも大好きながら、それに関する作品を自分が書けるとは思えない。だったら依頼を受けなければ良いのだが、なまじ好きなだけに断れなかった。

困ったなと頭を抱えつつ、まず「ウルトラマン」を諦めた。あの世界観を小説で描くなど、僕には無理である。一般人が事件に巻き込まれる「ウルトラQ」の方が、まだなんとかなりそうだった。

そこで最初に考えたのが、地方の奇祭を取材した毎日新報のカメラマンの江戸川由利子が、何百年間も封印されていた祠を誤って開けたために、伝説の怪獣が甦るというお話である。民俗学ネタは得意なため、これなら書ける気がした。だけど怪獣なんて、どう描写すれば良いのか。そんな疑問が浮かんだとたん、没になった。

次に思いついたのは、ケムール人や海底原人ラゴンのような、等身大の怪物が出てくるお話である。実際この二人（二匹？）は、「ウルトラQ」全話の中で甲乙がつけ難いほど怖い。子供のころに震え上がった記憶が、今でも鮮明に残っている。あの恐怖は、紛うことなきホラーだろう。つまりは僕の領分というわけだ。これでいけると喜んだのも束の間、肝心の怪物の造形と設定が一向に浮かばない。この二点に魅力がなければ、どんなお話を書いても面白くない。

ここまで試行錯誤して、別に真似をする必要はないのかも――と、ようやく悟れた。むしろ「ウルトラQ」の世界観を借りながら、同番組ではやっていない、しかしあの作品に相応しいテーマを取り上げ、それを拙作らしく書くのが一番ではないかと気づいた。こうして生まれたのが、「影が来る」である。

正直まだ不安はあったが、執筆に取りかかると、とても新鮮な気持ちで書くことができた。書き進むうちに頭の中で、江戸川由利子役の桜井浩子さんが、万城目淳役の佐原健二さんが、いつしか動き回っていた。僕だけの「ウルトラQ　影が来る」が上映されていた。妄想と言えばそうなのだが、とにかく一人のファンとして喜んだ。

こんな形で作家冥利を体験するとは、本当に思いもしなかった。「ウルトラQ」を制作された円谷プロの皆さんに、この場をお借りして御礼を申し上げます。

願わくば拙作を読んで下さった読者の方々にも、僕と同じ体験が訪れますように。

変身障害

藤崎慎吾

イラストレーション：大石まさる

藤崎慎吾（ふじさき・しんご）

1962年東京都生まれ。米メリーランド大学海洋・河口部環境科学専攻修士課程修了。科学雑誌の編集者・記者、映像ソフトのプロデューサーなどを経て、1999年に長篇『クリスタルサイレンス』（ハヤカワ文庫ＪＡ）で作家デビュー。同書は「ベストＳＦ 1999」国内篇第１位を獲得。現在はフリーランスの立場で、小説のほか科学関係の記事やノンフィクションなどを執筆している。他の作品に、『螢女』『ハイドゥナン』（ハヤカワ文庫ＪＡ）、《ストーンエイジ》シリーズ、『鯨の王』『祈望』『遠乃物語』『衛星軌道２万マイル』、《深海大戦 Abyssal Wars》シリーズ、『風待町医院 異星人科』など。またノンフィクションには『深海のパイロット』『辺境生物探訪記』（いずれも共著）などがある。ウェブサイトはi-Fujisaki。http://www.shingofujisaki.com

1

町外れにある、どこかのっぺりした建物の前を、五〇歳近い一人の中年男が行ったり来たりしていた。浅黒い顔で眉が太い。頑固そうな口元だが、今はぶつぶつと何事かをつぶやいていた。

陽射しの強い昼下がりで、路地裏に人影は全くない。それでも男は立ち止まるたび、あたりを落ち着きなく見まわしていた。

建物の壁は白塗りで、清潔な印象もある。入口の脇には金属のパネルが埋めこまれ、そこに「米瀞（めとろ）メンタルクリニック」という文字が刻まれていた。下に小さく診療日と時間、電話番号、院長の名前などが並んでいる。

男はそのパネルを、もう幾度となく睨んでいた。さらには首を伸ばして、建物の側面にある小さな窓を、ちらちら覗きこんだりする。しかしレースのカーテンがかかっていて、中の様子はよくわからなかった。

たっぷり二〇分は、そうして逡巡をくり返していたが、ふいに激しく咳きこむと、男は路上にしゃがみこんだ。苦しげに顔を歪め、片手で胸を押さえている。しかし程なく咳は鎮まり、男は何事もなかったような顔で立ち上がった。

どういうわけか、そこで迷いも失せたらしい。男は建物の入口に真っ直ぐ近づくと、ぶ厚い曇りガラスの扉に手をかけた。


「どうぞ、お入りください」

受付の看護婦に示された部屋のドアを男がノックすると、中から愛想のいい声が返ってきた。そっとレバー式のノブを回す。

半分ほど開けたドアの隙間に、男は頭だけを突っこんだ。そして眉をひそめながら、落ち着きなく部屋を見渡す。

一〇畳ほどの畳敷きで、中央に円いちゃぶ台があり、それをはさんで二脚の座椅子が置かれていた。近くには布団が敷かれている。小さな本棚に、医学関係の専門書が並んでいた。

入口の方を向いた座椅子には、白衣を着た医者らしき男が胡座(あぐら)をかいている。六〇歳を越えたくらいで、人懐っこい笑みが頬に幾筋もの皺を刻んでいた。

「さあさあ、ご遠慮なく。院長の米瀞です」

医者は、片手で向かい側の座椅子を示した。中年男は、まだドアの向こうから動かない。

「あの……ここは？」

「診察室ですよ」米瀞は笑顔を絶やさなかった。「大きなデスクやベッドや、回転椅子なんかがあると思ってましたか？」

「ええ、まあ……」

「普通のクリニックだったら、たいていそうなんでしょうね。でも日本の患者さんには、こういう純和風な部屋のほうが、居心地がいいだろうと思ったんですよ。とくに精神科の場合は、患者さんにリラックスしていただくことが重要です」

「……なるほど」

怪訝そうな表情は消えなかったが、男は部屋に足を踏み入れた。

「スリッパは、そこに脱いでください。ええ、そうです。この座椅子におかけください。今、お茶をいれましょう」

男が畳に膝をついて座椅子に腰を下ろす間、米澥はポットから急須にお湯を注いでいた。

「このところ、だいぶ蒸し暑くなってきましたな。梅雨入りも近そうですが、体調はいかがですか」

「あまり、よくはありません。胸に持病がありまして」

「ほう、どのような？」

「時々、発作的に咳きこんだり、呼吸困難になったりします。目がくらむこともある。すぐに治まるのですが、不順な気候のせいか頻繁になってきています。原因は、まだよくわかっていません。塵肺ではないかと言われていますが……どうも、はっきりとしない」

「それは、お気の毒ですな」米澔は二つの湯呑みに、緑茶を注いだ。「今日、ここにいらしたのも、その持病と何か関係がありますか」

「いえ、直接は関係ありません」

「そうですか……どうぞ」

男は軽く頭を下げて、出された茶を一口すすった。

「では、どういったことで、お困りなのでしょう」

「それが……」

男は俯いて黙りこんだ。

「精神科を受診されるのは、初めてですか」

「ええ、そうです」

「では難しいかもしれませんが、あまり硬くならないでください。気持ちを楽に、世間話でもするつもりでお話しいただければ、いいんですよ」

「はい。でも……きっと、お笑いになると思います」

「笑う？　とんでもない。患者さんのことを笑ったりはしませんよ。ここへいらっしゃるからには、皆さん、それぞれによほどの問題を抱えておいでだ。たとえそれが世間一般では、突拍子もなく聞こえることでもね。私も医者ですから、それくらいは心得ています。どうぞ、ご安心ください」

「わかりました……では申し上げます」男は顔を上げた。「実を言うと私は、地球人ではないんです」

「そうですか。では、どちらの星から？」

「驚かないんですね」

「ええ、驚きません。そのようにおっしゃる患者さんは、さほど珍しくありませんから」

「私はM78星雲から来ました。この地球では『ウルトラセブン』と呼ばれています」

「ほう、M78星雲とおっしゃった方は初めてですな。火星や金星から、というのはよくあるんですが」

「火星や金星に知的な生物はいません。地球を襲ってくる宇宙人たちも、ほとんどは太陽系外の遠くから、やってくるんです」

「なるほど、本物のようだ」米澥は手元のカルテを眺めた。「となると保険証にあるお名前や性別、生年月日などは……」

「初めて地球にやってきたとき、この姿や魂のモデルにさせていただいた男性と、同じにしてあります」

「ほほう。つまり、あなたと同じ顔や性格の方が、どこか別にいらっしゃると？」

「そうです。非常に他人思いで勇敢な男です。彼が仲間と二人でロッククライミングをしているところに偶然、通りがかったのですが、岩が崩れて滑落しかけると、彼は自らザイルを切って自分が犠牲になり、仲間を救おうとしました。その行為に感銘を受けたのです」

「その方は亡くなったんですか」

「いえ、落ちて谷底へ叩きつけられる寸前に私が救出しました。失神していたので気付いていないと思いますが、今でもどこかで生きていることでしょう。彼に迷惑をかけないため、勤務先のウルトラ警備隊では、別の名前を使っています」

「その名前を、お聞かせ願えますか」

「ええと……」男は少し口ごもった。「そう、モロボシ・ダンです」

「モロボシ……ますます本物だな。確かに見覚えのある顔だ」

「先生とお会いするのは、初めてですが」

「ああ、いや、ちょっとそんな気がしただけです。そうですか。あなたが、いつも地球を守ってくださっていると」

「ええ、私は本物のウルトラセブンなんですよ。信じていただけますか」

「そうですね。あえて疑う理由もありませんし、とりあえず信じましょう」

「ありがとうございます」モロボシと名乗った男は涙ぐんでいた。「女房ですら信じてくれなかった。初めは笑ってましたが、何度も話していると、だんだん気味悪がって、とうとう医者へ行けと言いだしたんです。娘も怖がって、このごろは近くに寄ってきません」

「それで、ここにいらしたわけですか。しかし奥さんや娘さんに信じてもらいたいのなら一度、変身してみせれば済む話では？」

「いや、そこなんです。実は一月ほど前から、私は変身できなくなってしまったんです。これが、いちばんの問題で……」

「なに、変身できない？」

「しっ」モロボシは口元に人差し指を当てた。「あまり大きな声で言わないでください。悪い宇宙人に聞かれると困る」

「おっと、そうでしたな」

「とにかく困り果ててまして……しかしウルトラ警備隊には、もともと正体を明かしておりませんから、相談もできず……」

「それは、お辛いでしょうね」

「はい。色々と悩みましたが、せめて家族にだけは打ち明けてみようかと……少なくとも一人で抱えているよりは、まだしも気が楽になるかと考えたのが、まちがいでした」

「いや、悩みを抱えこまないというのは通常、正しいストレス対処法なんですが、それが裏目に出てしまったわけですな」

「そういうわけで、自分が狂っていないということを、何とか家族に証明していただきたいんです」

「なるほど……しかし、それは大変に難しい」

「そう、おっしゃらずに、どうか」

　モロボシは頭を下げた。

「病気であることを示すのは比較的、容易なんですが、完全に健康であると言うのは不可能に近い。とくに精神面ではね。誰にだって多かれ少なかれ、おかしなところは、あるわけですから」

「そうですか……」

　モロボシは肩を落とした。

「ただし、あなたの場合は変身さえできれば、全ての問題が解決するわけだ。家族の目の前で、ウルトラセブンになれればいい」

「その通りです。しかし……」

「ご自分で何か、思い当たることはありませんか。つまり変身できなくなった理由や、きっかけみたいなものです。もし、それが精神的なものだったら、ここで治療できるかもしれません」

「ふむ、きっかけですか」モロボシは腕組みをして宙を見上げた。「これといって心当たりはないですね。たまたま母星の仲間と連絡をとる必要があって、強いテレパシーを発するために変身しようとした。ところが、できなかった。それで気づいたんです」

「そのころ職場や家庭で何かトラブルがあったとか、残業が続いていたとか、強いストレスを受ける状況ではありませんでしたか」

「そうですね……忙しいのは、いつものことです。何日か、家族の顔を見られないこともありました。とはいえ、ご存知の通り、このところ地球を侵略しようとする宇宙人は現れていません」

「確かに――セゴドン星人が、東京のスカイツリーにペットの怪獣をつないだまま姿を消したのは、半年近く前ですな。昨年の暮れだった。侵略の意図はなかったようですが、宇宙人騒ぎは、今のところあれが最後だ」

「そうです。セゴドン星人は飼育が面倒になったペットを、ごく軽い気持ちで捨てていったらしい。だが、その結果は重大だった。全く無責任きわまりない」モロボシは厳しい顔つきになった。「腹を減らした怪獣が暴れてスカイツリーが倒れ、多くの死傷者を出した。リードが千切れて自由になった怪獣は、隅田川を渡って浅草寺一帯の建物を食い荒らし、上野公園に糞の山をつくった。そして、あろうことか皇居に向かい始めた。それを食い止めようと、あの時は本当に必死でした」

「かなり手こずりましたよね」

「ペットとはいえ強敵でした。全身を覆う鎧みたいなのが硬くて、アイスラッガーでさえはね返される。もちろん殴ろうが蹴飛ばそうが、びくともしません。こっちの手足が痛くなった。吠える声が衝撃波になって建物を破壊するうえ、口から垂れる涎が鉄筋コンクリートをも溶かす。私もその飛沫を浴びてしまい、大やけどを負いました。しかし首輪についていたリードの切れ端を摑んで、何とか宇宙空間にまで引っ張り上げた。それから太陽へ落ちる軌道に、ぶん投げてやりました。ちょっと、かわいそうでしたけど」

「いやはや、大変でしたね」

「全くです。いつも、そんな感じですよ。地球に来てから三〇年近くになりますが、もっと危険な目にもあっている」

「凶悪な宇宙人もいますからね」

「ええ。でも平和が戻って街の人々――とりわけ子供たちの笑顔を目にすると、どんな傷も痛みも、すぐに癒えてしまうんですよ。だから戦うのを、やめようとは思いません」

「ありがたいことです」

「……で、それ以降はウルトラ警備隊出動の事案もなく、通常のパトロールや訓練などに明け暮れていたんです。とりわけストレスのかかる状況ではありませんでした」

「ちなみに今日は非番ですか」

「いえ、実は二週間の休暇をとったんです。その間に今の問題を解決しようと思いまして――。もちろん上司には、最近、疲労がたまっているようなので、リフレッシュしたいと言ってあります。もし非常事態が起きたら、中断して駆けつけなければなりませんが」

「わかりました。では、こうしましょう――実は、あなたとほぼ同じ問題を抱えている患者さんが、何人かいらっしゃいます。一度、その方々を交えて、グループセラピーをやってみませんか。お互いに悩みを共有し合えば、それだけでストレスは減りますし、何か解決法が見つかるかもしれません」

「私と同じ問題……というのは?」

「変身できない、という問題ですよ」

「ええと、その人たちは地球人なんですよね」

「地球人の姿をしています。しかし皆さん、実際は宇宙からやってきて、人間社会に紛れこんでいるんだとおっしゃっています。どこから来て、どのように紛れているかは、それぞれに異なりますが」

「つまり宇宙人だと信じていらっしゃる……妄想じゃないんですか」

「あなたが妄想障害じゃないんなら、彼らもちがうでしょう」

「うーん」モロボシは首を傾げて、しばらくちゃぶ台を見つめた。「……わかりました。じゃあ、とりあえず会うだけ会ってみましょう、その人たちに」

「では明日の夕方、午後六時に、こちらへいらしてください。診療時間は終わっていますが、いつもグループセラピーは、その後でやっていますので」

「はい。では明日……お願いします」

2

指定の時間にモロボシが診察室のドアを開けると、夕陽に赤く染まった窓が目に入った。室内は、やや薄暗い。遠くに立ち並ぶ高層マンションのシルエットには、暖かい色の灯(あかり)が整然と並んでいた。

視線を落とすと、米濤を含む七人の男女が円いちゃぶ台を囲んでいる。座椅子は片付けられて、皆、座布団に座っていた。モロボシはドアに手をかけたまま、しばらく突っ立っている。

「ああ、どうぞ、モロボシさん」米瀞が声をかけてくれた。「皆さん、お待ちかねですよ」

六人の患者たちが一斉に振り向いた。モロボシは硬い表情で一礼する。

「なるほど、確かにモロボシ・ダンのようだ」

口を開いたのは、キツネのような目をした四〇歳前後の男だ。

「そう？　少し老けているみたいだけど」

四〇代半ばと思われる熟女が、モロボシに遠慮ない視線を向けた。

「ほっほっほっ。それは、お互い様じゃろう」

高笑いしたのは、口髭のある白髪の老人だ。

モロボシは眉をひそめながら、おずおずと室内に入り、車座に加わった。

「実はもう、あなたがウルトラセブンであることは、皆さんにお伝えしてあります」こともなげに米瀞は言った。「なので逆に皆さんの正体を、それぞれ明かしていただきましょう。では時計回りに斑鳩(いかるが)さんから」

「お久しぶりです。イカルス星人です」キツネ目の男は、人差し指で眼鏡のブリッジを押し上げた。「今は斑鳩と名乗っています」

「ゴドラ星人です。その節はどうも」熟女は胸の大きさを強調するように、軽くしなをつくってみせた。「地球では後藤(ごとう)と言っています」

「私たちはピット星人。姉妹で穴戸(あなど)って苗字を使ってます」

三〇代半ばくらいの女性二人は、顔も服装もそっくりで見分けがつかない。

「ペガッサ星人……江笠」

陰気な声の男は五〇がらみで、どことなく影が薄かった。

「チブル星人でございます。地球名は千頭と申します」口髭の老人は、妙に滑舌がよかった。

「はて、何年ぶりでしたかなあ。このところ、やや物忘れが多くなってきまして……何しろ数千年の間、わしの頭脳はフル稼働しておりましたから、そろそろ油も切れてくるころかと……」

「あ、もう、そのへんで結構です」米濤は千頭を遮るように片手を上げた。「では本題に入りましょう」

「すみません、ちょっと待ってください」

モロボシは硬い表情で身を乗りだした。

「はい、何でしょう」

「やっぱり、私とこの方々とは、ちがうと思うんです。皆さんは、その……ありていに言えば、ご自身を宇宙人だと思いこんでいらっしゃるだけであって、本当に宇宙人である私とは、抱えている問題が異なるんじゃないでしょうか」

「いいえ、だから、ちがわないんですよ。ここにいる皆さんは、あなたと同様、本当に宇宙人なんです」

「しかし、どの宇宙人も私とウルトラ警備隊によって撃退されたはずだ。いや、ペガッサ星人だけは逃がしてしまったが」

「モロボシさん……というかウルトラセブン、あなた何もわかってないね。確かに撃退され、戦闘能力や意欲は失ったかもしれないが、彼らは息の根を止められたわけじゃない。中には瀕死の重傷を負った者もいる。とはいえ何百光年、何千光年という距離を越えて地球までやってこられるだけの連中だ。それなりに医学だって発達していますよ」

「つまり……私の攻撃で受けたダメージから、自力で回復したと？」

「そういうことになりますね。地球人に、ちょっと手を貸してもらった者もいるが」

「それで回復してからも、ずっと地球に潜伏してたってわけか。また侵略のチャンスを狙うために」

「いや、ちがう、ちがう」米澔は手を左右に振った。「少なくとも、ここにいらっしゃる皆さんには、もう侵略の意志なんて、ありませんよ。ただ地球人に混じって、ひっそりと暮らしていきたいだけです」

「そんなことは、とても信じられない」

「あのね、宇宙人をそう十把一絡げに扱ってもらっちゃ困るなあ。確かに集団で、大船団で襲ってくるような連中は、はなっから地球征服を狙っていると看做（みな）してもいいでしょう。だけど、ここにいらっしゃる方々のように単独で、あるいは少人数でやってきたような場合は、たいてい行きがかり上、仕方なくってことなんですよ」

「行きがかり上？」

「そうです。地球人は『遊星間侵略戦争』と言っていますが、全銀河規模での広範囲な戦闘状態は、まだ続いている。その中で母星を破壊されたり、居住不可能な状態にされた多くの宇宙人が、難民となってあちこちを放浪しているわけです。ここにいらっしゃる皆さんも、そういった宇宙難民の一人だ」

「難民……」

「ええ、哀れな難民です。宇宙を放浪してたら、たまたま暮らせそうな惑星があったんで、もしかしたら自分のものにできるかなあと——あわよくば子孫を増やして、再び自分たちの世界を築けるかなあと、ついつい夢見ちゃったんですよ。だけど一か八かであることは、わかっていた。だって、いくら原始的とはいえ地球には何十億もの人間がいる。そいつらを一人や数人で絶滅させたり、支配したりってのは無茶だと、百も承知なわけです。しかも、あなたみたいに奇特な宇宙人が、番犬のごとく立ちはだかっている……あ、失礼。番人と言うべきでしたな。とにかく、そんな状況だとわかりつつも、当たって砕けちまったのが、ここにいる方々なんですよ」

「そうそう。あなたに殺されかけて、わしらもやっと無謀な夢から覚めたというわけです」

千頭の口調は軽かった。「かといって他に行く当てもない。だから、もう地球人には迷惑をかけんことにして、ここに骨を埋めようと決心したんです。いや、わしには本来、骨というものがないんですがな。ハッハッハッ」

「地球でひっそり暮らしていきたいんなら、もう変身できなくたっていいだろう」

「いやいや、それとこれとは話が別です。わしらは地球で暮らしていくために、やむなくこの姿をしているだけで、地球人になりたいわけじゃない。こんな不格好で気持ちの悪い姿のまま死ぬのかと思うと、心底ぞっとしますよ。もう二度と元の姿に戻れないというのなら、それこそ死んだほうがましだ。しかし、この姿のまま死ぬのはいやだ。本来の姿になって死にたい、だけど戻れない、だったら死んだほうがまし……」

「はいはい、もういいです。じゅうぶんです」

米澥が再び千頭を止めた。

「あのタコみたいな姿のほうが、よっぽど不格好だがな」

モロボシは顔をそむけながら、小声でつぶやいた。

「そういうわけで今、千頭さんがおっしゃったことは、だいたい皆さんも同様に感じておられるわけです」米澥は車座に向かって手を広げた。「あなたは、どうですか。このままずっとセブンの姿に戻れなかったとしたら」

「うーん」モロボシは腕組みをする。「私は地球も地球人も愛しているし、このまま死んでもかまわないが……しかし変身できないのは困る」

「悪い宇宙人を撃退できないからですね。結構です。動機が異なるとはいえ、変身能力を取り戻したいという望みは同じわけだ。皆さんと協力し合って損はない。ちがいますか」

「それはまあ、おっしゃる通りです。しかし先生、あなた自身はどうして、ここにいるんですか。変身能力を取り戻させるのが、精神科医の仕事とは思えませんが」

「ああ、これは失礼しました。申し遅れましたが、実は私、メトロン星人です」

モロボシの口が開いたまま凍りついた。

「グループセラピーという名目で今日はお集まりいただきましたが、ここにいる方々は患者じゃありません。まあ宇宙人仲間って言いますかね。似たような境遇の者どうし、何となく連絡を取り合い、寄り集まって、たまには一杯やりながら愚痴をこぼしたりしていたんですよ。何か困ったことがあれば、お互いに手を貸すこともあるしね。今回、変身できなくなったのも皆さんほぼ同時でしたから、まずは仲間内で何とかならないかと話し合っていたところなんです。そこに、たまたまあなたが患者としてやってきた」

「……よりによって、メトロン星人が精神科を開業していたとは」

モロボシは頭を抱えた。

「べつに不思議はないでしょう。私ほど人間心理について、詳しく研究していた宇宙人はいないんだから」

「それを利用して、人類を自滅に追いこもうとしたじゃないか」

「ええ。だけど失敗して、あなたに真っ二つにされた。その後、奇特な地球人の爺さんが縫い合わせてくれたって言いますかね……まあ、助けてくれたんですよ。あとは我々の医学で治療した結果、何とか生きながらえたというわけです。そして今は恩返しも兼ねて、人々を救うために自分の知識を役立てている。けっこう評判の名医なんですよ、私」

「女房もそう言っていた。ネットの口コミでは、市内で一番人気があったと……だから訪ねたんだが」

「そうでしょう、そうでしょう」

米澥はうれしそうに、うなずいた。

「また何か、よからぬことを企んでいるんじゃないだろうな」

「とんでもない。今じゃ私もあなたに負けず劣らず、この惑星(ほし)と地球人を愛しているんです から」

「それを、どうやって信じればいい」

「まあ、無理に信じろとは言いません。我々と協力し合うのがいやだとおっしゃるのなら、 このままお帰りいただいても結構です。しかし当面の利害は一致しているわけですから、あ なたにとって悪い話じゃないでしょう。明日にでも悪い宇宙人がやってくる可能性を考えた らね。我々は少なくともここ数十年、おとなしくしていたわけですから、未知の敵よりは危 険が少ないはずだ」

「まあ、確かに……」

「ねえ、もういいからさ、早く話し合いを進めましょうよ」うんざりした顔で、後藤が割り こんできた。「その人がいたきゃいればいいし、帰りたきゃ勝手に帰ってもらえばいいんだ から」

「ああ、時間が無駄だよ。早く始めよう」

斑鳩が同意する。米澥もうなずいた。

「じゃあ、そうしましょう。モロボシさん、あとはお好きになさってください」

斑鳩がタブレットPCに似た装置を出して、指を動かし始めた。千頭が首を伸ばして、その手元を覗きこむ。

「確か前回は、量子情報通信網に何らかの障害が起きているのではないかという見解で、意見の一致をみたんでしたな」

「そうそう」後藤が身を乗りだした。「だからステルス空間に詳しい斑鳩さんが、もう少し調べてくださると、おっしゃってたのよね」

「何か原因は見つかりましたかな」千頭は自分の額を指さした。「もちろん、わしも得意の数学で解明を試みていますが、どうも人間の姿のままでは、頭がうまく回らんのです」

「脳みそ小さいもんね、人間って」

穴戸姉妹が声を揃えて言う。

斑鳩がタブレットPCのような装置を裏返して、全員が画面を見られるようにした。

「では今日までに私のほうで調べたり、検討した結果を、お話ししましょう……」

3

テーブルについたままでも食器棚や冷蔵庫に手が届くキッチンで、モロボシは朝食をとっていた。小さな窓の向こうには、同じ公営団地の隣の棟が迫っている。古びたコンクリートの壁に、無数の亀裂が走っていた。

モロボシの向かい側には五歳年下の妻が、左手には中学生の娘が座っている。三人とも、お互いに目を合わそうとせず、無言で料理を口に運んでいた。

どこからか入ってきたハエを、モロボシが手で追い払う。耳障りな音をたてて、それは染みだらけの天井へ逃げた。

部屋の隅に置かれたテレビが、朝のニュース番組を流している。その脇には飼育ケースがあって、回し車の中にいる白いハツカネズミが忙しなく走っていた。

「ごちそうさま……」

味噌汁を飲み干すと同時に、娘が立ち上がった。箸を止めたモロボシが、つられて目を向ける。その視線を避けながら娘はテーブルを離れ、そそくさとキッチンから出ていった。

「百合子(ゆりこ)、急ぎなさい。遅刻しそうな時間よ」

妻が娘の背中に声をかけた。

「わかってる」

洗面所から口をゆすぐ音が聞こえてきた。

「体操着を持っていくの、忘れないようにね」

「はあい。行ってきまーす」

どたどたという足音が響く。玄関の扉が開いて、ばたんと勢いよく閉じられた。

モロボシは箸を置いて、ふっとため息をつく。そして目の前に自分の両手を広げた。

「すっかり無視されている。一年くらい前までは、膝の上に乗ってくることもあったのにな。それを、この手で抱いた」

「年頃だし、しかたないのよ」妻が空(から)になった皿を重ねていく。「気にしないで――。あの子だって、あの子なりにあなたを心配しているんだから」

「そうなのかな」

「もちろんよ。もともと、お父さん子じゃない。母親の私より、ずっとあなたに懐いている。今はちょっと戸惑っているだけでしょう」

「炭坑でも、今の職場でも、朝早くから夜中まで働いてきた。泊まりがけのことも多かった。一人娘なのに、あまり遊んでもやれなかった。そのしっぺ返しを、今になって受けているんじゃあ……」

「何を言ってるのよ。あなたが、どれだけ家族を大切に思っているか、あの子にもちゃんと伝わってる。グローブみたいに硬い手も、油汚れのついた顔も大好きだって、作文に書いてたじゃない。あれは本心なのよ」

「だといいがなあ」

モロボシは握った手をテーブルに戻した。

「それよりも、ねえ、あなた」妻が身を乗りだしてくる。「昨日はどうだったの」

「えっ、何が」

天井にとまったハエを、モロボシは見上げていた。

「グループセラピーよ。ずいぶん疲れて帰ってらしたから、すぐに聞くのは遠慮しといたんだけど」

「ああ、あれか……」

「少しは楽になったの？」

「まあ、そうだね」

「似たような妄想を持っている人たちが、集まっているんでしょう」

「妄想じゃない」

「まだ言ってる。米瀞先生は、どう診断されているの」

「あれは医者じゃない。メトロン星人だ」

妻はため息をついた。そして自分に言い聞かせるように、つぶやく。

「まだ治療は始まったばかりだものね。大丈夫……」

「俺は病気じゃない」

「そう？」妻は少し首を傾げて、間を置いた。「でも、あなたは一月前まで、ウルトラセブンのウの字もおっしゃってなかったのよ」

「信じてもらえないと思っていた。実際、そうだった」

「突然、言いだすからよ。そんな大事なこと、もっと前から話していてくだされば、よかったのに――。いったいあなたは、いつからウルトラセブンになったの」

「だから言っただろう。俺はウルトラセブンになったんじゃない。もともとセブンなんだ。それに気づいたのは二六年前だが……」

「炭坑で落盤事故にあった時よね。確かにあれから、あなたは少しずつ体調が悪くなっていった。粉塵のせいかもしれないと考えて、町工場に転職した。だけど、それとウルトラセブンとは、どういう関係があるの」

「転職したのは、ウルトラ警備隊だ。町工場のように見せているのは、カモフラージュのためなんだ。宇宙人に基地の場所を知られては、まずいからな。体調が悪くなったことは、ウルトラセブンとは関係ない。むしろ、あの事故を生き延びたことで気づいた。その二年前、ロッククライミング中に崖から落ちたときも無傷だった。当然だ。落ちたのは俺じゃなくて、この姿のモデルにした別の男だからな。他にも思い当たることは色々ある。仲間は俺を『ミラクルマン』と呼んだが、べつに奇跡が起きたわけじゃない。俺はもともと不死身のウルトラセブンなんだ」

　妻は肩を落とした。

「私が何を言っても、うまく辻褄を合わせてしまうのね……」

「辻褄も糞もない。俺は事実を話している。まだわからんのか。夫がずっと命をかけて、地球のため、人類のため、宇宙人たちと戦ってきたというのに」

「私の知っている夫は、そういう派手なことはしないけど、真面目に、地道に、炭坑や工場で働いてらしたの。地球や人類のためじゃなくて、私や娘のためにね。それには、とても感謝している」

「どうしても、信じないのか」

「ごめんなさい」妻はテーブルごしに、モロボシの手をとった。「私は人間のあなたと結婚して、今日まで一緒に暮らしてきたの。ウルトラセブンは立派な方だし、もちろん感謝してるけど、夫にしたいとは思わない。ささやかだけど幸せな、今の生活を続けたいのよ」

「ささやかな生活か」モロボシは自嘲気味に笑った。「俺は、おまえにもっと楽をさせてやりたかった。こんな貧乏暮らしじゃなくて」

「貧乏だって、いいのよ。誰にも迷惑はかけてないし、あなたは昔から面倒見がよくて、むしろ人から慕われている。それで充分なの」

「ウルトラ警備隊の給料は安いが、定年まで勤め上げれば、退職金ははずむと言われている。それで少しは贅沢ができるぞ」

「べつに贅沢なんて……それより私は、あなたが元に戻って……」

急にがたがたと家が揺れた。食器棚のグラスが何個か倒れる。思わず身構えながら、モロボシと妻は振り子のような電灯を見上げた。

「……今のは大きかったな。でも、おさまってきた」

「このごろ多いわね、地震」

「気がかりだ。どうも嫌な予感がする」

モロボシは立ち上がって、テーブルを離れた。テレビでは、すでに地震速報を流し始めている。落ち着かない様子で、モロボシは画面を見つめた。

ハツカネズミも走るのをやめて、飼育ケースの床を行ったり来たりしている。妻がそこに近づいて、ネズミに小声で話しかけた。

「大丈夫よ、チュウ吉。ミラクルマンのお父さんがついているから——。だけどねえ、おまえも炭坑で助けてもらったんだから、たまにはお父さんのことを助けてあげてよ。このところ体も心も、調子悪いみたい」

「……えー、地震についてお伝えしておりますが、たった今、別のニュースが入ってきました」脇から差しだされた原稿を、アナウンサーが読み始めた。「本日、午前八時二五分ごろ、茨城県のM市に謎の巨大ロボットが出現しました。現在、国道六号線を南下中とのことです」

「何だって」モロボシは時計を見た。「二五分ってことは、地震のすぐ後じゃないか」

頭や胴体が銀色で手足は金色の巨大ロボットが、テレビ画面に映しだされた。逃げ惑う車などを蹴散らしながら、ゆっくりと歩いてくる。歩道橋があると、手にした銃のようなもので破壊していた。

「いやだ……南下っていうことは、こっちにも来るのかしら」

「地球防衛軍ではすでに調査を開始していますが、茨城県は政府に対し、ウルトラ警備隊の緊急出動を要請しています」

アナウンサーの声が続ける。テレビに顔を近づけて、モロボシはつぶやいた。

「どうするんだろう。おろおろしている。「どうするんだろう。

「どこかで見たな、このロボット……」

「百合子は、もう学校にいるわよね」妻は後ろで、おろおろしている。「どうするんだろう。いったん帰されるかしら」

「そうだ、あいつだ。炭坑の中で出会ったロボット——ユートムだ。それに似ている」

「ねえ、あなた。百合子を迎えに行ったほうが、いいわよね」

「いや、こうしちゃいられない」

「ちょっと、どこへ行くの」

　モロボシは食事を終えないまま、キッチンを出た。後から妻が追いかけてくる。

　玄関のコート掛けに吊ってあった上着を、モロボシは肩に羽織った。腕を袖に通しながら、革靴に足を突っこむ。その背中に妻が取りすがった。

「ねえ、あなた、どこへ行くのよ」

「決まってる。ウルトラ警備隊の本部だ」

「また、そんなこと……お休みをとっているんでしょう」

「何事も起きなければの話だ。しかし、あんなロボットが現れてしまった」

「だけど、どうにもできないわよ」

　返事をせずに、モロボシは玄関を出た。

「あ、あなた……」

　金属のドアが閉じる寸前に振り返ると、廊下に座りこむ妻の姿が垣間見えた。モロボシは足を止めて、思わず引き返しかける。しかし目をつぶり、強く頭を振った。

「すまん……必ず帰ってくる」

そうつぶやいて、モロボシは狭いコンクリートの階段を駆け下りた。

建物の外に出て、すぐに走りだそうとしたところを、背後から呼び止められた。

「モロボシさん、モロボシさん」

「えっ」振り向いたモロボシは、太い両眉を上げた。「先生……いや、メトロン星人……どうして、ここに？」

「朝から恐縮ですが、ご協力いただきたいことが、あるんですよ。ちょっとクリニックまで来ていただけませんか」

「いや、今はそれどころでは……」

「巨大ロボットのことでしたら、当面は心配いりません。ウルトラ警備隊が出動して、しばらくしたら姿を消すでしょう」

「まさか……どういう根拠で？」

「ロボットが一体だけ現れて、ちょこっと街を破壊したところで、何になるっていうんですか。あれは様子を探りに出てきたんですよ。ウルトラセブンが本当に変身できなくなっているか、確かめるためにね」

「何ですって」モロボシは眉間に皺を寄せた。「ということは……」

「連中が本格的な攻撃を始めるまでには、まだ多少の時間がありそうだ。今のうちに変身障害を解決しましょう。詳しいことはクリニックでお話しします。とにかく一緒に来てください」

　米澥は手招きしながら、もう逆方向に歩き始めている。職場がある方を何度か振り返りながらも、モロボシはその後についていった。

4

　米澥メンタルクリニックのドアには「本日、院長が急用のため、臨時休診します」という紙が貼られていた。その入口を抜けたモロボシと米澥は、足早に診察室へと向かう。そこでは昨夜と同じメンバーが、すでに勢揃いしていた。

　ちゃぶ台と座布団はそのままだが、壁際に大型のテレビが一台、運びこまれている。画面には巨大ロボットや、上空を飛びまわるヘリコプターなどが映っていた。

「いや、とうとう恐れていたことが、起きてしまいましたな」

　二人が入ってきたのを見て、千頭が言った。モロボシは立ったまま、テレビ画面を指さす。

「あのロボットは何なんですか。皆さん、正体を知っているようだが」

「いえいえ、まだ、はっきりとは、わかっておりません。モロボシさん、あなたの協力が必要だ。まずはお座りください」

千頭がすすめた座布団に、モロボシは腰を下ろした。

「いったい、私にどうしろと？」

「実は昨夜、あなたがお帰りになったとき、こいつを連れていってもらいました」

米澪が、ちゃぶ台の上に片手を広げた。ぶうん、という音がして一匹のハエがモロボシの背中から飛び立ち、その掌に留まる。

「ハ……ハエ？」

「ハエのように見せかけた、超小型ロボットです。カメラとマイクを内蔵しています。穴戸さん姉妹が、以前に使っていたものでね」

「そいつが、私にくっついてきたと？」

「そうです。昨夜からの、あなたの動向と、ご自宅の様子とを観察させていただきました。お断りもしないで、申し訳なかったのですが」

「つまり、スパイしていたわけか！」

「いや、そんなに大げさなことではなくて、本当にあなたが、ご自身でおっしゃるような方なのかを、ちょっと確認しようとしただけです。我々としても、昨夜の時点であなたを一〇〇パーセント信用したわけじゃない。ウルトラセブンだと聞けば、なおさらのことです。それは、ご理解いただけるでしょう？」

「う……ううむ」

「そして観察させていただいた結果、基本的にあなたは嘘をついていないようだとわかりました。その一方で、思いがけず重要な事実をつかんだんです。それは変身障害の解決に、つながることでした」

「何ですか、それは」

「ご自宅で話されていたことによると、あなたは二六年前、炭坑で落盤事故にあった。その時、一緒に救出されたものが、ありませんでしたか」

「一緒に救出？　ああ、チュウ吉のことか」

「チュウ吉というのは、ご自宅でペットにされているハツカネズミのことですよね」

「そうです。もともと坑内の有毒ガス対策用に飼われていたやつを、退職時に引き取った。ガス検出器の性能向上で、もう、お役御免になっていたから、一緒に辞めようと」

「あのね、モロボシさん、ハツカネズミの寿命っていうのは、もって二、三年なんですよ。特殊な状況下で四年という記録もありますが、二六年っていうのは、さすがにありえません」

「えっ、そうなんですか。……やけに長生きだなとは思っていたが」

「これを見てください」

米澥がテレビのリモコンを操作した。切り替わった画面に、モロボシの家の中が映しだされる。

「ハエロボットによって撮影された、ご自宅の様子です。プライバシーの侵害は、ご容赦ください。そこにネズミが映っていますね」

「ああ、チュウ吉だ」

「普通の光学映像では、もちろんただのネズミにしか見えません。ところが後方散乱エックス線を使った映像に切り替えると、どうなるか――つまり中身を透視するわけです」

カラーだった映像が、白黒になった。

「うん？　何ですか、これ」

「ネズミの体の中を見ています。通常は骨格が映るはずです」

「これが骨格？　まるで機械みたいだ」

「みたい、じゃなくて、機械なんですよ。かなり精巧なロボットです。二六年経っても死なないわけだ」

「チュウ吉がロボット？」モロボシは苦笑した。「まさか」

「しかし、この映像と二六年生きているという事実が、それを物語っています」

「ありえない」モロボシは首を振った。「餌だって食べるし、糞もする」

「ロボットだって、そのくらいの芸当はできますよ。餌の有機物を使って、発電することも可能だ」

「信じられないな……」

「どこかで本物とすり替えられたんでしょう。おそらく、あなたが炭坑に閉じこめられたときだ。何か心当たりはありませんか」

「あの時……」モロボシは宙を見上げた。「酸素が届かなくなって、私は意識が遠くなった。

だが、しばらくすると、崩れた坑道の向こうにある空洞を彷徨(さまよ)っていた。そこには地下都市があって、何体ものロボットに守られていた。後で『ユートム』と名づけられたロボットだ。私はそれにつかまってしまったが、ウルトラセブンに変身して脱出した。チュウ吉も一緒に助けだしたはずだ。その後、ウルトラ警備隊が、地下都市を爆破した」

「では、おそらく一時的に意識を失っていたときですね、ネズミをすり替えられたのは――ユートムの仕業かもしれません」

「……そして今、ユートムによく似た巨大ロボットが現れて、街を破壊している。どういうことなんだ」

「たぶん、復讐だよ」

冷たい口調で斑鳩が言った。

「復讐？」

「地下都市に住んでいた連中が何者だかわからないが、人間に土足で侵入されたうえ、爆破されたんだろう？　きっと、その仕返しをするつもりなんだ。そして布石は二六年前に、もう打っておいた。それがネズミロボットを送りこむことだった」

「どうしてウルトラ警備隊は、地下都市を破壊したんじゃろう」

首をひねった千頭に、モロボシが答えた。

「あの時は……群発地震の原因になっているんじゃないか、ということで……」

「それだけですか。ちゃんと調査や確認は、されたんでしょうな」

「いや、されていないと思う。おそらく現場だけの判断だった」

「ひどい話だな。復讐されたって仕方があるまい」

「人間ってやつは、いつもそうなんだ」ぼそりと江笠がつぶやいた。「何も理解できないくせに、壊すことだけは一人前で……」

「おそらく二六年近くかけて、ユートム、ないしはユートムを造った者たちは、地下都市を再建したんでしょう」米瀞が言った。「復讐を果たす余力ができたんだ。そこで巨大ロボットを建造し、実行に移した」

「しかし、チュウ吉にどういう関係が……」

「つまり変身障害ですよ。たぶん地下都市の連中は、あなたがウルトラセブンだと見抜いていた。あるいは以前から知っていたのかもしれない。そこで、いざ人間に復讐する段になって、邪魔されないようにと考えたんです」

「つまり、チュウ吉のせいで変身できなくなったと?」

「可能性はあります。復讐の日がきたらネズミロボットに信号を送って、変身を妨害する仕掛けかもしれない」

「だったら、私だけが変身できなくなるはずでしょう。どうして皆さんまで?」

「そこですが……」

米瀞に促されて、斑鳩が答えた。

「調べてみたところ、我々の変身システムは、どれも似たり寄ったりだ。原理的には全く共通している。だから影響を受けた」

「つまり、どういうことですか」

「ウルトラセブン、あんた科学技術には、あまり強くないようだな」

　モロボシは頭を掻いた。

「まあ、もともと宇宙地図をつくるために派遣された、ただの観測員ですから」

「変身システムも、あまり理解せずに使っているとか」

「そう……ですね」

　斑鳩は小さく舌打ちをした。

「大雑把に言えば、変身というのはオリジナルとアバター、あるいはアバターどうしのすり替えだ。今の我々は人間の姿をしたアバターを、オリジナルがステルス空間から操っている。宇宙人によっては、大小何種類かのアバターを使うこともある。あんたも、そうだろう。人間体の他に、巨大化したセブンのアバターなんかを持っているはずだ」

「ああ、はい」

「オリジナルと同様のステルス空間に、そのアバターは隠してある。ステルス空間というのは、波としての素粒子を全て迂回させてしまう空間のことだ。しばしば人間はそれを『四次元』とか『次元の裂け目』などと呼ぶ。本来の『次元』の意味とは異なっているがね。ただ我々も最近は一種の符丁というか隠語として『四次元』と言ったりはする。いずれにしても素粒子クローキング技術を持たない人間には、観測できない空間領域だ」

「はあ……」

「その『四次元』からオリジナルが現れて、それまでいたアバターと瞬時に入れ替われば、人間には『変身した』と見える。そのくらいは理解できるよな？」

「ええ、まあ……」

「当然だが、ステルス空間にいるオリジナルと、光や電波でやり取りすることはできない。通常は時空を構成する一一次元のうち、微小な余剰次元の一部をクローキングから外して——この場合の『次元』は、むろん本来の意味だが——そこから量子情報通信を行っている。このうち、ステルス空間をコントロールするためのチャンネルに、何らかの障害が起きているらしい。つまりオリジナルは、まだアバターの制御はできるものの、ステルス空間から出てアバターと入れ替わることができないんだ。そして、その障害の原因は……どうやらネズミじゃなくて、あんた自身にあるようだな」

「えっ、私に？」

「ネズミと同様、あんたの体もさっきからスキャンしているんだが、色々と埋めこまれているらしい」斑鳩は、タブレットPCのような装置に目を落とした。「一部は脳、それから肺の周辺だ。おそらくナノマシンを注入されて、そいつらが徐々に構築していったシステムなんだろう。レントゲンには映りにくい素材で、しかもうまく骨に這わせてある」

「ははは……」モロボシは頭や胸に手を当てながら、弱々しく笑った。「冗談ですよね」

「そこのテレビに映してやろうか。自分の目で確かめればいい」

「い、いや、結構です」

「そう言えばモロボシさん、あなた胸に持病があるとおっしゃってましたな」米澔が人差し指を向けてくる。「発作的に咳きこんで呼吸困難になったり、目がくらんだりするとか」

「ええ……そうです。そのために仕事も変えざるを得なかった」

「発病したのは、炭坑での事故より前ですか、後ですか」

「……後です」

「坑道で意識を失っている間に、ネズミをすり替えられただけじゃない。あんた自身の体にも細工されたんだ」斑鳩が断じた。「あるいは地下都市で拘束されたときかもしれない。ウルトラセブンとしては、迂闊だったな」

「………」

　モロボシは無言でうなだれた。

「地下都市の連中は、あんたの体に量子情報通信の妨害システムを仕掛けたんだ。それによって変身できないようにした。ネズミには、ナノマシンの働きを監視したりコントロールしたりする役目があったんだろう。一方で前回、調べてみてわかったんだが、我々の量子情報通信網は、お互いに干渉しあっている可能性が高い。たぶん同じ余剰次元を使っているせいだ。だから我々まで、妨害システムの影響を受けてしまった。つまり、とばっちりだ」

「もう、どうしてくれんのよ、あんた」

　後藤が畳に片手をついて迫ってくる。モロボシは思わず腰を引いた。

「いや、そう言われても……」

「我々の通信網を別の次元に移せば、影響を受けなくなるかもしれない。しかしステルス空間の制御ができないことには、それも無理だ。となると解決方法は一つしかない」

「何でもいいから、早くやろうよ」

後藤の言葉に、テレビのリモコンを手にした千頭がうなずいた。

「急がんとな。巨大ロボットも増えたらしい」

「えっ、増えた？」

全員がテレビの画面に目を向けた。いつの間にか、同じ形をした何体ものロボットが暴れている。あちこちで街が破壊されており、数カ所で火の手も上がっていた。

「えー、M市の巨大ロボットについて続報です」アナウンサーの顔に切り替わった。「最初は一体だけだったロボットですが、数分前に突然、九体が出現しました。つまりM市では現在、合計一〇体が暴れております。すでにウルトラ警備隊が出動し、空と陸から攻撃を開始しておりますが、今のところロボット側は無傷のようです。M市内では全域で避難命令が出ています。さらにM市だけではなく、県南部のT市にも同様の巨大ロボットが複数、現れた模様です。地球防衛軍によりますと、早急に追加部隊を派遣するとのことです」

「どういうことなんですか」モロボシは米澥を睨んだ。「しばらくしたら、ロボットは消えると言ったでしょう」

「うーん、予想が外れてしまいましたねえ」米澥は頭を掻いた。「地下都市の連中は、思っていたよりせっかちだったみたいです。ウルトラセブンが出てこないとわかって、すぐに総攻撃を始めたらしい。地下生物ってのは、たいていのんびりしているもんなんですがねえ。いやあ、面目ない」

「面目ないじゃ、済まないでしょう！」

「今回も九体が突然、現れたか」斑鳩は冷静だった。「どうやら連中もステルス空間を操れるようだ。ということは、おそらく我々同様、宇宙からやってきたんだろう。何百年、あるいは何千年も昔だったかもしれない。そして、ひっそりと地下に暮らしていたんだ」

「そっとしとけば、よかったんだ」また江笠が、ぼそりと言った。「人間は自業自得だ」

「ウルトラ警備隊も、今回は全く歯が立たないようじゃのう」

「くそっ」

モロボシはジャケットの内ポケットから眼鏡状のウルトラアイを取りだして、両目に当てた。しかし何も起こらない。

「だめか……」

その様子を見て斑鳩が、うなずいた。

「やはり妨害システムを破壊するしか、方法はなさそうだな」

「えっ、どうするって？」

「変身障害の解決だ。まず念のため、あんたが飼っているネズミロボットを何とかしよう。壊しても、かまわないよな？」

「む……、仕方がない」

「じゃあ、それは私たちに任せて」

声を揃えた穴戸姉妹が、それぞれのハンドバッグに手を入れた。そして大きなスズメバチに似たロボットを、一匹ずつ取りだす。手を離したとたん、唸るような羽音をたてて二匹は飛び立った。

「行ってらっしゃーい」

二人が手を振ると、スズメバチロボットは窓ガラスを突き破って外へ出ていった。

「あれもロボットなのか」

「そうよ。戦闘用マイクロボット——ネズミロボットくらい、あっという間にぶち壊してくれるわ」

「女房に危害は加えないだろうな」

「奥さんが機械でなければ大丈夫——。今回、生物は攻撃対象に設定していないから」

「そして次にモロボシ・ダン」斑鳩が胸のあたりに指を突きつけてきた。「あんたの体にある妨害システムを、壊さなきゃならない」

「そうだな。しかし、どうやって……」

「おそらく体から取り除くのは無理だ。ナノマシンが構築したとすれば、しっかりと組織内に根を張っているだろう。となれば体に高圧の電流を流して、システム内部の回路やデバイスを破壊するのが手っ取り早い」

「だったらウチにある除細動器を使えば、いいんじゃないか」

米澥の言葉に、斑鳩がうなずく。

「俺もそれを考えていた。ちょっと出力が足りないかもしれないが、試す価値はある」

「問題は、それをやってモロボシさん自身が大丈夫なのか、ということだな」

「えっ、危険なんですか」

「何しろ脳と肺に絡みついてる感じですからね。どんな影響が及ぶか、わからない。システムが発熱するなどして、接している細胞や組織が損傷すれば、命にもかかわる」

「えーっ、大丈夫でしょう」後藤が投げやりな口調で割りこむ。「何しろウルトラセブンなんだからさ。ちゃっちゃと、やろうよ」

「いや、今はセブンじゃない」モロボシは何度も首を振った。「この体は人間そのものだ」

「そう、アバターは人間と同様に弱い」米澥が同意した。「しかしモロボシさんが死んでも、ステルス空間にいるオリジナルは無傷のはずだ。変身障害が解決しないままだと、二度と出てこられない恐れはありますけどね」

「失敗して死んじゃったら死んじゃったで、もっと徹底的にシステムを破壊すれば、いいだけでしょ。何なら体ごと潰しちゃうとかさ。死んでれば痛くも痒くもないわけだし」

「なるほど、そういう考えかたもあるな」

斑鳩と後藤は冷たい笑みを交した。

「いや、ちょっと……それは乱暴じゃないか。私はこの体にも愛着があるんだ」

「だけど、もうそんなこと言ってられる状況じゃないでしょ」

ふいに携帯電話の着信音が鳴った。周囲を見まわしてから、モロボシが慌ててポケットに手を入れる。古びた携帯のボタンを押してから、皆に背を向けた。

「もしもし……ああ、俺だ。どうした。……いや、まだ本部には行っていない。ちょっと用事があって……どうした。なに、学校の近くで？　本当か。……ああ、ああ、わかった。大丈夫だ、何とかする。……いや、俺が迎えに行く。おまえは家を出るな。避難の準備をしていろ。わかったな」

通話を切ったモロボシは、青い顔で振り向いた。

「女房からだ。娘の中学校の近くにも、巨大ロボットが現れたらしい。生徒たちは全員、まだ校舎の中にいる。避難しようにも、ルートを決められないようだ」

「いきなり学校か」米澥が首を傾げた。「他にT市内で襲われているのはどこだ」

「研究学園地区全域のようですな」千頭はテレビのチャンネルを、あちこちに切り替えていた。「ロボットは次々に現れて、大学や研究機関などを見境なく襲っているらしい。まずは科学技術の拠点を、潰そうという魂胆でしょうか。地区内外にある高校や中学校も狙われているのは、大学や研究所と勘ちがいされているのかもしれん」

「あるいはウルトラセブンにも恨みを抱いていて、娘を殺してやろうという魂胆かもな」

冷たく言い放った斑鳩に、モロボシは目を剥いた。

「何だと！　百合子に罪など何もない」

「爆破された地下都市にだって、罪のない人々はいたんじゃないか」

「うっ、それは……」

「いずれにしても、学校の外へ慌てて出るのは、かえって危険でしょう」険悪な空気を追い払うように、米濔が割りこんだ。「しかも集団では目立つ」

「ええ、学校としても、当面は校内で救助を待つつもりのようです」モロボシはうなずいた。

「このような時に備えた地下シェルターもあるらしい。どの程度もつのかわからないが……しかし親が迎えに来れば、子供は引き渡すと言っている」

「中学校の近くということは、ここからもさほど遠くないわけだ」斑鳩が窓に目を向けた。

「我々だって、のんびりはしてられないぞ」

「それで、あんたはどうするつもり」後藤がモロボシを横目で見た。「自分の娘だけ助けに行くの。それともウルトラセブンになって、生徒全員を救出する？」

「それは……」モロボシは広げた自分の両手に目を落とした。「すぐにでも娘を迎えに行って、この手に抱きしめてやりたい。きっと、ひどく怖がっているはずだ。しかし……」

「あんたが娘を連れて帰る間に、学校は破壊されるかもね」

「そうだ。それは許されない。私のせいで襲われているんだとしたら、なおさらだ。もはや一刻の猶予もない」モロボシは拳をつくって顔を上げた。「私は生徒全員……いや全人類を救うぞ。家族だろうが他人だろうが、誰一人として見捨てやしない」

「じゃあ、妨害システムを破壊するのね」

「ああ……やるしかない」

「よし、善は急げじゃ」

千頭の声に押されて、米滯は立ち上がった。

「除細動器を持ってくる」

「では上半身の服を脱いで、畳の上に寝てもらおう」斑鳩がモロボシを促した。「もう少し詳しく体内をスキャンして、妨害システムの分布状況を見てみたい」

上半身裸になったモロボシは、畳の上で仰向けになった。その脇に斑鳩が座って、円い板のようなものを胸や頭の上にかざす。眼鏡のレンズに、緑色の光が反射していた。

5

しばらくすると米滯が大きな除細動器を抱えて、診察室に戻ってきた。

「テレビでも中学校の様子が、頻繁に出てくるようになりましたな」千頭がリモコンで画面を示す。「今は三体のロボットが敷地を囲んでいる。これじゃ避難は難しかろう。親が迎えに行ったって、殺される可能性が高い。やはり娘さんと、駆けつけてくるかもしれない、モロボシさん自身を狙っとるんじゃろうか」

「百合子、すまない」テレビに目を向けながら、モロボシはつぶやいた。「もう少し、待ってくれ」

「では、やりましょうか」

米澥が除細動器のパドルにペーストを塗った。斑鳩がうなずく。

「まずは右胸のこのあたりと、首の付け根あたりがいい」

「モロボシさん、いいですか」

「は、はい……やってください」

「では、いきます。皆さん、離れて！」

米澥がパドルを胸と首に押しつけた。充電が完了すると同時に、放電ボタンを押す。

「ぐわっ！」

弓なりになったモロボシの体を、米澥がそっと押し戻した。

「大丈夫かな……モロボシさん？」

白目を剝いたモロボシは何も応えない。その体を斑鳩が再びスキャンした。

「もう一度、やっておこう。この際、出力は最大にしてくれ」

「わかった……」

米澥は除細動器のツマミを回した。パドルを押しつけて放電ボタンを押す。モロボシは再び大きくのけぞった。しかし声は出さない。

米澥が心電図のモニターを見た。

「おっと、心臓が止まっているようだ」

「電気ショックのせいだろう。とりあえず心肺蘇生法（CPR）でも、やってみるしかないな」

米瀞はモロボシの胸に両手を当てて、心臓マッサージを始めた。

「きゃあ、もとに戻った！　フハハハハ」

甲高い声に一同が振り返ると、そこにゴドラ星人が立っていた。千頭が手を叩く。

「おお、成功したか！」

お互いに顔を見合わせた後、全員が次々とオリジナルの姿に戻っていった。

「ああ、この体、一ヵ月ぶり」

「やはり、ほっとしますな」

「しかし、肝心のこの男が、戻ってこない」

白目を剝いたままのモロボシを、メトロン星人は何度か揺さぶった。

「いいんじゃないの、このまま死んだって」ゴドラ星人が肩をすくめた。「あたしは全然かまわない。むしろ殺しちゃいたいくらい」

「いや、あの巨大ロボットに暴れ続けられては、我々としても困る。かといって自分がリスクを冒してまで、地下都市の連中と敵対しようとは思わないだろう？　ここは、やっぱりウルトラセブンに出てきてもらわないと」

「それも、そうだな」

「おっしゃる通りです。面倒は困る」

「俺も野蛮な人間と同類になるのは御免だ」

「くそっ、起きろよコラァ」

「う……うーん」

ゴドラ星人に蹴飛ばされて、モロボシは身じろぎをした。

「おっ、意識が戻ったらしいぞ」

「これは奇跡的だ」とイカルス星人。「正直なところ九割がたは死ぬと思っていた」

「さすがに、しぶといんですなあ」

モロボシは瞼をひくつかせた。顔をしかめながら、目頭のあたりを指先で押さえる。

「モロボシさん、大丈夫ですか」メトロン星人が声をかけた。「呼吸は普通にできますか」

「こ……ここは？　目がかすんで、よく見えない」

「私の医院ですよ。米瀞メンタルクリニックの診察室です」

「診察室……ああ、そうか。変身の妨害システムを壊すために、俺は……」

「そうです。除細動器を使った試みは、見事に成功しました。システムは破壊されたらしい。もう変身できますよ」

「巨大ロボットが、いよいよ校舎を壊し始めた」チブル星人が耳元で言う。「早く助けに行かないと、間に合わないかもしれませんぞ」

「そうだ、あのロボット！」モロボシは、いきなり上半身を起こした。「ううっ」

苦しげに胸をつかんで、モロボシは顔をゆがめた。その背中をメトロン星人が支える。

「おっと、急に動いてはいけません」

「いや、こうしてはいられ……」

モロボシはメトロン星人の方を見て、言葉を飲みこんだ。そして眉をしかめる。何度か目をこすり、やがて大きく瞼を開くと、急にメトロン星人から飛び退（すさ）った。

「やっ……き、貴様は……」

「視覚が戻ったようですな」

「どうして、ここにメトロン星人が……」モロボシは改めて部屋を見まわした。「あっ、イカルス星人……チブル星人もいる。あれはゴドラ星人、そしてピット星人だ」

「ペガッサ星人もいますよ」

「えっ、ああ、いたんだ、そこに……っていうか、どうして宇宙人が集まっている？　米澥先生は……」

「ですから、我々はもともと宇宙人なんですよ。オリジナルの姿に戻っただけです。つまり変身できた。もちろん逆もできます」

そこでメトロン星人は米澥の姿に戻った。

「ああ、本当にメトロン星人が医者だったのか。ということは、私も……」

「そうです。さあ、ウルトラセブンに変身して、巨大ロボットを退治してきてください。娘さんも待っている」

「そうだ、百合子」モロボシは立ち上がった。「今、お父さんが行くぞ！」

脱ぎ捨てた上着のポケットからウルトラアイを出して、モロボシは両目に当てた。しかし相変わらず何も起きない。いったん外して再び当てたが、姿はそのままだった。

「あれ、どうしたんだ……」

ウルトラアイを手にしたまま、モロボシは首を傾げた。

「変身できないんですか」米澥は再びメトロン星人になった。「私はできる。おかしいな」

「あ、あれは」チブル星人が尖った触手をテレビに向けた。「ウルトラセブン……ですか」

画面には、ロボットを羽交い締めにしている赤い体の宇宙人が映っていた。

「中学校を襲っていた巨大ロボットの最新映像です」アナウンサーが告げた。「先ほどウルトラセブンが現れました。今、一体を校舎から引き離そうとしています。我らのヒーローが、ようやく助けにきてくれました！」

宇宙人たちは、しばらく無言でニュース映像に見入った。やがてメトロン星人が、咳払いしながらモロボシを振り返る。

「ええと……ウルトラセブンが登場したということは、そのアバターであるモロボシ・ダンは、ステルス空間に移動したはずですね」

「じゃあ、ここにおるのは……」

「モロボシではない、ということになる」

チブル星人とイカルス星人が、顔を見合わせた。モロボシは呆然とつぶやく。

「何であそこにウルトラセブンが……どういうことなんだ」

「それは、こっちが聞きたい」メトロン星人が両手を広げた。「モロボシじゃないとすると、あなたはいったい、誰なんだ」

「私はモロボシだ。ウルトラセブンだ。あれはきっと……偽者だ」

「ちょっと、そいつを貸してみろ」

イカルス星人が、モロボシの手からウルトラアイをもぎ取った。

「あっ、何をする！」

「これは単なるプラスチックの板だな」イカルス星人はウルトラアイを、しげしげと観察した。「夜店で売っているようなウルトラセブンのお面から、目の周辺だけを切り取ったように見える。とてもステルス空間の制御装置とは思えない」

「何だって」メトロン星人も、横からイカルス星人の手元を覗いた。「うむ……確かに」

「そんなはずはない。返せ」

「どうやら、あなただけは本物の妄想障害だったようだな」メトロン星人はモロボシをじっと見た。「暮らしぶりが、いささかウルトラセブンらしくないとは思っていたんだが」

「らしくないって、勝手に決めるな」

「しかしセブンの記憶は持っておるようだし、妨害システムを仕掛けられていたのは事実だ」

首をひねったチブル星人を見て、メトロン星人も腕組みをする。

「ウルトラセブンは地球へやってきたとき、薩摩次郎という男の姿と魂をモデルにして、人間体のアバター――つまりモロボシ・ダンをつくったらしい。それが事実だとすれば、モロ

ボシは薩摩次郎とそっくりなはずだ。そして、そこにいる男性の保険証には、薩摩次郎と書かれていた。本人は、その名前を借りているだけだと主張したがね」

「ふうむ、わかってきたぞ」イカルス星人が大きな耳をひくつかせた。「つまりウルトラセブンないしはモロボシ・ダンと、そこの薩摩次郎とは、何らかの形でつながっているんだ。おそらく脳神経細胞を構成する素粒子どうしの間で、絡み合いが生じている。セブンが、この男の姿と魂を量子スキャナーで読み取ったときに、何か操作を誤ったかして発生したんだろう。事実上、二人の間では、常に無意識的な量子情報通信が行われていたんだ」

「なるほど」メトロン星人は両手を打ち鳴らした。「炭坑での事故があったとき、この男とモロボシ、そしてセブンは同じ場所にいた。そのため地下都市の連中は、三人のつながりに気づいた。一方で変身妨害システムを、セブン自身に仕掛けるのは難しいとわかった。そこで、この男に埋めこんだというわけか」

「簡単に言えば、この男をゲートウェイにして、ステルス空間にいるセブンとアバター間の量子情報通信をハッキングしたんだ。その副作用というか、妨害システムを作動させたせいで、セブンの記憶がこの男の中で顕在化することになったんだろう。彼の頭の中では、薩摩次郎としての記憶と、セブンやモロボシの記憶とが混在しているんだ」

「他人の記憶は現実であっても、頭に流れこんできたら妄想と同じってわけか。これは面白い。今ひとつ、ピンとこない話だが」

「こっちは、全くピンとこない」薩摩と判明した男は顔を歪めた。「要するに俺は、ウルトラセブンじゃなかった、ということか？」

「まあ、結論を言えば、そういうことになるでしょう」

　メトロン星人は、また医者の姿になった。

「いや、そんなはずはない」薩摩は首を振った。「ずっと俺は戦ってきたんだ。人類のために、何度も何度も命をかけて……家族と過ごす時間さえ犠牲にして」

「そう、思いこんでいたんですね。心のどこかに、もともとセブンでありたいと願う気持ちもあったんでしょう。そして薩摩次郎としての現実の方を、都合良くねじ曲げて解釈した。手元になかった変身用のデバイスも、無意識に自分で偽造した。まあ、無理もありません。辻褄の合わない単なる妄想が生じたわけじゃなくて、流れこんできたのはウルトラセブンのリアルで強烈な記憶だったわけだから」

「嘘だ……嘘だ」薩摩は頭を抱えて、しゃがみこんだ。「俺はセブンなんだ」

「やれやれ」米濔は苦笑しながらテレビに目を向けた。「あのヒーローも、全く罪のない宇宙人というわけじゃなかったな。少なくとも一人の男の人生を狂わせた。私としては、むしろ安心したが」

「そうそう、かえって親しみが湧くというものです」チブル星人も老人の姿に戻った。「それにしても調子よく、巨大ロボットをやっつけてますな。もう学校は大丈夫のようだ。ウルトラ警備隊や地球防衛軍も、勢いづいてきたらしい。このままだと地下都市の連中は、また深いところへ追いやられてしまいそうだ。気の毒に」

「薩摩さん」米瀞は、うずくまる男の肩に手を置いた。「とりあえず娘さんは助かりそうですよ。あなたが決死の覚悟で、変身妨害システムの破壊に協力してくれたからだ。よかったじゃないですか。ご家族にとっては、れっきとしたヒーローです。いや、全人類にとっても」

「俺は……俺はこれからいったい、どうすればいいんだ」

「もとの薩摩次郎に戻るんです。妨害システムの影響はもう受けませんから、セブンの記憶が流れてくることもないでしょう。急には難しいでしょうが、人間としての人生を取り戻すんです。微力ながら、私がお手伝いしますよ」そこで米瀞は小声になった。「あのヒーローへの、ちょっとした貸しにもなりそうだし」

薩摩が顔を上げた。

「えっ、何ですって？」

「いえいえ、こっちの話です。とにかく心配しないで――。こう見えても、私は市内で評判の医者なんですから」

米瀞は宇宙人たちの方を向いて、にやりと笑った。テレビ画面では、ちょうどウルトラセブンのワイドショットを受けたロボットが、派手に爆発したところだった。

6

黄昏の蒼いカーテンが下りてきたころ、平静を取り戻した街にはヒグラシの鳴き声が、か細く響いていた。

公営団地の敷地にある小さな遊び場で、薩摩は一人、ブランコに腰かけている。鎖に両腕を巻きつけてうなだれ、長く伸びた自分の影を見つめていた。その影の先には、二棟の建物に挟まれた狭い空間があり、遠くに火災の煙がまだ薄く漂っている。

薩摩の影の両脇に、ゆっくりと別の影が近づいてきた。やがて三つの影が、寄り添うように並ぶ。薩摩はのろのろと顔を上げて右手に目を向けた。

「おまえ……」すぐに左側も見る。「百合子」

少しはにかんだ顔で、娘はうなずいた。

「怪我……してないか」

「うん、大丈夫」

「あなた、米瀞先生からうかがったわ」妻が薩摩の肩に、そっと手を置いた。「あなたとウルトラセブンとは、テレパシーでつながっていたのね。炭坑で出会ってから、心の中ではずっと一緒に戦ってきた。セブンはあなたという人間を選んで、この地球(ほし)では何が正しいのかを判断する拠(よ)りどころにしていた。でも、そうすることで、あなたの精神と体は傷つき弱っていった。もう限界が近かったけれど、さっきもあなたは無理をしてセブンと一緒に戦った。百合子と私と、そして人類を救うために」

「そう言っていたのか、メトロン……いや米瀞先生が」

「ええ、わざわざ電話をくださったの」妻はうなずいた。「この先もセブンとつながってい たら、あなたは間もなく死んでしまうかもしれない。だけど心配ないって――セブンは別の、同じように優しくて勇敢な人を探すことにしたらしい。今回でもう、あなたの戦いは終わったの。これまで何も、わかってあげられなくてごめんなさい」

「そうか……そういう話に……」

「長い間、本当に……本当にお疲れさま」

妻が深々と頭を下げた。薩摩は口を固く結んで空を見上げ、潤んだ目を何度かしばたたく。

やがて、ゆっくり長々と息を吐いた。

「終わった……これで終わったのか、本当に」

「そうよ、これからは家族三人で、穏やかに楽しく暮らしていきましょう」

「お父さん」娘が薩摩の手を握った。「お家へ帰りましょう。夏休みになったら、どこかに連れていって」

「夏休み、か」

「そうね」妻が微笑んだ。「まだ一月、二月くらいは街中がごたついているでしょうけど、落ち着いたころに家族旅行もいいわね。そんなこと、もう何年もしていなかったし」

薩摩は手を引かれるまま、ブランコから立ち上がった。身を寄せてきた娘の肩に、そっと腕をまわす。

「……じゃあ、帰るか。日も暮れてきた」

「うん」

三人は足並みを揃えて家路をたどり始めた。しかし五、六歩も行かないうちに、だんだんと薩摩の歩幅が狭くなっていく。やがて立ち止まると、瞬き始めた星々に目を向けた。

「いや……まだいる」薩摩は小声でつぶやいていた。「あいつは、まだ俺の中に……」

「どうしたの、あなた」

眉を曇らせて、妻が顔を覗きこんできた。

「お父さん、大丈夫？」

娘が腰のあたりにしがみついてくる。薩摩はぎこちなく、その頭を撫でてやった。

「ああ……ごめん。大丈夫だ。ちょっと立ちくらみしたらしい。疲れたんだろう」

「じゃあ、早く帰って休んで」

「そうだな」

三人は再び歩き始める。停電で灯の減った街には、早くも濃い夕闇が迫っていた。

暗闇のセブン

藤崎慎吾

　私が『ウルトラセブン』に出会ったのは、まだ半ズボンをはいて秘密基地ごっこなどをしていた時分である。毎回、欠かさず見ていたが、ちょっと怖くなることが多かった。

　半世紀近くを経た今も、セブンといえば夜の街で戦う姿が思い浮かぶ。宇宙人や怪獣も、正面から襲いかかってくるというよりは、そのへんの闇に潜んで、ひたひた迫ってくる印象が強い。

　つまりはホラーに近いのだ。宇宙人たちは都会に跳梁跋扈する、新手の妖怪だった。

　大学生のころ、仲間とつくっていたミニコミ誌にも、私は似たようなことを書いている。今回、それを思いだして黄ばんだ冊子を引っぱりだしてみたのだが、その中で第六話「ダーク・ゾーン」を紹介していた。

　宇宙都市「ペガッサ」は地球への衝突軌道にあったが、動力系の故障で回避できないため、工作員を派遣して地球を破壊しようとする。しかし都市の接近を知った地球人が、その前にペガッサを破壊してしまう。ウルトラセブンは逆上した工作員と戦うことになるが、同情する気持ちもあって決着はつけない。

結局、ペガッサ星人は闇にまぎれて行方知れずとなる。そして最後にヒロインのアンヌとモロボシ・ダンは、「どこに行ったのかしら」「地球の上を走りまわっているのかもしれない。夜の暗闇と一緒に」といった会話を交すのである。

大学生の私は「その時、テレビに映っていた夜の街が、とても艶かしかった（中略）帰るところを失ったペガッサ星人が、今でもどこかを彷徨っている。まさにそのことが街に命を与え、闇に深みをもたらしたのだろう」などと気恥ずかしいことを書いている。

今回の企画のために、私はビデオでいくつかのエピソードを見直してみた。子供のころの気分が甦ってくるのを期待したが、残念ながらそうはならなかった。どうしたって古臭さやアラが目についてしまう。

ただしそのことで記憶にあるウルトラセブンの、ホラー的な怪しい魅力が消えることはなかった。それは、もはやビデオに残された映像とは別物で、他の「思い出」と同様、長い間に一部が強調され、美化されている。私だけのセブンになっていたのだ。

大好きなメトロン星人も、今回、見直したセブンの第八話「狙われた街」では今ひとつ物足りなかった。しかし復活して登場する『ウルトラマンマックス』の第二四話「狙われない街」を初めて見たところ、こちらのほうが記憶の印象に近い。

　調べてみると、どちらも監督は実相寺昭雄氏で、三八年の歳月を隔てた後者には、同氏の思い入れが色濃く反映されているようだ。私の心の中でも、似たような化学反応が起きていたのかもしれない。いずれにしても『三丁目の夕日』的な心地よさがあって、思わず浸ってしまった。

　今回、書かせてもらった作品は、そのような胸の内にあるウルトラセブン世界へのオマージュである。

怪獣ルクスビグラの足型を取った男

田中啓文

原案協力：雑破業
イラストレーション：工藤稜

田中啓文（たなか・ひろふみ）

1962年大阪府生まれ。神戸大学経済学部卒。1993年、長篇『凶の剣士』が集英社ファンタジーロマン大賞に佳作入選して作家デビュー。《十兵衛錆刃剣》などのヤングアダルトＳＦを経て一般文芸の世界に進出。2001年のＳＦ短篇集『銀河帝国の弘法も筆の誤り』（ハヤカワ文庫ＪＡ）の表題作で第33回星雲賞日本短編部門を受賞。1998年の伝奇ホラーＳＦ『水霊　ミズチ』、2003年にハヤカワＳＦシリーズ　Ｊコレクションより刊行された『忘却の船に流れは光』（ハヤカワ文庫ＪＡ）で日本ＳＦ大賞にノミネート。2009年、「渋い夢」で第62回日本推理作家協会賞短編部門を受賞。また、2016年、本収録の「怪獣ルクスビグラの足型を取った男」で第47回星雲賞日本短編部門を受賞。その他の主な作品に、『蹴りたい田中』『ＵＭＡ（ユーマ）ハンター馬子 完全版』（ハヤカワ文庫ＪＡ）『罪火大戦ジャン・ゴーレ１』（ハヤカワＳＦシリーズ　Ｊコレクション）など。近著は《オニマル》シリーズ、《鍋奉行犯科帳》シリーズ、《浮世奉行と三悪人》シリーズなど。

「フク、そろそろ上空だぞ」

パイロットが首をひねって声をかけた。陣内福太郎（じんないふくたろう）は軽くうなずき、セスナの側面の開け放たれた出口から外を見た。眼下に浮かぶ南太平洋の孤島シルジョンスン島は、その面積の三分の二が密林だ。この位置からでも鬱蒼としたジャングルの広がりが確認できる。その先に小さな山があり、頂上からは白い噴煙が立ちのぼっている。

「あの山の山腹に、研究者チームが使っていた小屋がある。そこに降りたいんだ」

「わかった。――見たところ、いそうにないな」

「必ずどこかにいる」

「――本当にやるのか」

「あたりまえだ。必要な機材や燃料、食料なんかは全部先に輸送機で降ろしてある。いまさらやめられるか」

「サムライだな」

「そんなんじゃない」

「ふたつだけあんたに忠告してもいいか」

「ああ」

「まず……俺ならやめとくね。命を賭ける価値はない」

「もうひとつは?」

「服がでかすぎる。がばがばじゃないのか」

「ご忠告ありがとう。でも、やるんだ」

「やるなら、ちゃんとチームを組むべきだ。ひとりでは無理だ」

「そんな金はないし、そもそもぼくに賛同してくれるものはいないよ。たいへんな困難を伴う仕事だし、報われない可能性も大きい」

「それをわかってるなら……」

「夢なんだ」

福太郎はそう言ったあと、心のなかで、

(ぼくと、田中さんの……)

とつけ加えた。

「夢は叶うとはかぎらない」

「わかってる。夢とはそういうもんさ。——そう、もう少し高度を下げてくれ」

パイロットはＧＤキャラバンの操縦桿を倒しながら、

「その……あんたの仕事はもうないと聞いている。運良く採取できたとしても、使われないんじゃないか」

福太郎はそれには応えず、

「ここまでありがとう。じゃあな」

「幸運を祈る」

福太郎は機外に飛び出した。そのとき、ジャングルの一角から巨大な青い円錐状のものが現れ、こちらに向かって凄まじい速度で伸びてくるのが見えた。その先端は陽光を反射してぎらりと福太郎の目を射た。

（幸運、か……）

自分の運のなさを恨むひまもなかった。頭上でセスナがあわてて向きを変えるのがわかった。落下する福太郎の身体は、その尖った物体にみずから向かっていくかっこうになった。串刺しか、と思った瞬間、パラシュートが開き、福太郎の降下方向が一気に変化した。巨大な円錐は福太郎をかすめて空中をむなしく突いたあと、ふたたび森林に吸い込まれるように消えていった。同時に、
うわあ……おおおお……ん……

という咆哮が響き渡り、ジャングルが二度、三度と揺れた。幸運ではないかもしれないが、悪運はたしかにある、と福太郎は思った。この島にやつがいることは、これでたしかめられた。

高い樹の枝にひっかかって苦労したが、ようよう地上に降りることができた。目標から一キロほど逸れただけだ。ヘルメットとゴーグルを外すと、日に焼けた赤銅色の顔が現れた。白髪混じりの長髪を後ろで束ねているのが、パイロットの言葉ではないが「サムライ」を連想させる。福太郎はパラシュートはその場に残し、とりあえず山腹の小屋を目指すことにした。研究者チームの途中報告によると、ジャングルには毒虫や毒蛇、毒蛙、毒猿などがいるらしい。福太郎は首筋にタオルを詰め込み、ナイフを抜いて歩き出した。

密林を抜けると広い草原があり、その先に活火山が見える。山麓に、必要な機材や物資を入れたコンテナが点々と並べられていた。事前に輸送機で降ろしてもらっていたのだ。一番大きなものが、大型のコンクリートミキサーだ。福太郎にとって、これがなによりも肝心である。発電機に歩み寄り、燃料を入れるのが、彼のこの島での最初の仕事だった。発電機はすぐにどっどっどっ……という低い音を響かせた。彼はコンテナのひとつからセメントや砂利などの袋を取り出し、水とともにミキシングドラムに入れ、ボタンを押した。フレームの回転音が聞こえ、生コンの攪拌がはじまったことを確認してから、福太郎は小屋へと向かった。

二年まえに米軍によってこの島が「発見」され、「海図にない島」として話題になった。

学術調査団が組織され、島の正確な地理、動植物、資源その他の調査がはじまった。この小屋は、彼らが使用していたものだ。

ドアを開けると、ぷーんと黴臭い匂いがした。科学者たちの死体はすべて収容されているので、死臭ではないはずだ。中央にテーブルがあり、壁に沿っていくつかの小さなデスクがある。今となってはすでに古いOSのマックや、プリンターなどが置かれ、ラックにはファイルが並んでいる。隣は寝室で、三段ベッドがふたつ置かれていた。風呂もトイレもなく、皆、野外で済ませていたようだ。

地下に発電機があった。チェックしてみると、まだ燃料が三分の二ほど残っていた。動かしてみたが、小屋のなかの電灯もつかず、無線機もうんともすんともいわなかった。配線が切れているのかもしれない。

（多々良島でもこんなことがあったらしいな……）

そんなことを思いながら、福太郎は木製の椅子に腰を下ろし、リュックからノートパソコンや身の回りのものを取り出してテーブルに並べたあと、最後にいつも肌身離さず持ち歩いている一冊の本を取り出した。表紙には『原色全怪獣大図鑑』というタイトルが赤いロゴで記されている。すでにぼろぼろになっているが、彼と彼の先輩である田中啓文の思いが詰まったものだった。ぺらぺらとそれをめくってみる。アーストロン、アボラス、アントラー……などと名前の頭文字が「あ」ではじまる怪獣の写真その他の詳細なデータが順番に掲載されている。一体につき二ページが割かれており、たとえばアボラスなら、

青色発泡怪獣アボラス（ABORAS）
身長60メートル　体重2万トン
出現地・東京
特徴・口から泡を吐き、それに触れた物体を溶かしてしまう。泡は、溶かし原液をリンパ水で薄め、シェーク管という器官でかき混ぜることによって生成される。
腕力がたいへん強い。
尾は東京タワーを一撃で倒す。
足型・次ページ参照
解剖図・次ページ参照

といったことが書かれている。

載っている怪獣はもちろん実在する個体ばかりで、テレビや映画などのために創作された架空の怪獣や宇宙怪獣、ナントカ星人といった宇宙人の類、ロボット怪獣など、想像上の「非実在怪獣」は一切含まれていない。学術書だから当たり前のことだが、この本の読者の大半はじつは少年だというのも福太郎にはよく理解できた。怪獣はかっこいい！　強い！　大きい！　男子のあこがれが詰まっている存在なのだ。福太郎もかつては怪獣好きのこどもだった。それがこうして、怪獣を一生の仕事にすることになろうとは思ってもいなかったが……。

近頃は、「怪獣」という表記は差別的ではないか、という意見が文部科学省から出され、「カイ獣」とか「界獣」という表記を採用している教科書も増えてきているというが、福太郎にとっては、怪獣はあくまで「怪」獣であった。そもそも怪獣という言葉は、人間よりも下位の動物という意味で「下位獣」と書かれていたのが、その外観や生態から受ける印象から、いつしか怪獣と表記されるようになったのだ。それを今更、差別的と言い出したのには、怪獣は危険ではない、と印象づけようとしているのだ、と福太郎は思っていた。首相は、

「カイ獣は人間に害を及ぼさない。むしろ益することが多いと考えられる」

「カイ獣について学ぶことは、青少年の精神的育成につながる」

「カイ獣と人間は共存できる。そういう環境は人間側が用意すべきである」

「カイ獣は我が国にとって重要かつ安全な資源である」

「カイ獣は愛すべき隣人・仲間である」

などといった怪獣に関する所信を表明していた。

山林の破壊、建物や道路の破壊、船舶や養殖用生簀（いけす）等の破壊、放射能や有毒物質による汚染……といった怪獣による人的・物的被害が報道されるたび、政府はこういった「怪獣擁護」に終始し、マスコミもそれに追随した。被害者たちは抗議の声を上げたが、それが取り上げられることはなかった。

福太郎の耳にも、政府の方針やそれに反対する意見は届いていたが、彼はどちらにも関心

はなかった。

福太郎の指は『原色全怪獣大図鑑』をめくり続けている。古くなった紙がたてるぱりぱりという音が小屋に響く。掲載されている写真はどれも、怪獣撮影専門カメラマンの手によるものだ。それぞれの怪獣の威容、質量感、迫力が伝わってくる。これこそが怪獣の本質であり、多少の被害が出たとしても仕方がない……というのが福太郎の考えだった。政府がなんと言おうと、怪獣は怖ろしい存在であり続けてほしい、と彼は思っていた。

モグネズ、モングラー、ラゴン、ラルゲユウス、リトラ……そこで手がとまった。

古代怪獣ルクスビグラ（LUXBIGURA）
身長70メートル（推定）
体重2万5千トン（推定）
出現地・シルジョンスン島
特徴・島のジャングルに潜んでいるというが、その生態は不明。目撃例も少なく、その実在が疑われている。
島の付近を航行中の「マーメイド号」というヨットが襲撃されたという噂や、シルジョンスン島の学術調査団が全滅したという噂もあるが真偽はわからない。
恐竜型で、背中に巨大な棘があるという。有翼、水かきがある可能性もある。
足型・なし（未採取）

解剖図・次ページ参照（ただし想像図）

福太郎の目は、足型欄の「未採取」という文字から離れなかった。

（田中さん……必ずぼくは……）

本を閉じた福太郎は、かつてのことを思い出していた。

◇

降ってわいたような、という慣用句があるが、陣内福太郎の仕事は降ってわいたようにはじまるのが常だった。駅前の安い飲み屋でたらふく飲み、

「大将、いくらだ。えっ、それでいいのか。うわあ、これだけ食べて飲んでそれは安いな。安すぎるよ。よその店なら倍ぐらい取るんじゃないか。なんだか申し訳ないような値段だな。本当に安い。安いけど……ツケといてくれ」

「馬鹿か。――あんた、未成年じゃないだろうな。顔が童顔すぎるんだよ」

「身体はこども、頭脳は大人なんだ」

いつものやりとりをしたあと、表に出ると満天の星空だ。このまま機嫌よく家に帰り、歯を磨いて寝よう、と思ったそのとき、その星を覆い隠すように、空に巨大な「眼」が現れた。福太郎は自分の目をこすったが、空中の「眼」はまだそこにあった。二度、三度、こちらをにらむように瞬きしたあと、不意に消失した。

（幻覚、かな……）

幻覚にしては、やけにつぶらで、生々しかったな……そんなことを思っていると、尻ポケットの携帯電話から着メロが響いた。「ウルトラQ」のテーマだ。

「はい、陣内です」

「福ちゃん、私だ」

夕陽パノラマ編集長の釜城（かましろ）である。

「なにが出たんです」

「科特隊神奈川支部川崎方面分隊から連絡があった。川崎港のコンテナターミナル付近に油獣ペスターが上陸したらしい。——頼む」

その声はさすがに緊張していた。

「了解。すぐに向かいます」

電話を切る。ペスターをはじめ、スダール、ラゴン、ゲスラ、ガマクジラ、グビラ、タッコング、ザザーン、シーゴラス、シーモンス……といった水棲怪獣は海上に出現することは多いが、上陸することは滅多になく、福太郎たち「足型屋」にとってたいへん貴重な機会なのだ。

埠頭に着くと、すでに田中が来ていた。田中啓文は福太郎の大先輩で、師匠と言ってもいい存在だ。この道つまり怪獣足型採取のベテラン中のベテランである。

「早いですね、田中さん」

「わしの取り柄は早飯・早風呂・早グソや」

七十歳を過ぎて、いまだ現役「怪獣類足型採取士」の田中はそう言って笑った。福太郎は、双眼鏡でペスターの様子を観察した。ヒトデのような、またコウモリのような奇妙な形態の怪獣は、ぐにゃぐにゃした被膜のある手足を大きく広げながら、石油コンビナートに向かっている。動くたびに、膜がぶわんぶわんと揺れるのがわかる。

ペスターは、身長50メートル、体重2万5千トン。かつてはオイル怪獣と呼ばれていたが、今は「油獣」という呼称が定着している。タッコングなどと同様、石油を主食としているため、タンカーや石油コンビナートなどを襲撃する。口から火炎を放射するが、その際、体内の石油に引火しないのは不思議である。毒蛇が自分の毒で死なないのと同じだと説明されてはいるが、福太郎は納得していなかった。

「行くで」

「はい」

師弟は防火服を着ると、セメントミキサー車に乗り込んだ。ペスターの進行方向を確認し、そちらに先回りするためだ。高齢だが、田中の動きは機敏で、福太郎はついていくのにいつも必死だった。福太郎は横目でペスターの行動を観察しながらハンドルを握る。油獣は身体を左右に交互に倒すようにしてよちよちと進む。

「あいつら、こんなところに来るよりも、中東の油田を襲ったほうがよほど効率いいと思うんですけどね」

福太郎は言った。怪獣は、なぜか基本的には日本にしか出現しない。

「そらそや。けど、怪獣が世界中に出たら、わしらの商売あがったりやで」

怪獣が日本にはじめて出現したのは一九六六年のことで、それは「ゴメス」と命名された。当時の日本は、一九五四年に公開された「ゴジラ」という映画とその続篇の大ヒットによって「怪獣ブーム」が起こっていた。その内容は、ゴジラという空想上の古代恐竜が水爆実験によって巨大化し、火を噴いて暴れまわるという荒唐無稽なものだったが、一九六六年に本物の怪獣の第一号である「ゴメス」が奥多摩に出現し、マスコミがそれをゴジラとの類似から「怪獣」と呼ぶようになったことで呼称が定着したのだ。

その後も新しい怪獣がつぎつぎと現れ、日本各地を襲った。不思議なことに海外では怪獣の出現はほとんど報告されていない。日本だけが被害に遭うのだ。だから日本で「怪獣学」が発達し、その身長を計測する「怪獣類寸法測定士」、体重を測る「怪獣類重量測定士」、そして足型を採取する「怪獣類足型採取士」……といった職業が生まれた。一般にはそれぞれ「測り屋」「体重屋」「足型屋」と呼ばれている。怪獣類を研究する科学者とはちがい、彼らにデータを提供するだけの便利屋で、まとめて「怪獣類関係技能士」と呼称されていた。「怪獣学」黎明期にはこれらの作業を大伴某という研究家がたったひとりで行っていたというが、現在ではこのように分業化されている。

怪獣の身長・体重・足型などは一度測ればよいというものではない。人間と同じく、怪獣の状態も年々変化する。だから、毎年一回夕陽パノラマ社から刊行される『原色全怪獣大図鑑』には、できるだけ最新データを掲載することになっていた。『原色全怪獣大図鑑』は政府公認の刊行物なので、データは正確でなければならない。その測定や採取はだれでもできる仕事ではなく、かなりの特殊技能だ。そのため適性も不可欠で、一種の徒弟制度が今も続いていた。

「あっ、田中さん。ペスターが火を吐いてます」

青白い炎が、ペスターの口から放たれた。港湾設備の一部が燃え上がった。

「石油タンクに引火したらヤバいです。引き返しましょうか」

「アホ抜かせ。ここで引き返したらプロの『足型屋』の名が泣くで。少々身体が焦げるぐらいがちょうどええねん。『バックドラフト』観たことないんか」

田中は、全身六十四か所に骨折の跡があり、肌も怪獣の発する火焔やビーム、溶解液などでひっつれたりただれたりしている。ケムラーの毒ガスを吸って以来、肺も傷めているらしい。口調だけはやけに元気だが、顔色は悪い。福太郎はアクセルを踏み込んだ。

「それにな……石油に引火なんかせえへん」

激しく揺れる車内で田中が言うと、

「可能性はありますよ。だって、ペスターの火は……」

「わしがせえへん、ゆうたらせえへんのや。理由は……そのうちおまえにも教えたる」

田中の言葉は、単なる過剰な自信とは思えぬ力強さがあった。

「あそこの二車線の道路にしよ。二つ目の信号あたりに流せ」

福太郎たちはペスターのまえに回り込んでミキサー車をゆっくり走らせながら、道路いっぱいにセメントを流した。車を停め、福太郎は灯油を周囲に撒いた。ペスターの顔がこちらを向いた。あとはじっと待つだけだ。ペスターは身体を斜めにして狭い道路を前進するが、身体の横幅が広すぎてどうしても動きが遅くなる。福太郎はいらいらしたが、横の田中は腕組みをしてじっと怪獣の行動を見つめている。それでももう少しでセメントのうえにたどりつく、というところで、上空から爆音が聞こえてきた。科学特捜隊のジェットビートルが三機、編隊を組んでペスターの頭上を通過した。ペスターの足が止まった。ビートルを見上げると、口から青白い熱線を吐いた。ビートルは軽々とかわし、ロケット弾を発射した。ペスターは向きを変え、ビートルを追って海のほうに進みだした。田中が舌打ちをして、

「馬鹿め、まだ早い！」

福太郎の手から石油の入ったバケツをひったくると、怪獣めがけて駆け出した。

「た、田中さんっ！」

福太郎は叫んだが、田中はペスターのすぐそばまで行くと、バケツを振り回し、

「さあ、こっちを見ろ。おまえの大好物だぞ」

しかし、ペスターは向きを変えない。巨体の怪物にとって、バケツ一杯の石油など我々にとっての米粒ひとつぐらいの感覚なのだろう。

「くそっ……こうなったら……」

田中は、ホルスターから護身用に特別に配給されているスーパーガンを抜き、ペスターの

背中に狙いをつけた。

「いけません、田中さん！　そんなことをしたら……」

「怪獣類関係技能士」は、危険に見舞われたとき以外には、けっして怪獣への攻撃を行ってはならない。法律にそう定められていた。怪獣を攻撃するのは、科学特捜隊の任務であり、福太郎たちはただの民間人なのだ。もし、安易な攻撃のせいで怪獣が暴れだし、大きな被害につながるようなことがあったら、たいへんな罪に問われることになる。

「はよせな、せっかくのセメントが乾いてまう。水棲怪獣は『次』がないねん。そう教えたやろ」

「それはわかってます。でも……」

「すまん、フク。撃つで」

田中は引き金を引いた。稲妻状の光線がほとばしり、ペスターのぬめぬめと褐色に光り輝く背中に命中した。

「だめだ、田中さん……撃つな！」

福太郎の絶叫もむなしく、田中は引き金を絞り続けた。熱線はペスターの皮膚を焦がし、ようやく怪獣は背後からの攻撃に気づいたようだ。ペスターはビートル機から田中へと視線を移した。田中は振り返り、振り返りしながらミキサー車のほうに走り出した。逃げているのではない。セメントのうえにペスターを誘導しようというのだ。

「早く……早くしてっ！」

福太郎は田中に駆け寄ろうとしたが、

「来るな。おまえは持ち場におれ。それにこのガキは動きが遅いさかい心配いらん」

ペスターは身体を前傾させ、彼としてはかなりのハイペースで田中を追いながら、やっとセメント地帯に侵入した。2万5千トンの体重が乗り、ペスターの足は一歩ずつセメントにめり込んだ。

「やった!」

思わず福太郎が叫び、田中がガッツポーズをしたとき、ペスターが口から火焰を放射した。炎の大河が狭い道路を這うように走った。一瞬にしてあたりは火の海になり、田中の身体は背後から爆風に持ち上げられるようにして宙に飛び、地面に叩きつけられた。

「救急車……救急車をお願いします!」

福太郎は携帯に向かって怒鳴り続けた。

◇

病院のベッドで田中が目覚めたとき、病室には福太郎しかいなかった。田中は身よりがないのだ。

「田中さん……よかった。すぐに医者を呼びます」

「いらん」

「そういうわけには……」

「ええから。あとにせえ。それよりおまえに話しておくことがある」

　師匠の言いつけには従うしかない。

「わし……どれぐらい眠ってた」

「丸二日です」

「医者の診立ては？」

「全身打撲、頭蓋骨、首、肋骨、大腿骨の骨折、あとは火傷がひどいそうです」

「そうか、道理で身体が動かんと思たわ。——ペスターはどうなった」

「ビートルの攻撃に反応して、埠頭に戻り、そのまま海に入りました。田中さんのほかに被害者はゼロ、建物などの被害総額は推定二億円。政府が全額補償するそうです」

「足型は？」

「ばっちりです。全部で二十四個。不完全なものを除くと十六個。そのうち、完璧なやつが三つありました。そのなかから田中さんに選んでもらいます」

　田中ははじめてにっこりすると、

「よかったなあ。——言うたやろ、足型取りは一期一会や、て。もう二度とこの怪獣と出会うことはないかもしれん、そう思て足型を取るんやで」

「はい……それと……その……」

　福太郎が言いにくそうにしているのを見て、田中は言った。

「許可なく発砲した件やな」

「はい。警察が、田中さんの意識の回復を待って、事情聴取を行うそうです」

「ふん」

田中は鼻を鳴らすと、目を閉じ、黙り込んだ。しゃべり過ぎて疲れたのかと思っていると、目をつむったまま、

「フク……おまえ、眼ぇ見たか」

「目？　なんの目ですか」

「宇宙の眼や」

「う、宇宙の眼……？」

そう口にした途端、福太郎は居酒屋を出たときに空に出現した巨大な「眼」のことを思い出した。

「その顔は、見たようやな」

「はい。ペスターで出動する直前でした。あれは、幻覚じゃないんですね。いったいなんなんです」

田中はそれには答えず、

「わしは何度も見た。はじめて見たのは、忘れもせん、二十八歳のときや」

福太郎と同い年である。

「そのあと、何回か見た。聞くところによると、科学特捜隊の隊員やら『怪獣類関係技能士』やら……怪獣にたずさわるもんは生涯のうちに何度かアレを見るらしいわ」

「………」

「あの『眼』を見たら、もう一人前、ゆう証拠や。あのお方が……オヤジが認めてくださったんや」

「オヤジ……？」

「これでわしも安心してあの世へ行ける。あとはおまえに任せた」

「田中さん、そんなことは……」

「まあ聞け。おまえ、ペスターが火ぃ吐いたとき、わしが『石油に引火なんかせえへん』て言うたの覚えてるか」

「もちろんです」

「なんでか教えたろ。――あのへんのタンクは石油は抜いてある。空っぽや」

「え……？」

「石油が燃えたら大火事になるし、なにより企業が大損する。せやさかいに前もってタンクは空にしてあるねん。それに、このあたりの住民や従業員もみんな避難は済んどるはずや」

　福太郎もまえまえからおかしいな……とは思っていたのだ。怪獣が出現すると、本来は人的・物的被害が莫大なものになるはずなのに、案外、それほどでもない。多少の建物が破壊され、多少の火災が起き、多少の死者が出ることもないわけではないが、たいがいは怪我人どまりである。被害は政府が補償するから、たいした問題にはならないうえ、場合によっては「焼け太り」になることもあるらしい。

「やっぱりそうか。じゃあ政府は、事前に怪獣の出現情報を得て、その地域の住民に避難命令を出しているんですね」

「そういうこっちゃ。でないと、あんなに落ち着いていられるかいな」

「だったら、テレビやネットでその情報を公開すればいいのに」

「それでは盛り上がらんやろ。——よう考えてみ、ペスターがほんまに石油コンビナートを襲ったら、とんでもない被害額になるで。ペスターも石油タンクに満杯の石油を全部飲んでしまうわけやない。一部を飲んだら、あとは火ぃ吐いて燃やしてしまう。それはもったいないがな。せやから、前もってペスターにはたらふく石油を飲ませとるんや」

「ええっ……？」

これには驚いた。政府が怪獣に食糧を与えているなんて……。

「海上で石油を与えられてるさかい、ペスターは満腹や。そのお礼に、日本にちょこっと顔出しとこか……てな感じなんやろな。住民も退避しとるし、怪獣も腹いっぱいやからそないに暴れへん。適当に近場を壊したら、科学特捜隊の攻撃を受けて海に帰っていく……そういう筋書きになっとるわけや。もちろん、今回みたいにだんどりが狂うて、うまくいかんこともあるけどな」

「でも、それって……日本政府が怪獣を餌付けしてるってことじゃないですか」

言ったあと、福太郎はハッとした。なぜペスターが中東の油田を襲わないのか……その理由がわかったからだ。どうして怪獣は日本にしか出現しないのか。これまで研究者やマスコ

ミは、

「台風のルートがだいたい決まっているようなもの」

　という説明に終始していたが、「餌付けしているから」と考えればすべて説明がつく。しかし……なんのために……？

「わからんのか」

「はい……」

「考えてみい。おまえもこれまでぼーっと怪獣と向き合ってきたわけやないやろ」

　どうなのだろう。自分は、田中のもとで見習いとして修業をはじめ、独立してからも田中の指示のままに動いてきた。はたして怪獣とはなにか、ということを真剣に考えたことがあっただろうか。

「日本で怪獣を観ようということで、海外からのツアーが多く組まれていると聞きます。怪獣は今、日本の重要な観光資源になっているのではないですか」

　田中はかぶりを振った。

「灼熱怪獣ザンボラーの高熱や、電気怪獣エレドータスの放電、台風怪獣バリケーンの風力などをエネルギーとして利用するとか……」

「ちがう」

「怪獣を安価な労働力として使うとか……」

「ちがう。その程度の使い道では、出現のたびに破壊される道路や建築物の損失と引き換えにならん」

「教えてください。政府はなんのために怪獣を餌付けしてるんですか」

「兵器として使うためや」

「まさか……」

「巨大で怖ろしいパワーを持った怪獣たちを兵器として使用できれば、原水爆以上の脅威となる。究極の生物兵器やろ。世界中のどの国も、日本の言うことに逆らえなくなる」

「そんなこと、あってはならない」

「そのとおりや。オヤジも、こうなることをずっと心配しとった」

また「オヤジ」だ。

「例の『眼』のひとですね。オヤジっていったい……」

「フクよ」

「はい」

「おまえはわしがおらんようになっても、ひとりで十分やっていける。わしが教えることはなにもない」

「そんな……」

「わしも、この仕事でやりたいことはたいがいやった。絶対に取れんと言われてたスカイドンの足型も採取できた。あのときはうれしかったなあ」

メガトン怪獣スカイドンの体重は20万トンもある。だから、採取用のセメントを踏み抜いてしまうのだ。何人もの足型屋が失敗したなか、田中は特殊なセメントを開発して挑戦し、見事にスカイドンの足型を取ったのだ。そのときのことは怪獣類関係技能士のあいだでも語り草になっている。

「けどな……ひとつだけ心残りがあるのや」

「それはなんですか」

「ルクスビグラの足型や。あれだけは取ってない。というか、見たこともないからなあ……」

ルクスビグラ、という名前は福太郎も知っていた。ほかの怪獣図鑑には、その存在が確認されていないとして項目自体がないのだが、唯一、夕陽パノラマ社の『原色全怪獣大図鑑』には、推定身長と推定体重、そして解剖図が想像図として掲載されていた。もちろん、足型は載っていない。

「目撃例が一例しかないんでしょう？　見間違いじゃないんですか」

「ほな、なんで名前がついとるんや」

「それは……」

「フク、おまえ、世界ではじめて現れた怪獣はなんや知ってるか」

当然知っていた。

「ゴメスです。一九六六年、奥多摩に出現。これが日本の、というか世界初の怪獣の出現例です」

それまではスクリーンのなかにしかいない架空の生物と思われていた怪獣が、本当に現れたのだから、当時の世界中の驚愕は想像するにあまりある。

「ところが、ちがうのや」

「じゃあリトラですか？　どっちでも同じようなものですが……」

「怪獣第一号はルクスビグラなんや」

「そんな馬鹿な。どの資料にもそんなことは……」

「資料はほとんど残っとらんけど、ほんまや。ゴメスが出現する数年前にな、ある青年がヨットによる太平洋横断を計画しよった。当時はまだヨットでの出国が認められてなかったんや。その青年は、不法出国扱いのまま『マーメイド号』ゆうヨットで三か月かけてサンフランシスコにたどりつきよった。えらいやっちゃで」

「はあ……」

福太郎は田中がなにを言いたいのかわからずとまどった。

「その青年の手記がベストセラーになって、それを映画にしようという企画が立ち上がってな、ある男がその映画のなかの特撮部分を全部引き受けた。その男の名を、仮に……Tとせえ」

「T、ですか」

その名前に聞き覚えがあった。たしか……「ゴジラ」の特技監督だ。

「Tは、独立して自分のプロダクションを作ったところやった。この映画は、Tプロが手掛けた、はじめての大きな仕事や。その撮影中、Tは青年からあるエピソードを聞いた。じつは、太平洋横断中、ある孤島の近くで巨大な怪物に襲われた、というんや」

　青年は間一髪で難を逃れたが、嘘つきだと言われるのが嫌で、今までは黙っていた。手記にも書かなかった。自分でもすでに、あれは夢だったのかもしれない……と思うようになってきた。そんなことをしゃべったのだ。Tはその話に食いついた。そして、監督に、

「途中で、主人公の青年が怪獣に襲われ、危機一髪で脱出するというシーンを入れましょう。きっとすばらしいスペクタクルになります」

　監督は承知し、Tは青年から聞いたとおりの怪獣を造形した。青年の目撃証言から、怪獣は恐竜型だったことが判明。しかし、

「羽根があったような気もします。ヒレみたいなのもあったかなあ。なにしろこっちも必死だったから……」

　青年の記憶もあいまいだった。Tによってルクスビグラと命名されたその怪獣の登場シーンに、Tは全力を傾注するつもりだった。しかし、その場面のクランクイン直前、手記にも載っていないし、どう考えても嘘っぱちにしか思われないだろう、と監督は怪獣の場面を丸ごと削ってしまった。Tは抗議したが受け入れられず、ルクスビグラは幻の怪獣となった。

「ゴメスが奥多摩に出現したのはそれから数年後や。ほとんどの研究者が、そちらを日本第一号の怪獣と認めとる。せやけど、『原色全怪獣大図鑑』だけは、ルクスビグラに項を割いて、正体不明のまま載せとるんやが……」

「どうしてそんないい加減な情報を載せるんでしょう。そういうものを掲載するなら、酔っ払いの見間違いとか、ネッシーとかも載せなきゃならなくなりますよ」

「いや、そういうもんとはちがう。なにしろ、オヤジが名前をつけたんやからな」

オヤジ……？　あの「眼」の主か……？

「わしの心残りというのは、怪獣第一号であるはずのルクスビグラの足型を取れてないということや。身長も体重も特長も解剖図も、推測ではあるが一応掲載されてるのに、足型だけ『未採取』……これはさびしすぎるやろ。なんとしてでもルクスビグラを探しだして、足型を取りたい。これがわしの夢や」

「…………」

いるのかいないのかわからない怪獣の足型……そんなものが取れるのだろうか。

「それが採取できたら、『原色全怪獣大図鑑』は完璧になる。なんとかわしの命のあるうちに……と思うてたが、ふふふ……無理みたいやな」

「そんなことありません。田中さんはまだまだ……」

「自分の身体のことは自分がいちばんわかっとる。わしもあとしばらくは……と思うとったけど、ペスターごときの火焔から逃げられんようではもうあかん。おまえは、これからはひとりでやっていけ。けどな……」

田中の声は急に暗さを帯びた。

「近頃、わしらの仕事、減ってきとるやろ」

　それは福太郎も身に染みていた。かつては『原色全怪獣大図鑑』以外にも、年刊の怪獣図鑑が各社から発売されていた。しかし、それらはひとつ減り、ふたつ減り、ついには『原色……』のみとなった。他社からもときどき、単発ものとして刊行されることはある。しかし、それらには怪獣の身長、体重、特長などは掲載されても、足型は省かれることがほとんどだった。

「怪獣図鑑に足型は不要なんですかねえ」

　ときどき福太郎は田中とともに安い居酒屋で不平をぶちまけあった。

「アホ抜かせ。足型あっての怪獣図鑑や。あいつら、わしらがどんだけ苦労して足型取ってると思とんや。わしらのこと、わかってくれるのは夕陽パノラマだけや」

　しかし、頼みの綱であるその夕陽パノラマ社も、経営が危ういという噂があった。もし、あそこが倒産したら、足型屋はどうなるんだろう……。

「そのうち、足型の需要が完全になくなる日が来るかもしれん。そのときまでにおまえは商売替えのことも考えとかなあかん。ま、おまえやったらどんな仕事でもやっていけるやろ」

「ぼく、足型屋以外になるなんて考えたこともありません」

「アホ。どんな仕事でも、いつか終わりが来るんや。覚悟だけは決めとけ」

「…………」

「考えてみたら、おもろい仕事やったなあ。これもみな、オヤジさんのおかげや」

「田中さん、そのオヤジさんって……」

「今の日本はおかしい方向に行こうとしとる。オヤジさんの『眼』が空に現れるのは、きまってそういうときや。自分が大好きやった怪獣と人間の関係が正しくなるよう、にらんではるのや。おまえも、オヤジに選ばれたんやから、この世界が……怪獣が……正しく……」

そこまでしゃべったとき、田中は急に咳き込んだ。激しいしわぶきが続き、しまいには大量の血を吐いた。福太郎はあわててナースコールを押そうとしたが、田中は彼の手をつかみ、

「ええか、フク。ここはオヤジの作った世界なんや。せやから……せやから、ルクスビグラはどこかにかならずおる。あいつこそが……ウルトラ怪獣第一号なんや」

「ウルトラ怪獣……？」

「もし、ルクスビグラが現れたら、足型を取ってくれ。それを『原色全怪獣大図鑑』に載せてくれ。――頼む……」

それが、田中の最期の言葉だった。

◇

福太郎は幼いころから怪獣が大好きだった。動物園で象やライオンやカバを見るより、水族館でジンベイザメやマンタを見るより、怪獣図鑑を読んでいるほうを好んだ。怪獣は、象やシロナガスクジラよりも大きく、力も強い。ビルやタワーも一撃で壊すし、火を噴いたり、怪光線を出したり、空を飛んだり、地中に潜ったりできる。たいがいの攻撃ははねかえしてしまう。一種類の怪獣が一匹から数匹しかいない、というのも神秘的でよかったし、ほぼ日

本にしか出現しないというのも親近感が湧いた。

　大人の多くは、怪獣にはさほど興味を示さなかった。怪獣が大好きだ、という大人も、大嫌いだ、という大人もいない。ほとんどは、台風と同じく、直撃は困るが、まあ、自分のいるところは「逸れる」だろう、ぐらいに思っているようで、テレビなどで怪獣出現情報が流れても、あまり真剣にチェックしているものはいないようだった。

　福太郎が、はじめて生の怪獣を見たのは小学校四年のときだった。家族で箱根に旅行している最中、大涌谷に地底怪獣グドンが出現したのだ。どうしても、と父親にせがんで安全な場所から望見したのだが、かなりの距離があったというのにその巨大さや圧倒的迫力が伝わってきて、あまりのかっこよさにしびれた。それ以来、怪獣関係の仕事に就きたいと願い、高校を出たあと、「怪獣類足型採取士」の国家資格を取った。しかし、それだけでは仕事はできない。だれか先輩について実技を学ばなければならないのだが、そのとき夕陽パノラマ社の編集者釜城が田中を紹介してくれたのだ。

「頑固一徹、昔気質の職人だけど、本気で仕事覚える気があるんなら田中さんにつくのが一番だね」

　田中は厳しかった。なにも教えてくれない。

「わしのやっとるとこを見て、盗め」

　それだけだ。しかしそのおかげで福太郎は、セメントの調合、すばやく道へ撒く方法、怪獣からの逃げ方などをしっかり身に付けることができた。たとえばセメントの調合ひとつとっても、怪獣の体重や生態によって微妙に配合を変えなければならないし、撒くべき場所も異なるのだ。田中はそういったことすべてを自分の行動で福太郎に示した。そして、福太郎はほかの足型屋では味わえない、すばらしい経験を積むことができた。生涯のほとんどを空中で過ごすと言われている高原竜ヒドラの足型を、ヒドラの生息地の徹底的な調査によって着陸位置を特定し、ゲットしたときの喜びはいまだに忘れない。この方法はのちにラルゲユウスやテロチルスにも応用できた。腹足を使って這って進む貝獣ゴーガの足型の採取は困難を極めたが、餌を使って一時的に足止めすることでなんとかクリアした。ウラン怪獣ガボラの足型は、放射線防護服を着用して採取に赴いた。雪山に棲む冷凍怪獣ギガスの足型採取時、雪崩に巻き込まれて生死の境をさまよったことも、今となっては思い出のひとつである。ぐちゃぐちゃした藻のようなもので全身覆われているヘドロ怪獣ザザーンの足型は、何度取っても田中に、

「こんなんあかん。もっと鮮明に!」

と叱られて、取り直しを命じられた。

足型屋としてのいろはをすべて教わった田中が死んだことは、福太郎に大きな衝撃を与えたが、同時に大きな選択を彼に強いた。

福太郎はひとりで足型屋を続けることにした。怪獣図鑑のなかで唯一残っていた『原色全怪獣大図鑑』も、ある時期から足型と解剖図を載せなくなった。福太郎たちは夕陽パノラマ社に抗議したが、誌面を節約して経費削減を図るため、と突っぱねられた。仕事がなくなり、

ほかの足型屋は全員辞めていったが、福太郎は残った。金にならなくても、怪獣が出現するとミキサー車で現地に急行し、科学特捜隊がやってくるまでの短いあいだにセメントで足型を取る。持ち帰って3Dでスキャニングし、データ化して保存する。今後、足型を掲載する怪獣図鑑が出版されるとしたら、いつでも対応できるようにするためだ。すべて自腹だったので、毎回かなりの出費になった。福太郎はしかたなく、アルバイトを掛け持ちした。日本でただひとりの現役怪獣類足型採取士というのが誇りだった。

そんな生活のなかで、福太郎は気になっていたことを独自に調べ始めた。田中と一緒に仕事をしていたころは、考えもしなかったことだ。まずは、日本政府と怪獣の関係だ。本当に、政府は怪獣を「餌付け」しているのか。田中の言葉にはなにか証拠があるわけではなく、長年の足型屋としての経験からそう考えるにいたっただけらしいが、福太郎はその裏付けを取りたかったのだ。省庁からは門前払いされ、マスコミからも迷惑がられ、警察や科学特捜隊にまで要注意人物扱いされたが、暇に任せて少しずつ調査を進めていった。その結果わかったのは、科学特捜隊の上部機関である文部科学省「怪獣類管理統括グループ」と一部の国会議員のなかで、「怪獣利権」と呼ばれるビッグマネーを動かしている連中がいるということだ。怪獣に破壊された建造物や道路などの修復にはかならず建設業者が関わってくる。彼らへの建設業界からの献金は莫大なものだった。また、文部科学省の怪獣関係の予算は防衛予算を上回るほど巨額なわりに使途は不透明で、黒いベールに包まれていた。そして、日本の国連での発言力は、なぜか最近増す一方だった。

もうひとつは、田中が「オヤジさん」と呼んでいたTについてだ。彼は、一九五四年に「ゴジラ」の特撮を担当し、特撮の神さまと呼ばれるようになった。その後、「ゴジラの逆襲」「地球防衛軍」「キングコング対ゴジラ」「空の大怪獣ラドン」「モスラ」……といった映画を手掛けた「怪獣の生みの親」といえる存在だ。一九六三年に満を持してTプロダクションを設立し、そこがはじめて手がけた映画が「太平洋ひとりぼっち」だ。この映画で、ルクスビグラという怪獣が登場するはずだった……ということについては資料は残されていない。手記を出版した元青年への取材も行ったが、そんな事実はない、手記に書いたことがすべてだ、と断言された。そして……。

そして、Tの業績はここでふっつりと途絶える。表舞台から姿を消し、その後の消息は不明だ。Tプロダクションがどうなったかもわからない。

おかしいな……と福太郎は思った。田中が「オヤジさん」と呼ぶほどの人物だ。実在する怪獣や「怪獣類関係技能士」に対してもなにか関わりがあったのではないだろうか。しかし、図書館やインターネットを調べても、かつての怪獣映画の関係者にたずねても、Tの情報は一切出てこなかった。まるで……封印されてしまったかのように。

そんなある日、福太郎は田中の数少ない遺品のなかに、一冊の古い本があることに気づいた。それは油紙で何重にも包まれており、貴重なものであることはすぐにわかった。書名は「日本特撮の歴史」とあった。冒頭いきなり、Tの名前が出てきた。彼がホリゾント、スクリーン・プロセス、オプチカル・スクリーンなどを使った撮影を日本ではじめて行ったことや、「ハワイ・マレー沖海戦」という映画でミニチュアを使った本格的な真珠湾攻撃の場面を撮影して大評判になったことなどが記されていた。そこから戦後の「ゴジラ」に至る道は福太郎が知っていたのとほぼ同じだったが、Tプロダクション設立のあたりからなんとなく違和感を感じる記述が増えてきた。

一九六三年の「太平洋ひとりぼっち」における太平洋上の嵐の場面が、Tプロが手掛けた最初の大きな仕事だったということは福太郎が調べたとおりだが、そこからが違う。

翌一九六六年、Tプロダクションはテレビに進出し、「ウルトラQ」という怪獣が登場する特撮シリーズの放送を開始するや、たちまち人気を博した。第一回放送「ゴメスを倒せ」の東京地区での視聴率は32・3パーセントだったという。空想上のモンスターたちがまるで生きているかのように暴れ回る姿に、こどもから大人までが熱狂した。怪獣ブームが起こり、Tの名前は全国的に知られるようになった。TBSではドキュメント番組「現代の主役　ウルトラQのおやじ」が制作されたほどだ。怪獣ブームは、「ウルトラマン」「ウルトラセブン」……といったウルトラシリーズによってますます過熱した。登場する怪獣は「ウルトラ怪獣」と呼ばれ、こどもたちは争って怪獣図鑑やソフトビニール人形などを集め、怪獣ごっこが大流行したという。

ウルトラQのおやじ……？　ウルトラ怪獣……？　そういえば田中さんの最期の言葉は、

「ここはオヤジの作った世界なんや」

まさか……我々はTの創造した世界にいるというのか。ゴメスは本物の怪獣のはずだ。それが「空想上のモンスター」とはどういうことだ……。

福太郎は震える指でページをめくった。そこに、Tの顔写真が掲載されていた。福太郎は思わず声を上げた。その写真の「眼」は……彼が虚空で見たあれとまったく同じだった。Tは、福太郎をにらみつけていた。おまえは今怪獣の置かれている状況がそれでいいと思っているのか……「眼」はそう語っていた。

翌日、福太郎は、文部科学省怪獣類管理統括グループを中心とした怪獣利権についての告発を行った。プレスリリースをマスコミ各社に一斉に送付したのだ。議員名や企業名、裏付けとなるようなデータも列記した。新聞、テレビ、ネットニュースはこぞってトップで取り上げた。政府は苦しい言い訳に終始した。福太郎は裏切り者扱いされ、「怪獣類関係技能士」の資格を剝奪された。理由は、技能士にあるまじき虚言を流布した、というものだった。

夕陽パノラマ社の釜城からも連絡があった。

「おまえのせいで、政府からの補助金が打ち切られた。うちは本日付で倒産する。どうしてくれるんだ」

どうやら夕陽パノラマ社も、怪獣利権の渦中にあったようだ。こうして、「怪獣図鑑」は完全に市場から消えた。足型屋だけでなく、測り屋、体重屋なども仕事を失った。福太郎は皆から突き上げを食らった。だが、どうしようもないことなのだ。

そんなときだった。米軍によって発見された南海の孤島シルジョンスン島に、怪獣が存在するのでは、というニュースが報道されたのは。学術調査のために派遣されていた研究チームが全滅し、その最後の連絡が、

「怪獣に襲われた」

というものだったのだ。福太郎にはピンと来た。ヨットで太平洋横断にチャレンジしていた青年が怪獣に襲われた「ある孤島」とは、シルジョンスン島のことではないのか。つまり、調査団を壊滅させた怪獣は……ルクスビグラではないか。

福太郎は、田中の言葉を思い出した。

(せやから……せやから、ルクスビグラはどこかにかならずおる。あいつこそが……ウルトラ怪獣第一号なんや)

福太郎はセスナをチャーターし、シルジョンスン島に向かった。

◇

島に着くやいなや、ジャングルから巨大な棘が出現した。ルクスビグラがこの島にいるのはもはや間違いなかった。福太郎はジャングルのなかを歩き回ったが、ルクスビグラは現れなかった。食糧は七日分しかない。セメントが豊富にあれば、ルクスビグラが通過しそうな箇所に事前に撒いておく、という方法も考えられなくもなかったが、セメントは一回分しか調達できなかった。一発勝負なのだ。ルクスビグラの生態も食べ物もわかっていないので、

餌で釣る方法は取れない。ひたすら出現を待つしかないのだが、待てる時間には限りがある。

しかし、福太郎は待った。待つのも足型屋の仕事のひとつなのだ。ジャングルのなかには熱帯植物に混じってスフランやミロガンダが繁茂していたが、こういったものは本来の意味での「足型」が存在しないので無視する。食用になりそうな果物も目に付いたが、万が一毒があった場合、その後の活動に支障をきたすので我慢するしかなかった。福太郎は、残りわずかな食糧を分割して食べることにした。

ときどき、ジャングル全体が大きく激しく揺れて、鳥が一斉に飛び立つことがあった。地響きに似た音が地面を揺るがすこともあった。また、深夜、

うわあ……ああ……おん……んんん……


という、物哀しげな咆哮が幾度となく周辺に響き渡った。そんなとき福太郎はミキサーのスイッチを入れて出現に備えるのだが、ルクスビグラが姿を現わすことはなかった。

島に来て十日がむなしく過ぎた。食糧はすでに尽き、福太郎は空腹でふらふらになった。このままでは作業ができなくなる。福太郎はやむなく、たわわに実っているオレンジに似た果実をひとつもいで、食べてみた。はじめは甘かったが、奥のほうに強烈な苦みがあった。吐き出そうとしたが遅かった。果肉は喉を滑り落ちていった。途端、目眩が襲ってきた。足がふらつき、立っていられない。視界が広くなったり、狭まったりしはじめた。心臓が激し

く鼓動し、大量の汗が顔や腕から滴り落ちた。

（しまった……やはり毒だったか……）

福太郎は指を喉に突っ込んで果実を吐いたが、目眩とふらつきは治まらなかった。かたわらの樹木にもたれて動悸を鎮めたあと、福太郎はなんとかジャングルから出ようと歩き出した。だが、体調の悪さからか道をまちがったらしい。気が付いたときには、来たことのない場所にいた。福太郎はその場に座り込んだ。

突然、目のまえの地面が盛り上がった。土の壁のようなものがそそり立ち、頭上から泥や砂が滝のように降ってきた。

うわ……お……おお……おおお……ん……

そこにルクスビグラがいた。推定身長70メートルというのはほぼ正しかった。恐竜型、それもティラノサウルス型で、二足で立っている。全身はごつごつした岩のような黒い皮膚で覆われ、長くて太い尾がある。顔には龍のような髭があり、二本の角が上向きに生えている。目は大きく円盤状で、眼球は認められない。背中に一本の巨大な棘が生えており、先端は鋭い。これが、福太郎がセスナから降下したおりに彼を串刺しにしようと伸びてきたのだと思われた。また、棘の左右には猛禽類のそれのような翼があるが、今は畳まれている。手には水掻きがあり、おそらく陸海空に渡って生息できるのだろう。そして、足は……。

（見えない……）

茂みに遮られて、ルクスビグラがどんな足をしているのかは確認できなかった。

うお……おおおおおお……んんんん……

ルクスビグラは咆哮し、福太郎に向かってきた。福太郎はなんとか立ち上がり、かすむ目の焦点を合わせながら、必死に走った。身体が言うことを聞かない。何度も転びそうになる。それでも走った。なんとかしてコンクリートミキサーのところまでたどりつかねばならない。ルクスビグラは追ってきた。しかし、木々が邪魔をして、まっすぐには移動できないようだ。

（しめた……！）

福太郎はついにジャングルから出た。そこには見慣れた光景があった。小屋と、そして……。

（ミキサーだ！）

彼はつまずき、倒れながらもなんとかミキサーのボタンを押した。フレームが回転しはじめた。福太郎は最後の力を振り絞って、その大型ミキサーの支柱を外した。なかなか外れないものは、むりやりへし折り、はぎ取った。フレームは自重で倒れ、地面を転がって、セメントをあたりに撒いた。その瞬間、ジャングルを掻き分けるようにしてルクスビグラが現れた。

うおおお……おおおお……ん……

福太郎は、折り取ったミキサーの支柱にすがりながら、ルクスビグラのまえに立ち、両手を左右に広げた。さあ……来い。こっちへ来い。ぼくを踏み潰してみろ。かまわないから、ぐちゃっとやってみろ。——さあ、来るんだ、ルクスビグラ！

ルクスビグラは、セメントのうえに一歩を踏み出した。つづいて二歩、三歩……。

（やった……！）

福太郎は小躍りしたかったが、すでに限界だった。頭が朦朧とし、冷や汗が全身から流れ出ていた。ルクスビグラはそこで足を止め、上半身を倒して、頭を福太郎に近づけた。

（殺すなら殺せ。だれかが……きっと後日、この足型を採取してくれる）

ルクスビグラが右手を高々と振り上げた。福太郎は目を逸らすことなくその手を直視した。その背後の空に、あの「眼」が浮かび上がった。

（オヤジ……）

それは、まさにあの「日本特撮の歴史」に載っていたTの眼差しだった。巨大な「眼」は数度瞬きをした。そして、最後にはしっかりと閉じられた。宙を覆う「眼」が消えた瞬間、ルクスビグラの巨体もゆらりと揺らいだ。身体の色が徐々に薄れはじめ、輪郭がぼやけ、ついには空気に溶け込むように消滅した。福太郎は呆然としたが、ルクスビグラの姿はすでに

どこにもなかった。

だが……セメントのうえに、足型だけははっきり残っていた。福太郎が覚えているのはそこまでだった。

◇

気が付いたときは病院のベッドのうえだった。彼をのぞきこんでいたのは田中だった。田中は死んだはずだ。福太郎は状況がつかめず、

「生きてた……?」

そうつぶやくと、田中は驚愕の表情を浮かべ、

「そ、そや……生きてたんや。おまえは生きてた」

「ぼくが……? ちがう、生きてたのは田中さんですよ」

「田中さんてだれや」

「もちろんあなたです」

「あなた? 他人みたいになにを言うとんねん。忘れたか、わしはおまえの父親やないか。せやから、おまえも田中やないか!」

「ぼくが…田中さんの息子だって……? そんな馬鹿な」

「けったいな東京弁使いやがって。けど……ほんまによかったわ。おまえは十日まえに、日劇に映画を観に行ったかえりに、車にはねられたんや。それからずっと意識が戻らんかった

けど……これで安心や。今、医者呼んでくるさかいな」

そう言って、父親はあわてて病室を出て行った。福太郎は自分を見た。

（こども……や……）

そうだ……ぼくは今、小学四年生。あのとき、日劇の「裕次郎大会」で上映された「太平洋ひとりぼっち」という映画を観に行ったのだ。怪獣ファンのぼくがわざわざ父親にせがんで連れて行ってもらったのは、この映画の特撮がTプロダクションの最初の仕事だったということを知ったからで、

（Tプロの仕事ということは、怪獣が出るに決まってる！）

ぼくはそう思い込んだ。でも、映画は青年がヨットに乗って太平洋を横断するというだけのもので、どこにも怪獣は登場しなかった。まえにも同じようなことがあった。「激斗エーゲ海の大怪物」という映画をテレビの洋画劇場で観たら、ただのアクション映画だったときも、「海の巨獣モビー・ディック」というのが単なるクジラの映画だったときもがっかりしたが、今回はそれらにも増してなにも出てこない。仕事が忙しい父親に無理を言ったうしろめたさが腹立ちに転化し、映画が終わったあとぼくはわんわん泣いて、父親を困らせたあげく、道路に走り出た。ちょうどそこに、一方通行を逆行してきた車が……ぼくに……。その車の横腹に書かれていた文字がぼくの目に焼き付いた……。

「先生、すぐ来てくれるそうや」

父親が戻ってきた。

「何遍も検査したんやけど、脳に損傷は皆無やし、脳波も正常。なんで意識が戻らんのかわからん、て医者もずっと言うてたんや。もう大丈夫や」

「…………」

「おまえ、ずっとうわごとみたいにルクスビグラて言うてたけど、なんのことや？　おまえのことやから、もしかしたら自分で考えた怪獣の名前か？」

そうではない。そうではないのだ。あの車はたぶん、どこかのラグビースクールのものだ。逆向きに書かれた「ルークスービグラ」の文字が、ぼくの印象に強く残ったのだろう。

「なあ、お父ちゃん」

「なんや」

「お父ちゃん、ぼくに跡を継いでほしいか」

「アホ！　わしはサラリーマンや。跡なんか継げるかい」

「そやなあ……」

じゃあ、どうしてあんな夢を見たんだろう。福太郎は首を曲げて、枕もとにあった一冊の本を見た。おそらく父親が、息子が目覚めたときのために、とお気に入りの本を持ってきてくれたのだろう。「日本特撮の歴史」……夕陽パノラマ社から刊行されたものだ。ボロボロになるまで読み込んだ、福太郎の愛読書だ。手を伸ばして取ろうとしたが、手がパジャマの袖から出ない。

「すまんなあ。急なことで、大人もんのパジャマしかなかったんや」

福太郎は袖を巻き上げて、本をつかんだ。表紙には「夕陽パノラマ編集部編」となっている。これまで気にしたことなどなかったが、福太郎はだれが書いたのか気になり、巻末を開いてみた。田中啓文著、となっていた。

「お父ちゃん、この夕陽パノラマいう会社、潰れたんやな」

「たしかそうやったと思うわ」

福太郎は本を閉じて思った。いつか自分で出版社を興そう。そして、怪獣が実在していたあの世界のように、身長・体重だけでなく足型までも完璧に掲載された怪獣図鑑を出版しよう。出版社の名前は……そうだ、ぼくが師と仰いだあのひとの下の名前をもらうんだ。そんなことを思いながら病院の窓を見ると、空に巨大な「眼」が浮かんでいた。それは、以前とは異なり、慈愛に満ちた眼差しのように福太郎には思われた。もう一度見直すと、そこには皿のような形の雲が浮いているだけだった。

ウルトラマン前夜祭

田中啓文

　とにかくただただ、ひたすら怪獣が好きなのだ。だから映画でも、ちらっとでも怪獣が出てきて、その場面がかっこよかったら、それでもう「大丈夫」なのである。ストーリーとかどうでもいい。ヒーローもどうでもいい。○○星人も巨大ロボもどうでもいい。怪獣怪獣怪獣怪獣なのだ。

　私のデビュー長篇『背徳のレクイエム』は、地下に体長数キロに及ぶ巨大なセミの幼虫が千年間眠っており、それが地上に現れるとその国が壊滅するという設定の小説で（審査員に「モスラのような怪獣の怖さ」と評された）、その後も隙あらば作中に怪獣を登場させようと虎視眈々と機会を狙うという執筆姿勢をとり続けて今に至る。『十兵衛錆刃剣』も『蠅の王』も『郭公の盤』も怪獣小説だし、ゲーム『かまいたちの夜2』の「底蟲村篇」も怪獣ものだし、最近も「本能寺の大変」や「怪獣惑星キンゴジ」など短篇で怪獣をテーマにした作品を書いている。どうしてこんな人間が出来上がってしまったのか。まだ三歳のある夜、父親が「ウルトラマン始まるで！」と私を呼んだのだ。「ウルトラマン……？」なんのことだかわからずテレビの前に座ると始まったのが「ウルトラマン前夜祭」（ウルトラＱの最終回が差し替えられた番組）だったのである。これでハマり、以後はひたすら怪獣漬けの生活を送る少年となった。怪獣映画を観たら帰宅してすぐにそのストーリーをマンガ化して広告の裏に書き連ねる。自分で考案したオリジナル怪獣の図鑑（解剖図付き）を何十冊も作る。タイトル、監督名、特技監督名、脚本家名などをテレビを見ながら必死に書きとめる。朝日ソノラマやケイブンシャなどの怪獣図鑑を熟読して、身長・体重・出身地などを暗記する。遊びはもちろん怪獣ごっこだ。観たことがない怪獣番組や映画が存在することが耐えられず、なんとかして観ようと努力した。専用アンテナを立てないと観られないＵＨＦの番組で、視聴者が送った怪獣の絵をぬいぐるみにしてテラインコグニータという正義の怪獣と戦わせるというのがあり、砂嵐のような画面のなかでときどき映るその番組を目をチカチカさせながら見たりしていた（音声はけっこう聞こえた）。

というような幼少期を過ごした人間が、長じて怪獣ファンになるのは当然であって、なにもかも「ウルトラマン前夜祭」が悪いんや！　ということになるが、それよりも私は、前世の因縁とか「業」みたいなものを感じますね。業秀樹です。違うか。

さて本作だが、読んでおわかりのとおり（わからんわ！）ルーシャス・シェパードの『竜のグリオールに絵を描いた男』へのオマージュである。雑破「業」さんとツイッターでやりとりしているときにふと思いついたのだが、そのときはもっと幻想的かつ純文学的な作品になるはずだった。まあ、結果としてこんな感じになってしまうというのは、これもまたひとつの「業」としか言い様がないですね。（談）

↑嘘。

痕（あと）の祀（まつ）り

西島伝法

イラストレーション：加藤直之

酉島伝法（とりしま・でんぽう）

1970年大阪府生まれ。2011年、「皆勤の徒」で第2回創元ＳＦ短編賞を受賞。それに続く三篇を加えた連作短篇集『皆勤の徒』を2013年に刊行し単行本デビュー。同書は「ベストＳＦ 2013」国内篇第1位となり、第34回日本ＳＦ大賞を受賞。2018年Haikasoruより英訳版“Sisyphean”（ダニエル・ハドスン訳）が刊行された。〈ＳＦマガジン〉2014年4月号掲載の短篇「環刑錮（かんけいこ）」は、第26回ＳＦマガジン読者賞国内部門を受賞し、『短篇ベストコレクション 現代の小説2015』と『折り紙衛星の伝説 年刊日本ＳＦ傑作選』に再録された。近作には『BLAME! THE ANTHOLOGY』の「堕天の塔」がある。ウェブサイトは、棺詰工場のシーラカンス。http://blog.goo.ne.jp/torishima_denpo

その暗闇は、いつもかすかに基板の焼け焦げたような尖ったにおいがする。降矢に聞こえているのは、防護服のファンの音と、宙吊りの五人が緊張を撫でつけるように繰り返す呼吸の音だけだった。

まるで宇宙にでもいるようだ。

以前にもそう感じたことを、降矢はとうに忘れている。

イヤホンから、極寒の地にいるかのごとく喉を大きく震わせる音がした。降矢の真後ろにいる勝津だ。三十歳前後だろう。検体採取のために同行した生物学の研究者だというが、同じ坊主頭の前任者と同様に詳しい経歴は聞かされていない。

〝センセイ、しっかりしてくださいよ〟

勝津の後ろの最後尾に控える石井が、咽喉マイクの意味の無い大声で嘲りを隠さずに言う。

〝すみません、だいじょうぶです〟勝津が押し殺した声で答える。

「石井、そんな喋り方してると舌噛むぞ」と降矢は窘(たしな)める。

〝そんなへましませんて〟

〝こちら本部、武藤(むとう)……斉一……まもなく降地しま……休……状態を解……休止状……解除〟

避難域の外に設置された、五社合同による都市現状回復機構の臨時本部からの通信だった。加賀特掃会から派遣された、この懸垂搬送車に乗る六人中では、主任の降矢にしか聞こえていない。途切れ途切れなのは、斉一顕現体(せいいつけんげんたい)から漏れる絶対子の濃度が強まっているせいだ。絶対子は生物組織じたいには無害ながら、シナプス電位や電子機器に影響を及ぼす。その名称はチェコの小説から取られたというが、降矢は読んだことがなく、これから読むつもりもない。

「じきに顕現体どうしの対峙(お見合い)状況が始まる。うたた寝を切り上げるぞ」

降矢はそう告げ、操縦桿をU字形に開いた。

両肩の表示灯が次々と点灯して、含水遮蔽材に覆われた搭載コンテナ内部の洗浄液で変色した壁面や、千本鳥居のごとく前後に密接して並ぶ五機の加功機(かこうき)の、何の飾り気もない直線的な機体をうっすらと浮かび上がらせる。実際それは赤錆色を基調とし、形状が似ていることから〈鳥居〉と呼ばれていた。油圧モーターを擁する頂上部の笠木(かさぎ)形フレームの左右からは、柱に相当する二米(メートル)弱の従腕(じゅうわん)が床まで伸びており、その間を宙に浮いたままくぐるように、全身防護服姿の従業員がハーネス帯や安全バーで背面フレームに磔(はりつけ)になっている。その腰回りを囲うフレームの四方から、昆虫的な多関節の歩脚が伸び、先端の球輪でしっかりと床を押さえていた。

降矢の目の前にある鳥居の隙間から、葉山の防護服が揺れ動くのが見える。体をほぐしているらしい。

〝……斉一……降……〟

暴風を受けるように搭載コンテナが横揺れをはじめ、しばらくして鎮まった。

勝津の怯えた息の音がする。

〝降矢さんだって、こないだのことを忘れたわけじゃないでしょ？〟

いつまでも同じ話題を続けたがるのが石井の悪い癖だった。

「お見合いがはじまったぞ」降矢は状況だけを伝える。

〝……万……移……〟

大地に巨大な柱でも打ち込むような振動が、遠くから響いてくる。

「万状、移動中」

搭載コンテナが断続的な縦揺れをはじめ、ハーネス帯が肉に食い込む。

〝このセンセイのおかげで、あやうく俺たち――〟

〝すみません。でも、それは兄の方なんです〟

揺れがしだいに激しさを増し、震源が近づいてくるのが判る。

〝……状況……接触に移……各自……に……ること……の衝撃に備え……〟

降矢は歯を噛み合わせたままで告げる。

「接触状況（じゃれあい）に移行した。各自衝撃に――」

〝えっ、センセイ双子な――〟

突然の激震にすべてが上下に跳ね――づぃ、と石井が奇妙な声で呻く――ロックの掛かった従腕の二重関節や天井の軌条との結合部が騒がしく軋み、二対の歩脚が末端を床に接したまま角度を変えて伸縮する。

〝……放……姿……〟

急に重力が前向きにかかり、安全バーに胸を圧（お）され息が詰まった。

〝まずい、万状顕現体（ばんじょうけんげんたい）が活動予測範囲を越えだした〟運転席の寺田（てらだ）が抑えた声で言う。〝少し離れるぜ〟

「了解」と降矢が返す前に懸垂搬送車は動きだしている。「本部、こちら加賀特掃会の降矢。状況〈七〉により搬送車を予定位置より移動する」おそらく聞こえてはいないだろう。

〝外は、どういう状況なのでしょう、斉一に近づきすぎではないですか、ここは大丈夫でしょうか〟

勝津が不安げに言い、〝るれっ……〟と石井が答えかけて口をつぐんだ。どうやら本当に舌を噛んだらしい。

「いまはともかく、後の作業の段取りにでも集中して平静でいてください」

〝友引のゴーグルって、車載カメラの映像が映るらしいね〟と先頭の加功機の伊吉（いきの）が穏やかに言う。

〝この現場じゃ、なにも見えないでしょうに〟葉山はいつもの掠れ声だ。石井が入社したばかりの時に、徹夜で飲み明かしたのかと訊いて怒らせていた。〝そもそも、あたしは外を見たいだなんて思わないね〟

体が前のめりになり、懸垂搬送車の動きが止まった。張り詰めた空気が戻る。

全身が肺臓と化したかのようにただ呼吸を繰り返すうち、仄白く発光する無数の粒子が眼前に集まりだした。それらは羽虫のごとく細切れに動いて、亡霊を思わせるぼやけた人影を作りはじめる。

勝津の呼吸の音が早まりだした。

「先生、心配ありませんよ。磁気閃光のようなものです」

そう言われているものの、本当のところはよく判らない。絶対子の濃度が極限に高まると、遮蔽された搭載コンテナ内でも完全には防ぎきれないのだ。経験がなければ、この段階でも審問効果に翻弄されることがある。

接触状況が収束する予兆だった。いまや本部からの通信はノイズしか聞こえてこない。

じきに最大値の衝撃がくるだろう。

降矢の予想よりも幾分早く、強烈な一撃に見舞われた。脳髄がひしゃげ、体じゅうの臓器や肉が振り落とされるようだった。廻転を伴う奇妙な浮遊感の中で上下左右を惑乱され、喉の奥から唸りが漏れる。懸垂搬送車が宙に跳ね上げられたのだ。重心が体の右側に寄っていくのを感じていると、全身の関節がばらけるような衝撃に襲われた。表示灯の光が心電図めいた軌跡を描き、搭載コンテナ内が耳を聾する金属音の反響に満たされ、鋭い耳鳴りとなって耳孔の奥深くにうずくまり続ける。

全身が斜めに傾き、安全バーのクッションに胸がめり込んでいた。

全ての鳥居の歩脚がおのおの伸縮して、床に突っ張っている。

なぜか床面に幾条もの光が差し込んでいた。光は次々と機体の隙間を貫通し、鳥居の輪郭を縁取りつつ上に広がっていく。

〝あれ、寺田くんどうしたんだい？　後部ハッチが勝手に開いて、いくよ――あああいかん〟急に伊吉の口調が早まる。〝頭がくらっくらする。あれが、まだいるらしい。ははっ、これは……くるね〟

降矢も至高の粒子に全身を貫かれるのを感じていた。歓喜と陶酔の波が一気に押し寄せてきたかと思うと、手錠を掛ける冷厳な音に心臓を鷲摑みされる。眼前の白い人影が、後に冤罪の明らかになる男の鬱血した孤独な死に顔に、生まれたばかりの息子の昭英の顔に、そっくりだねお母さんにと知人はいう揚羽蝶の美しい羽根の片方をもいで釣り上げた何十匹ものモロコを熱湯に一度に放り込み蟻の行列を踏み潰し行き倒れた人の横を素通りするわたしは言ったのだ堕ろすようにと寝間着が乱れるのも構わず胸を叩いてくる身重の香織が目を見開いたまま静かに瓦礫の中に坐って――忘却の殻を割って矢継ぎ早に這い出してくる罪の数々に苛（さいな）まれ、自らに対する強烈な嫌悪感に舌を嚙み切ろうとして痛さのあまり踏みとどまる。

〝あれはまだ……違うのですっいいっ〟勝津の啜り泣きや奇声が響いていた。無理もない。彼が絶対子の審問効果を体験するのは初めてのことなのだ。〝く、かっ、領胞（りょうほう）の拡大は必ずっ……〟

「先生！」

〝と未だ果たせない……どうしても……それは鸚鵡（おうむ）にまいずったあげく……いい幾度も阻止されっ……むねんのうちにええっ、え、いっ、やぶるに栄えありと！　に耐えず……とまれ直交に磔定（たくてい）し、なければ、んすっ、なんと、なんとしても門を……改めますゆめなまこかんけつせんみかずみをいじじっそ――〟

「勝津先生！」

　何度も呼びかけるが、耳に届かない。

〝いったいどんな人生送ってきたの〟葉山が苦しげに笑い、皆がかすかに鼻息の音をたてる。それぞれ審問効果に耐えていて余裕がないのだ。〝それにしても、寺さんは〟

〝あれ、彼には効かないはずなのに。ねえ、寺田くん？〟

　寺田は服役囚で、脳が器質的に絶対子の影響を受けにくいことから、更生プログラムの一環として車輌の運転を任されている。機構のドライバーの多くは、絶対子に鈍感な者だ。

「寺田、大丈夫なのか」降矢も呼びかける。

〝寺さん、気絶でも――んあ、きついね。こんなの浴びて〟葉山がタバコの煙のように息をゆっくりと吐き出す。〝崇高さに心を洗われたただの解脱したただのと思い込めるってのは、どんなおめでたい人種なんだろうね〟

降矢の胃の底が凝って重みを増す。長らく入院している妻の香織も、高濃度の絶対子を浴びたばかりの頃は、葉山が言ったような法悦状態にあったからだ。

勝津は意味を成さない言葉で喚き続けている。石井が鼻を啜る音まで聞こえだした。

〝なんだ、泣いてるのかい、石井〟と葉山が震え声でからかう。

〝うるせぇ〟と叫んだそばから泣き声に変わる。〝くそっ、だから最初っから処理を状況後によ、させてくれればよ〟

〝まあ、入札の段階で要求されていたことだからねえ。放出後だったのが、せめてもの救いだよ〟

「ああ。これでも外気の絶対子濃度はかなり下がってるはずだ」操縦桿の下部カバーを開き、並んだボタンを指先でなぞる。「緊急用の鎮静剤を打たせてもらうぞ。悪いが個別には作動させられん」

二の腕の皮膚に、鋭い痛みが瞬く。

〝むしろ助かるよ〟葉山が抑えた声で言う。

「本部、こちら加賀特掃会の降矢。加賀特掃会の降矢」呼びかけるが、まだ雑音が聞こえるだけだ。

〝――ん、ああ……〟

「寺田、無事なのか」

〝ううん……なんだ、どうなってる。失神してたのか俺〟ゆっくり息を吐く音がする。〝ドアの窓が割れてる。でも金網は破れてないから逃げられねえや〟

「後部ハッチが勝手に開いたんだが」

〝そうなのか。誤操作？　じゃない。電気系統の故障かもしれねえ。あれ、いつエンジン止まったんだ――くそ、かからねえ〟

「鳥居を降車させられるか」

〝やってみる。けど、いいのかよ。ここからは、あれが去ったかどうかは見えねえぜ。まあハッチが開いてるなら同じか〟

「ああ。先に降車した二人は、横転した搬送車を元に戻してくれ」

伊吉の鳥居が天井の軌条を大きく軋ませながら前進し――〝あ、ちょっと待っ……〟連結器の外れる鈍い音がしたとたん、盛大な金属音が響く。

〝見事なこけっぷりだね〟と葉山が言う。

「伊吉、動かないのか？」

半導体素子への影響が心配になり、降矢が声をかけたところで、歩脚の駆動する電動ドリルめいた音が聞こえだした。

〝大丈夫だ――霞んでいてよくは見えないが、まだあれは突っ立っとるよ〟

「思向性通信が通じるのなら、実際の濃度は感じるほどではないんだな」

唐突に伊吉の間延びした笑い声が響く。

〝寺田くんが血だらけだよ。派手に切ったねえ〟

伊吉と出会ったあの日、仮住まいの部屋で窒息死しかけていた降矢が聞いたのも、こんな感じの笑い声だった。

〝何がおかしいんだこの野郎〟

〝生きてて安心したってことだよ。あ、頬にガラスの欠片刺さってる〟

寺田は舌打ちをし、ぎっ、と呻いた。

〝車体は外からだと思ったほど傾いてないね。花壇に乗り上げてるだけだから、ひとりでも起こせそうだ〟

「では、そうしてくれ」

タイヤの擦れる音がした後、搭載コンテナの傾きが一気に戻って左右に振り揺れる。

揺れの余韻が残る中、眼前の葉山の鳥居が離れていき、軌条から切り離された。

一気に広がった外光の眩しさに降矢が目を眇めていると、身を包む鳥居がひと揺れして前に進みだす。

一瞬の浮遊感の後、深く沈むように着地し、すぐに高さが戻る。

そこは一方通行の道路で、アスファルトには稲妻形の罅が入り、砕けたガラスが家沿いに散らばって双目糖のように光っていた。このあたり一帯は顕現塊が確認されるなり迅速に住民の避難を済ませ、一週間前に封鎖されたため、車通りや人影はない。

「石井と勝津先生は落ち着いてからでいい」

降矢は空中を歩くように脚を動かして、連動する四本の歩脚を前に進ませ、東の空を仰ぎ見ている葉山の機体の傍らに立った。

降矢の背筋が強張り、膝が震えた。

交差する電線越しに、晩秋の空を背に聳(そび)え立つ途方もなく巨大な人影があった。腰を落とした姿勢で、長い両腕を胸の前で斜めに構えている。いや、ゆっくりと下ろしている。さっきまでは顔の前で、十字かL字に組んでいたはずだ。

その全身は、光を複雑に屈折させる水晶の原石にも似て、背景の空を透かしているようでもあり、内部から発光しているようでもあり、ふとした拍子に凹凸が裏返ってしまいそうな捉えがたさを湛えていた。胴回りから足先にかけて顕著な茜色は、重畳空間を透過した陽光が、夕焼けと同じ原理で透けて見えているともいう。

斉一顕現体——都市現状回復機構ではそのように統一しているが、組織やメディアによって呼称は大きく異なる。

鱗雲(うろこぐも)の散らばる遠い空には、何機ものヘリコプターの機影があった。いまでは以前のように近づきすぎて墜落することはない。

降矢がじかに目にするのは、これで三度目だった。最初はまだ捜査一課の刑事だった頃——帰宅途中だった降矢は、一粁(キロメートル)ほど先に聳える斉一顕現体を目(ま)の当たりにした。その仏像じみた顔の前を斜めに横切って、一機のヘリコプターが墜落するところだった。呆然としてしばらく動けなかったことを覚えている。まだ避難対策が確立されていない頃で、多くの住人が接触状況の巻き添えとなった。いつも通る道は瓦礫で塞がっており、大きく迂回して自宅に戻ると、ローンを組んだばかりの一戸建ては半壊していた。臨月だった妻は、崩れた天井と居間の隅の壁に生じた空隙（すきま）に、脱魂した状態で坐っていた。至近距離で絶対子を浴びたのだ。

伊吉の鳥居が斜向（はす）かいに立った。

〝全長が四十米ほどだってことが判っていても、やたらと大きく見えるんだよね〟

「ああ。光学的な錯覚と、絶対子が心理に及ぼす影響だろうな」

〝それもありますが〟勝津の声が割り込んできた。鳥居の近づいてくる音がする。〝実際、計測する度に全長は変化しているんです〟

「毎回違う個体が現れていると？」

〝ヒューマノイド形の巨人であるのは共通していますが、その体型は十タイプほどに分類されており、それぞれ元になった特定の人物がいるのでは、と推測されています。今日の斉一顕現体は二番目に同定されたタイプですね。同一体型とされるものの中にも大きく差異があるため、顕現する度に象（つく）りなおしているというのが、我々の間で定着しつつある見解です〟

「象りなおしている？　あれは本来の姿ではないというのですか」

〝あるいは固定の形を持たないのかもしれません。静止軌道上で視認された謎の球体と同じものだと我々は考えています〟

「じゃあなぜ人の姿に」

〝地球の重力下ではその姿が適しているからか、万状顕現体と戦うために特化したのか、あるいは我々が希求する姿をまとっているのかもしれません〟

〝なんだよその禅問答は〟と石井が口を挟む。〝そもそもあれは服なの、肌なの〟

〝素っ裸じゃないの？〟と葉山が笑う。〝あれを自分が変異した姿だと言い張ってるどこぞの教祖がそう告白してたよ〟

〝衝突したＦ‐15に付着していた組織は、生物細胞に似通った構造だとみなされていますが〟

〝じゃあ……〟

〝セル構造の人工物とも、表皮自体が内部存在と共生関係にあるひとつの生命体ではないかとも考えられています〟

〝どっちなんだよ！〟

〝万状と同様に、ＤＮＡに相当する情報構造体が未だに発見されてませんからね。斉一と万状の組織を比較すると、人間の通常細胞と癌細胞に近しい相似があるとか、斉一が進化の過程で排除したものが万状だと主張する人もいます。ただし、研究者たちの期待に応えるように変容している、という説もあり〟

〝なんなんだ〟

〝まだまだデータが足りないんです。データが欲しい。徹底的に分析しなけれ――〟

〝なんだっていいさ〟と葉山が投げやりに言う。〝あたしらの仕事が変わるわけじゃないいん

だから〃
巨人の腕が体の側面に下ろされ、背筋が真っ直ぐに伸び上がり、顔面が複雑に屈折して煌(きら)めきながらゆっくりと天に向く。
頭部からは強い電波が放射されており、人類へのメッセージだと見る向きもある。未だ解読には至っていないが、解読したと称する文言を経典に掲げた宗派は少なくない。仏教系では、斉一顕現体を観音菩薩や弥勒菩薩そのものだと捉え、屹立した姿を模した巨大な観音菩薩像を各地で建てているし、キリスト教系では、再臨したキリストや聖人として崇め、十字架の意匠に腕の形を取り入れるようになった。その一方で、接触状況を元に作られた映像番組では、斉一顕現体を宇宙警備隊や恒点観測員を務める宇宙人だと設定して人気を博している。降矢の息子の昭英も夢中だった。だが、いま眼前に聳えるこの偉容は、それらのあらゆる解釈を拒む超越的な存在のように感じられた。
斉一顕現体の全身が仄かに発光しはじめたかと思うと、すべてを呑み込むような強い風が巻き起こり、鳥居の歩脚が蹈鞴(たたら)を踏むように動いて重心を保った。光に包まれた巨体が宙に浮かび上がり、真っ直ぐな姿勢のまま みるみる上昇していく。
〃……が離脱中……てくだまさかプランは加賀の連中が変更確かにより熱帯低気圧が待てよいます。迅速に処理に取り掛かっておいなんだください繰り返しSだって？　ますFだFらく逸れたな――〃
一気に全通信が回復して雑多な話し声で溢れかえり何も聞き取れなくなったが、思向性A

Iによる振り分けで個別の音量が調整され、すぐに元通りになった。

〝——り返します。プランFに変更。南西より熱帯低気圧が迫っています。迅速に処理に——〟

降矢は本部の武藤に状況を説明し終えると、皆に告げる。

「さあ、業務に取り掛かるぞ。熱帯低気圧が迫ってるそうだ。いつもより急ピッチで頼む」

五機の鳥居がヤドカリめいた動きで数歩進み、ペダルのロックを解除して球輪走行に移行した。

住宅を数軒分進んで左折し——片側二車線の道路に出る。被害の少ない中央分離帯寄りの車線を、トレーラーや搬送車の長い列がゆっくりと進んでいた。どれも都市現状回復機構の車輛だ。その五百米ほど先を、樹々に覆われた古墳を思わせる黒々とした丘陵が塞いでいる。

降矢たちの加功機は、罅割れや瓦礫の多い歩道側の車線を進みはじめる。

〝あれっ、いま——〟伊吉が唐突に声を上げ、機体を回転させながら停止した。〝向かい側の路地に誰かいたよ〟

他の鳥居もそれに倣ったが、加功機の扱いに慣れていない勝津は皆を追い越してから停まった。

最後尾のトレーラーが目の前を通り過ぎていき、視界が開ける。伊吉の言う通り、瓦礫まみれの路地に、白い寛衣を着た女が顔を上向けて突っ立っていた。

「くそ、どこの宗派の解脱志願者だ。葉山——」

〝はいよ〟

葉山の鳥居が中央分離帯を越え、反対車線を横切っていく。

他の鳥居が再び走行をはじめようとした時、背後からがらがらがんと鉄のぶつかりあう騒々しい音を立てて、長大なアームを大砲のごとく戴いた黄色い車体が迫ってきた。友引解体工業のラフテレーンクレーンだ。降矢たちが慌てて横道に避けると、目の前で急停車する。

〝あっれ、どうしちゃったの、揃ってお散歩なんかして。コンテナの岩戸が暗くて怖くて逃げてきたとか？〟

打ちっぱなしの大塚だった。操縦席から大げさに驚いた顔をして見せる。絶対子の影響を受けない器質なのに、いつも鎮静剤を打ちっぱなしでべらべらと喋り続けるのだ。

「おまえ、また遅れをとったんだな」降矢が面倒そうに言う。「とっとといけよ」

〝わるいね、もうしわけないね、おさきにおさきにい〟

ラフテレーンクレーンは騒がしく通り過ぎていき、降矢たちも後を追うように鳥居を走らせた。いつの間にか右車線の車輛の列が動かなくなっている。重松特殊運送の大型トレーラーを三台通り過ぎると、友引解体工業の懸垂搬送車が現れた。搭載コンテナの側板を上に開き、横並びになった四機の加功機を一斉に降ろそうとしていた。鳥居より一回り大きい黒塗りの機体に、ゴーグルの目立つ全身防護服姿が収まっている。従腕は鳥居と同じように太く長いが、地面を踏むのは太い二本脚に備わったキャタピラで、その姿から〈ゴリラ〉と呼ばれている。

その一台前には、かつては捕鯨会社だったという九尋株式会社の懸垂搬送車が並び、後部ハッチから細身の加功機を次々と降ろしていた。鳥居と同じく旧式のTGWシリーズで、背中には大きな巻揚機（ウインチ）を背負っている。降矢は由来を知らないが、彼らはそれを〈大発〉と呼んでいた。

前方でラフテレーンクレーンが停まり、大塚の舌打ちが聞こえる。

その向こうでは、道路沿いの建物の多くが崩れて瓦礫を散乱させ、アスファルトが大きく波打ち、氷原のごとく罅割れてちぐはぐに傾いていた。獣に食い散らかされた骨さながらに自転車がところ構わず散乱し、電信柱や信号機が斜交（はすか）いに倒れ、切れた電線は火花を瞬かせている。

降矢は安堵した。これでもいつもよりは被害が少ない方だったからだ。両足を動かして鳥居を前に進める。

加賀特掃会を含めて全部で十四の加功機が、列の先頭に停まる風信子（ヒヤシンス）サービスの大型吸引作業車やラフテレーンクレーンの傍らから、隆起したアスファルトの上へ踏み出していく。あたりが加功機の足音や機動音で、夏の盛りの蟬じみた騒がしさを増した。

さすがに友引のゴリラはパワーが桁違いで、撤去作業に手馴れている。従腕の側面から排土板を前に起こして、キャタピラを回転させ、ブルドーザーさながらに崩れ落ちたモルタル壁や倒れた電信柱を次々と押し退（の）けていく。

〝なんだこの看板。メキシカンレストラン・ブラジルだってよ〟

〝おれ入ったことあるよ、カレーライスがうまい店でさ〟

そうやって喋りながらも、モーター音をうならせてみるみる片付けていく。

降矢は鉄爪で火花を散らす電線を押さえ、従腕の袖口にあるノズルからシリコンを押し出して断線部に被せていた。

ミラー越しに、近づいてくる葉山の鳥居が見える。

〝救護車に連れていったら、他にもふたりいてさ。白清教の連中らしいね。皆、脱魂して抜け殻みたいになって……〟

「太陽の光を直視するようなものなのに」

〝誰だそこに突っ立ってるのは。邪魔だ〟

友引の平泉の声がして、右手の方に目をやる。勝津の鳥居が、差し出した従腕を左右に振っては、通常の機体とは異なる樹脂製の五本指を開いたり閉じたりしている。手伝おうとしながら、作業の流れに入れずにいるのだろう。

「すまん、サンプル採取に来た大学の先生だ──勝津先生、先に万状の近くでお待ちください」

前方から押し寄せる並外れた威圧感に晒されながら、撤去作業に集中する。二百米ほどの距離を車輛が行き来できるよう整え終えると、あちこちからエンジン音が響きだした。

降矢は、多くの住宅を押し潰し道路を塞いでいる異物──万状顕現体の途方もなく巨大な全身を見渡した。大きく湾曲して向こう側へ続く黒々とした外皮は、干しプルーンのごとき無数の瘤状突起が犇(ひし)めき合い、いまにも雪崩(なだれ)を起こしそうな歪(いびつ)な均衡で保たれているように見えた。その周囲を取り巻く大気は、暗く翳っている。異常な重力場が光を吸収しているという説もあるらしい。胸元あたりが不自然な勾配を作っているのは、背中に翼状の隆起があるためだろう。

成長途中の万状顕現体を空から写した、翳りのある不鮮明な写真を思い出す。長い尻尾のある全体の印象からは、肉食恐竜を連想させるが、これまで現れた多様な形態の顕現体と同様に、骨格の構造はむしろ人間に近い。

この、おおよそ百五十噸(トン)はあると言われる、未だどういう生物なのかも定かではない極大の死骸を、ここから迅速に運び去らなければならないのだ。生魚もかくやと言われるほど腐敗が早い上、体液は高濃度の残留性有機汚染物質となる。これでも絶対子の照射によって大幅に中和されている。かつて斉一の顕現前に自衛隊の支援戦闘機による攻撃が行われたことがあったが、その周囲十粁(キロメートル)は未だ封鎖されたまま。斉一顕現体の介入なくては処理もままならないのだ。

巨体と接するアスファルトの周囲には、ワインの空壜を思わせる木賊(とくさ)色の血溜まりが広がっていた。そのあちこちに蠅の群がたかって動かなくなる。

勝津の鳥居が、従腕の吸引チューブを灰汁(あく)のような泡に伸ばして何かを捕獲しようとしていた。妥蠡(だり)と呼ばれる裸鰓類(らさいるい)に似た三叉の共生体だ。万状の外部では生存できず、痙攣的に身を伸縮させて、末端から淡黄色をした泡混じりの粘液を命が尽きるまで分泌し続ける。

瘤皮の壁の前に一車線ずつ大型吸引作業車が並ぶのを待って、降矢たちの鳥居はそれぞれ車間に入っていった。

突如乾いた破裂音が空に響き、笑い声が続く。大塚が鳥よけの空砲を撃っているのだ。

「こちら加賀特掃会の降矢。これより皮下の体液吸引作業に取り掛かります」

降矢はそう告げ、風信子のマークをあしらった銀色の巨大タンクの前で、操縦桿を握った右手を宙に伸ばした。一瞬遅れて、太く角ばった鉄の従腕が持ち上がる。タンク上面にある筒形の巻取機から覗く先端アタッチメントの金具に従腕を接続すると、電信柱ほども太いフレキシブル素材の吸引ホースを引きずり出しながら万状顕現体に向かっていった。

垂直に近い瘤皮の前で立ち止まると、両方の従腕を掲げて鉄爪を食い込ませ、一歩ずつ歩脚の先端をあてがって鉄杭(パイル)を撃ち込んでいき、体を垂直に保ったまま蜘蛛のごとく登りだす。時折吸引ホースの抵抗が増して動きにくくなると、従腕を大きく振ってならす。ペダルを踏む足の向こうを見下ろすと、勝津の鳥居が後に続いていた。

右向こうでは、同じように吸引ホースを携えた石井と葉山の鳥居が、腰まわりの崖を登っていた。

胸部を登りきると確かに強い風が吹いており、防護服を騒がしく波打たせる。鳥居を一歩進ませる度に瘤皮がたゆたうように揺れ、四本の歩脚が足踏みをして姿勢を整える。

〝いつもながら、ウォーターベッドみたいだな〟と石井が言い、〝まだあんの、そんなベッドのあるホテル〟と葉山が返す。

降矢は左に向き、瘤皮の急な勾配を見上げた。広範囲に亘って、剝いた葡萄のような半透明の球の犇めきに変質し、泡混じりの体液をじくじくと滴らせている。
遅れて辿り着いた勝津が、深い失望のこもった溜息を漏らす。
確かにこの有り様では頭部の検体は採れないだろう。特に歯は情報の多い重要な部位だという。
周囲の瓦礫の山には無数の葡萄球が散らばっていた。崩れ残った壁にも貼り付いている。おそらくそれらが頭部だったのだろう。
〝あらら、あんたら気づいてるかい？　まるで夫婦岩みたいだぜ〞大塚が引きつった笑い声をあげる。〝見たことあるかな？　伊勢にあるやつ。黒っぽくて、鳥居があってさ〞
〝前にも聞いたって。何度同じこと言や気がすむんだ〞と石井が億劫そうに声を上げる。
〝思向性通信はなんであいつを……〞
〝あんたが反応するからじゃないの〞
降矢の隣に、いつの間にか伊吉の鳥居が立っていた。
〝じゃあ、はじめますか〞
長く直線的な従腕を持ち上げ、袖口のノズルから火焰を噴出する。ゼラチン状の断面が黒く焦げて細かな気泡がぷつぷつと破裂し、白煙が盛大に立ち昇る。体液の漏出を抑えるための作業だった。
〝タバコ吸いたくてしょうがないよ〞と葉山が呟く。〝落ち着かないんだよ、今日は下着の上下の色をちぐはぐに着てきてしまってさ〟

〝あんたの下着の話なんて聞きたくねえよ！〟

降矢は向き直って操縦桿を操作し、左の従腕の下面から、袖口を軸に刃渡り六十糎の捌刀を直角に飛び出させた。刃は太い根元から鋭い先端に向かって見事な弧を描いている。超音波振動させて、橙色に照り映えた硬い瘤皮に押しあてると、刃先はなんの抵抗もなく沈みだす。そのまま袖口まで押し付けてから、前に三十糎ばかり切り込む。木賊色の体液がだらしなく噴き上がり、海月形の湯気が膨らみ一瞬でかき消える。

捌刀を仕舞うと、右の従腕から吸引ホースを外して、斜めにカットされた鋭利な先端を瘤皮の切れ込みに挿し入れ、深く捩じ込んでいく。

大型吸引作業車の運転手に伝えると、しばしの間があいてから、巨人がハミングするような音を立てて吸引ホースがうねりだした。体液の粘度によって音が膨らんだり萎んだりする。

勝津の鳥居が従腕を伸ばし、袖口のノズルから体液を採取する。

瘤皮の丘陵の向こうでは、葉山と石井がそれぞれ巨大な腿部の上に立ち、揺れ動く吸引ホースを支えていた。

吸引ホースがのたうつ度に角度を変えて挿しなおす。足元の瘤皮が張りを失っていくのが判る。それにともなって自分の血圧まで下がっていくように錯覚して気分が悪くなる。万状顕現体に特有の共感効果だった。その上まだ審問効果にまとわりつかれており、黒々とした瘤状突起が鬱血した孤独な死に顔に変わっていく。降矢はゆっくりと呼吸する。

「ほんとに、なんなんだろうな、こいつは」気を紛らわせようとして声に出す。「地球の生物の系統樹には収まらないし、ただ一頭だけで現れて、特に生態系を作るわけでもない」

〝これまでの万状顕現体が、同じ仲間なのは間違いないんだろうけどね〟

「それだって繁殖関係にあるわけじゃないし」

〝黒砂の発生箇所と重なっていると聞いたことがあるけど〟

葉山の言う黒砂は、日照時間を減らして農作物の不作を引き起こしている元凶だった。数週間おきが多いが、時には連日のように大気を翳らせる。隣国からやってくる化学物質だとか、地球に飛来する宇宙塵だとか言われているが――

〝ええ、それは間違いありません〟

〝黒砂を採取できないってのは、嘘なんだろ？〟と石井。〝以前に何度も発見が報じられていたし、明らかに政府はなにか隠してるよな〟

陰謀論は嫌いだが、降矢もどこかでそう考えていた。少なくとも風土病を起因とする集団幻覚などという説よりは。

〝わたしも試したことがありますが、本当に採取できないんですよ。とはいえ、次元を超えた何らかの系があるとわたしは考えています〟

「正直、もう誰に何を言われても頷けそうにないな。色んな人が好き勝手な説を唱えすぎていて」

〝無理もないです。斉一顕現体と万状顕現体の接触状況を、交尾だと考える一派まであるくらいですから〟

伊吉の笑い声が響く。

〝そりゃいいね。その結果生まれるのがあれか〟

吸引ホースに空音が続くようになると、場所を移動して、同じように切開と吸引を繰り返す。体液の集まる部位はどの万状顕現体も似通っていた。

九尋株式会社の大発二機が、瘤皮の崖を登ってくるのが目に入った。それぞれ顕現体の肩と脇腹に歩脚の鉄杭を突き刺して貼り付き、巨大な腕の付け根にワイヤーソーをわたして切断しはじめる。降矢の腕の付け根が、有刺鉄線で絞られるように痛む。切断音が甲高くなって動きが鈍り、上腕骨に差し掛かったことが判る。

切り口が開きだして巨腕が一気に傾き――地面のゴリラたちが後ずさる――瘤皮の一部が繋がったまま宙に重々しく揺れる。

ローター音が耳障りだった。ヘリコプターが接近している。

大発が最後にワイヤーソーをあて、完全に腕を断った。上腕が落下して道路を激しく打ち、その反動で肘が跳ね返って、鉤爪のある手の先までのたうつように波打った。目の前の吸引ホースも大きくうねる。降矢は痺れた右手を何度か振って感覚を確かめた。

すぐさま友引解体工業のゴリラたちが巨腕に群がり、押し転がして脇腹から遠ざけていく。

肩の切断面は、加功機の身の丈よりも大きく、摩擦熱で焼けて錆鼠色に固まっており、中央に生姜の切り口を思わせる骨がぼんやりと覗いていた。

吸引作業を終えると、降矢は再び捌刀を飛び出させ、万状顕現体の胸元に深く突き刺した。一歩また一歩と進んで、テディベアの縫い目のような切れ目を延ばしていく。股の方からは、伊吉が同じように従腕の捌刀を瘤皮に沈めたままこちらに向かってくる。勝津がその様子を、左の従腕に取り付けたカメラで撮影していた。

九尋の大発たちが、万状顕現体の両側から垂直の瘤皮を登ってきて、従腕の前腕から外した鎖つきの銛を、切れ目近くの瘤皮に突き刺す。三十糎ほどもある分厚い瘤皮の中で、返し金具の開く音がする。その作業が済むと、大発は巨体から降りて離れ、巻揚機(ウインチ)を稼働させて鎖を巻き取りだした。

雷撃そっくりの身の竦(すく)むような音と共に瘤皮が胸元から剝がれ、湯気を立てて捲れ返っていく。夢の中にまで響き渡って、降矢を眠りから引き剝がすこともある。

不穏な空の下に露わになったのは、絶対子の放射を受けて青や黄色に染まった無数の畝(うね)がマーブル模様のごとく流動する脂肪層だった。右巻きや左巻きの渦が所狭しと生じ、畝の境から妥蠡(だり)の卵らしきものが数珠つなぎに現れては消える。初めてこの光景を目にした者は、たいてい嫌悪感のあまり身動きができなくなる。

歩脚の先端を下ろすと、脂肪層に深く沈み、周囲に渦が広がって新たな畝の流れができる。巻揚機のモーターが不穏に唸り、鎖が軋みをあげる度に、降矢は瘤皮と脂肪層との隙間に捌刀を差し入れて剝離を促す。

そうやってすべての瘤皮を剝ぎ取って、一枚の展開図のごとく開ききり、肉や臓器を解体

する際の敷物に変えた。

〝体じゅうの肌がつっぱってしょうがないね〟

〝いつもの共感効果じゃねえか〟

そういう石井も不快感に耐えているのが声で判る。降矢は心配になって勝津の方を窺ったが、審問効果の時とは別人のように落ち着いていた。

地面ではゴリラたちが切り落とされた巨腕を転がして瘤皮の上に載せようとしていた。

〝すみません、爪は残しておいていただけますか〟

勝津が遠慮がちに呼びかけると、ゴリラの操者たちが気乗りしない声で返事をする。

「こいつの爪では年齢線が確認できないと、前の先生は仰っていたが」

〝ええ、それを確かめるためです〟

汗が目に染みて、降矢は瞬きをした。足元がひどく熱くなっていた。剝き身の丘陵から発せられる熱のせいだ。

〝くそっ、目眩（めまい）がするぜ〟と石井の声。

普段ならあたりを白く霞ませる、防護服の吸収缶越しにも感じられるほど硫黄臭の強い湯気が、今日は強風でたちまち流されていく。そのため視界いっぱいに剝き出しになった脂肪層の悪夢めいた流動が嫌でも目に入ってくるのだ。

〝おいおい、しっかりしねえか！〟ゴリラのひとりが怒声をあげる。〝手が足りねえってのに〟

巨腕の傍らに、前屈みの姿勢で動かなくなった機体があった。新入りなのだろう。さっき鎮静剤を打っておいて良かったと安堵する。本当に堪えるのはこれからの作業なのだ。

九尋株式会社の大発が、降矢たちのいる胸部の丘陵を目指して次々と登ってくるのが見える。降矢たちも動きだし、脂肪層の漣(さざなみ)を渡って不安定な腹部へ向かった。

頭上からは、大塚の調子はずれの鼻歌を伴って、クレーンに四隅を吊るされた錆だらけのコンテナが下りてくる。脇腹に横付けして止まると、すぐに天板がせり出してきた。

「大塚、もう少し下げて寄せてくれ」

鼻歌の音程が下がるにつれてコンテナも下がり、天板が脂肪層に食い込む。さらにもう一台のクレーンが、コンテナを胸部に横付けした。

胸部の解体には手間がかかるが、九尋の大発は、長い従腕の捌刀で脂肪や筋肉を巧みに切り出しては、コンテナに放り込んでいく。

降矢たちの鳥居は、マーブル模様の流動し続ける広い腹部の中央に背を向けて集まり、捌刀で脂肪層と大網膜を突き刺して、揺れ動く足場を放射状に進みはじめた。フィードバックされる感触を頼りに、捌刀の挿し込み具合を調節して内臓を傷つけないよう気をつかう。切れ目から瘴気のごときガスが噴き出してきて風に流される。

拍動性の頭痛と腹の奥で腸が捩れるような不快さに、降矢は顔をしかめた。

〝くぁ、こたえるぜ〟

〝だらしないねえ。先生をごらん、意外に平気そうだよ〟

〝いえ、まあ研究対象ですから〟

共感効果が発生するのは、大網膜の中に人間の脳神経網と酷似した繊維網が広がっており、交感し合うからだという説がある。にわかには信じがたいが、この肉体感覚は幻ではなかった。

内臓を包む大網膜と脂肪の積層の上では、一歩進む毎に足元が沈みこむ上に断続的な突風で機体を煽られ、ひっきりなしに歩脚が伸び縮みして安定した姿勢を保とうとする。その揺れと脂肪層のうねりに目眩を覚えて眼を瞑る。説教師のごとく世界のあるべき姿を説き続ける妻の痩せた姿や、彼女に投げた罵声の数々が蘇ってくる。言葉がなにひとつ通じず、手で突き飛ばしてしまった時の感触が蘇ってくる。絶対子の影響がまだ知られていなかったとはいえ、許されることではなかった。自らに対する嫌悪感に吐き気が増して、おくびを漏らしてしまう。

「すまない」

〝あれ、珍しいね。防護服の中で吐いたら、あの時みたいになるよ〟

「余計なこと言わないでくれよ」

〝なんだよあの時って〟

〝あれ、知らない？　まだ社名が加賀特殊清掃会だった頃にね、風呂桶の中で腐爛したお年寄りがいると依頼を受けて、あるマンションに行ったんだよ〟

葉山が笑いをこらえているのが判る。

〝そしたら大家さんが、実は別の部屋にも腐爛死体が見つかったって言うんだ。覗いてみたら、顔を反吐で覆われた男が横たわっていてね。大家さん、このひと腐ってるわけじゃないですよ、飲み過ぎたんですよって。それが降矢との出会いだったよ〟

苦痛を忘れようとしてか、皆は作業を続けながらやけに笑い声を上げていたが、赤子のごとき泣き声が唐突に響き渡ってその場が凍りついた。同時に降矢は激しい頭痛に襲われていた。泣き声は小さくなっていく。捌刀の刺さる大網膜の下からだ。

捌刀を従腕に収め、切れ目を左右の鉄爪で広げてみる。中は袋状になっており、銀色がかった液体に、未成熟な印象の生物、嚢腫体（のうしゅたい）が浸かっていた。体長は、十歳になる息子の昭英くらいだろう。蜜柑の蔕（へた）を思わせる眼と小さな嘴（くちばし）のある鸚鵡によく似た楕円体の頭部から、蛍の幼虫めいた青いジグザグ模様の体が伸びて丸まっている。肩口から垂れる飾りの多い触手がわずかに揺れ動いている。ふやけたツクリタケみたいな頭頂部が傾き、粘土をヘラで抉ったような刃先の跡が露わになった。顔面の中央で嘴が開いて、ぃやぷぅ……やぷぅ……と奇妙な音を発し、Ｒｒ――という顫動音（ぜんどうおん）を最後に嘴の、触手の動きが止まった。万状顕現体の組織の中で最も腐りやすいと言われている通り、全身がみるみる栄螺（さざえ）の肝のように黒ずんでいく。

降矢は、胃が迫り上がるのを感じながら、ゆっくりと息を吐いた。繰り返し見る悪夢を思い出す。いつも嚢腫体である息子を助けようと焦るうちに入れ替わってしまい、嚢胞の中でその時が来るのを果てしなく待ち続けることになるのだ。

「接触状況（じゃれあい）によって嚢腫体（こども）が生まれる、か。学者先生ってのはよくそんな説を思いつくもんだな」

〝嚢腫体ですか〟

そう訊ねる勝津の声が、なぜか残念そうに聞こえた。バックミラー越しに、勝津の鳥居がやってくるのが見える。その背後では、胸部の表層の組織が取り除かれて、鳩羽（はとば）色に濡れた何列もの肋骨が露わになっていた。大発がその各所をドリルで穿孔している。

〝開けたままでお願いします〟

急いで作業を進めたかったが、仕方がなかった。勝津の鳥居が切れ目の向かい側に立ち、両の従腕を伸ばして掬（すく）い上げようとする。だが背面が組織と癒着していて離れず、捌刀を出して大網膜ごと刳（く）り抜きはじめた。

〝その説は、わたしだってどうかと思いました〟そう言って勝津が珍しく笑う。〝絶対子と嚢腫体が無関係とも思わないですが。降矢さんはこれをどう解釈しておられますか〟

「そりゃあ——誰もが言うように、植物の虫瘤に似ているし、寄生虫的なものだろうとは思っていたが」

勝津は分離した嚢腫体を傍らに横たえると、上腕から取り外した筒形の検体袋を一瞬でサンドバッグ形に開いた。

嚢腫体を封じるのに手間取っている勝津を尻目に、降矢は再び作業に戻る。頭痛は幾分ましになっていた。脇腹まで切れ目を入れると、中央に戻って、脂肪つきの大網膜を鉄爪で捲りはじめる。幾筋もの粘液の帯を伸ばしながら、枝分かれした血管の這う内側の粘膜が露わになり、青鈍色（あおにび）のガスがこんもりと噴き出して小さな稲光が走る。ガスは鳥居を包んだかと思うと尾を引いてかすれていく。ぼやけてよく見えない腹腔の中で、なにかが蠢いているのが判る。

捲れ返っていく粘膜に、またひとつ嚢腫の膨らみが現れた。

〝いま行きますので〟

勝津が慌ててやってきて、従腕の指で各所を押さえる。

〝どうやらからのようですね〟

心なしか声が弾んでいる。奇妙な奴だと降矢は思う。

「じゃあこのまま――」

〝いえ、これも必要なんです。中に成体の剝離片が残されていることもあって〟

〝まだかかるのかよ〟

石井の不平には応えず、勝津が膨らみを大網膜ごと切り取って検体袋に入れた。そこに伊吉の鳥居がやってきて、従腕のフックに検体袋を引っ掛け、ワイヤーを伸ばして下ろしていく。

胸部の方から、ひどく快活な音が空に響いた。肋骨がひとつ取り外されたのだ。

〝寄生虫だとしても不思議だよな〟石井が大網膜を引き剝がしつつ、途切れたままの話題を蘇らせた。〝痕跡があるのに嚢腫内から消えちまうなんて。ひょっとすると街中にテレポートしているのかもしれねえぜ？　最近ＵＭＡとか、宇宙人の目撃談が増えてるっていうし。センセイ、いま鼻で笑ったでしょ〟

〝わたしが唱えている説に近かったものですから、嬉しくなってしまって〟

〝ほんとかよ〟

全員の息が荒くなっているのが判る。ガスのせいで吸収缶のフィルターが詰まってきたのだ。だがいまは交換しにいく時間がない。風はますます強まっている。退避したのか、ヘリコプターの音は聞こえなくなっていた。

大網膜を開ききる作業が終わり、腹腔内が晒し出された。全体を覆いながら吹き流されていく淡く発光するガスのベールの下で、ねっとりとした粘液に包まれた直径が人の背丈ほどもある長大な腸管が、節ごとに膨縮しながらずるずると音を立てて蠕動し、新たな捻れを作って迫り上がったり、ほどけて沈み込んだりして蠢き続けている。そのあちこちで粘液が膜状に伸び広がっては次々と穴を開いて千切れていく。

いつものことだが、自分の腸までつられて動くのが耐え難い。

〝先生のお説というのは？〟

戻ってきた伊吉が訊ね、勝津が従腕のカメラを腸のうねりに向けたまま答える。

〝万状顕現体は、別時空の人類がこの世界へ渡るための門ではないかと考えています。まだ構築が不完全で、必ずしもうまく機能していないようですが〟

降矢の興味を一気に失わせる話だった。腹腔内を見渡して、いつもと異なる様子はないか観察する。

腸管をなす粘膜質の表皮には、餌に群がる鯉の口そっくりの孔の集まりが所々にあり、しきりに開閉して、んぱ、んぱ、んぱ、と破裂音をたてる。腸管の内部は中空ではなく、割ったアメジストの塊さながらに、外側から中心に向かってゲル化している。そもそも排泄孔とも繋がっていないので腸とは呼べないのだが、かと言って何の器官なのかも明らかではない。

〝大学の先生にしては、えらく突飛な話ですな。門なら、こんな恐竜じみた姿でなくとも〟

〝仰りたいことは判ります。ですが、敵対勢力の様々なデータを取得する観測機としての役割も担っているとすればどうでしょう。もちろん姿形はその構造上織り込まざるを得ない投影といいますか、人類の、都市の深層心理の領域に踏み込む話になるため一言では説明し難いのですが、崖の縁で落ちかけた巨石を一押ししてやる、とでも喩えればいいでしょう、予測できない万状を象(かたど)ってくれるのはかえってありがたい話です。あれを殲滅するにはまだまだ多面的な接触情報が必要なのだから〟

勝津が何を言いたいのかを図りかねて、誰もが言葉を継げないままに、それぞれ左の従腕を腹腔内に向け、咳払いでもするように袖口からニードルを射出しはじめた。腸管はニードルが刺さったまま毛虫さながらにうねり続け、破裂音がそこかしこから鳴る。細菌外毒素が浸透して効き始めるまでには、しばしの時間がかかるだろう。

突風が吹いて鳥居が反り返るように傾き、両の鉄爪で腹腔の縁を摑む。機体の隙間を通る風が、壊れたハーモニカじみた凄まじい音を奏でる。

胸部の方では、肋骨の片側がおおかた取り外され、波模様に覆われた巨大な肺臓が露わになっていた。体育館ほどもある雀蜂の巣を思わせ、中に大量に潜む牛のごとき雀蜂の翅音が聞こえてくるようだった。表層の各所から溢れ出す黄味がかった泡が、綿毛のように風に吹き飛ばされていく。

〝あら、腸にも嚢腫体ってできるんだね〟

葉山が鉄爪で、足元近くを蠕動する腸管を示した。

〝えっ、どこでしょう〟

勝津が撮影しようと延ばした左の従腕がなぜか延び続けるように見え――突風が吹いて降矢の鳥居はずり落ちるように後ずさりし、捲れ上がった大網膜に眼前を塞がれる。

激しい風音に、喉が千切れんばかりの叫び声が混じり、すぐに音がこもった。

「先生、どうしたんです、勝津先生！」

〝くそっ、落っこちやがった〟

〝早くっ〟

〝こう風が強くっちゃ……〟

這い上がろうとした降矢の頭上を凄い勢いでなにかが過ぎる。クレーンに吊られたコンテナが激しく揺れているのだ。

「おい、大塚！」

すぐにコンテナが吊り上がって離れていく。

〝……の天地も判らない……押しつぶ……〟嘔吐の音が弾け、大きく息を継ぐ音がする。

〝……あ、そうだ、脱出レバー〟

「先生だめだ、鳥居の馬力なら抜け出せる」

〝……るしい……る……こはど……ああ、ああくる、すぃい、つまる。このま、ぅまでは〟

腸管のこすれあう粘着音に阻まれて、勝津の声が聞き取りにくい。

降矢は両の従腕も使って、風に抗いながら一歩ずつ這い上っていく。

〝……負への無念さが……憎悪と……のはずだった……原球民の意識の容れ物には版図となる、に充分な余剰空、間が、あるというのに……でならない。まだまだデータが足りない……りないのだ。あれを阻止す……めには……〟

「先生？」

〝……た方に伝えて、おき……至高存在にとって、生来の侵、略本能で種の繁栄を図ってきた知性体は、許容できるはずもない存在……のままでは……われわ、れは滅びを免れず……いつか気づくは……あなた方もまた……じなのだ。ら……くる……われわれは一丸となって抗わねばならない……抗わねば……至高存在を……排除せねばならない……かっ……どうし……なものを被っ……〟

降矢が腹部の縁に這い上がった時には、勝津の声は途絶えていた。

動きの鈍くなった腸管の隙間から、防護服の一部が突き出ているのに気づく。肘だった。

〝降矢さん、ワイヤー〟

向かい側から、石井の鳥居が従腕を覗かせていた。ワイヤー付きのフックが射出され、すぐ手前の腸管の上に落下する。

従腕を延ばしてフックを拾い、自分の従腕の金具に掛ける。

降矢は、歩脚の脛部をスキー板のように倒し、従腕も使って、ちぐはぐな起伏のある腸管の上に踏みだした。風に煽られて倒れかける度にワイヤーに助けられる。ようやくまだ僅かに節を伸縮させている腸管どうしの隙間から、勝津を引きずり上げた。

そのうなだれた頭を目にして、降矢は愕然とした。防護服のフードはなく、腸の粘液のせいか、顔が倍以上に膨れ上がっており、ゴーグルが楔のごとく目元に食い込んでいた。腫れて黒ずんだ唇が弛み、泡が吹き飛ぶ。かろうじて呼吸している。

降矢は従腕で勝津を抱えたまま腹腔の外に脱すると、脇腹をずり落ちんばかりに下って救護車へ急いだ。

応急処置を施された勝津を乗せて、救護車が走り去っていく。振り返ると、巨塊の上には、解体作業を続ける鳥居たちの姿がある。何が起きようと、この仕事に中断はない。

強風が吹きやまぬなか、降矢たちは腹を抉られるような悪寒に耐えながら、腸管を切断してコンテナに詰め込み続けた。一旦刃を入れた腸管の腐敗は早く、機体は黒ずんだ腐液まみれになる。トレーラーや吸引作業車が走り去ってはまた到着する。幾度も捌刀を洗浄し、吸収缶やバッテリーを交換しながら、僅かな仮眠を挟むだけで作業を続けた。

徐々に万状顕現体の骨格が露わになり、そのどこか人間めいた様子に、誰もが奇妙な不安に囚われる。

腹腔の底で腐って融け合ったぐずぐずの肉粥をホースで吸い出していると、勝津の鳥居が横たわった状態で現れた。

風の勢いは弱まり、雲間から陽が射しつつあった。

瘤皮の敷物を分断してコンテナに収めきると、瓦礫だらけの大地に万状顕現体の影の焼き付いたような染みが残った。複数の薬剤を順に散布して時間を置き、従腕にホースを装着して洗浄に取り掛かる。最後には汚れきった互いの加功機にも放水し合った。視界が飛沫で白くぼやけ、陽光が虹色に滲んだ。

降矢は、十階建ての剛健な建物のエントランスをくぐった。築の浅い鉄骨鉄筋コンクリート造りの賃貸マンションだ。

ひんやりと湿気た薄暗い階段を上っていく。足音がやけに響いた。脹脛(ふくらはぎ)に疲れが溜まっているせいだろう。

共用廊下に出ると、なぜか場違いな雰囲気を感じ、階数表示に目を向ける。三階だった。階段を下りて二階に戻り、共用廊下を歩きだしてすぐ、何台もの大小の自転車に先を阻まれる。

いつもここの家族だけは……。

慣れ親しんだ苛立ちだった。手すり側に寄って通り抜ける。

自宅の玄関前に立ってチャイムを鳴らすなり扉が開き、小柄な降矢の母親が出てきた。全面に細かな刺繍をあしらった大きなバッグを肩にかけている。

「遅くまで、すまなかったね」

「気にしないの。あの子、食べっぷりがいいから料理の作りがいがあって。でもずっとテレビにかじりついてるのはちょっとね。あ、お風呂沸いてるから入ってちょうだい。じゃあ、お父さんがぶつぶついいだす頃合いだから、帰るわね」

「助かったよ。じゃあ、また」

玄関に入って鍵を閉め、チェーンを掛けていると、廊下を走ってくる騒がしい足音が聞こえた。

振り向くなり「ぐあああー」と昭英が全身でぶつかってくる。降矢の靴があたって、昭英のズックがひっくり返る。

「なんだなんだ、おまえいつからそんなに力が強くなった」頭を降矢の腹に押しつけて、闘牛のように床を蹴る。「どうしたんだおい」

「喋っちゃだめだよう。喋らなかったでしょ」

「なんのことだ。おい、父さんくったくたなんだぞ。おまえはまるで怪獣だなあ」

「そう思うなら、あれで倒して」

「あれって、絶対子のことか」

昭英が後ろに飛び跳ねて、呆れた口調で言う。

「スペシウム光線に決まってるじゃない。ワイドショットでもいいよ」

「わかったわかった」

妻の腹の中にいたとき、昭英は絶対子を浴びているはずだった。

降矢が斉一顕現体の真似をして背を屈め、腕を十字に交差させると、昭英は背泳ぎするような動きで身悶えしながら走り去っていく。

降矢は苦笑いして靴を脱ぎ、家にあがった。

ダイニングキッチンに入るなり、「わっ」と昭英が驚かそうとする。

「やると思ったよ」降矢は息子の頭をつかんで髪の毛をぐしゃぐしゃにする。

「やめろー」

冷蔵庫の扉を開けると、母が持ってきたらしい密封容器が幾つも増えている。

「前にも梅干しいらないって言ったのになぁ——昭英、ちゃんと朝ごはん食べて学校に行ってたか？」

「うん」

「布団は干したか？」

缶ビールを手にして扉を閉める。

「ばあちゃんが。あ、ねぎらいたいところだけど、お風呂の前に飲むと良くないんだよ」

「どこで覚えたんだ、ねぎらいたいだなんて言葉」笑いながら椅子に坐る。「会社で嫌になるくらいシャワーを浴びてきたから、風呂はいいよ」

テレビをつけてチャンネルを変えていく。

「ねえ、父さんって、科学特捜隊なんだよね」

「ああ、加賀特掃会だよ。普段は警備部にいるんだがな」

報道番組を選んでリモコンを放し、缶のプルタブを開けてビールを口にする。いつもより味が濃く感じられる。

昭英が傍らに立ってテーブルに両手をつき、テレビを覗き込む。靴を履くように片方の爪先で床を打つ。

「坐ったらどうだ」

「いい」テレビに目を据えたまま言う。

画面には、望遠レンズで撮られた斉一顕現体が映っている。ぼやけていてひどく揺れ動くので、まるで雪男や宇宙人を撮影したとされる怪しげな映像のようだ。

椅子の背もたれに体をもたせかける。

勝津の腫れ上がった顔が脳裏に浮かぶ。まるで鸚鵡のような、そう、嚢腫体そっくりの姿だった。

彼はいったん救急病院へ運ばれたが、ただちに親族が経営するという聖維多利(ビクトリア)病院へ移送された。複数の系列会社を持ち、巨大な十字架像を建設中だとかで話題になっていたが、あまりよい噂は聞かない。

腸管のうねりの中で、勝津は錯乱して奇妙なことを口走った――生来の侵略本能、滅びを免れない、原球民の意識の容れ物――もしもあの腫れ上がった頭の方が、勝津の、彼らの本来の姿なのだとしたら。

親族の経営する病院、双子――

すでに彼らの多くが門をくぐり、この世界に入り込んでいるのだとしたら。

彼は言わなかっただろうか。斉一を討ち果たすために、万状を介してデータを集めているのだと。彼は言わなかっただろうか。あなた方に伝えておきたいと。斉一にとっては、あなた方も我々と大差ないのだと。

侵略者はとうに人間を知り尽くしている。

あるいはわたしの中にも……わたしはわたしだろうか。

「――さん、ねえ、父さんってば」

「えっ」

降矢が振り向くと、昭英は上目遣いにこちらを見ていた。その全身は微光を帯びているかのようだ。

「父さんはいつも、ウルトラマンが現れるときに、いなくなるよね」

「ウルトラ？　ああ斉一か――」

「そう、セインツ」

「悪かったよ昭英。三日も帰ってこれなかったものな」

「ちがうよ、そういう意味じゃないよ。でも、うん、わかってる」

「どうしたんだ昭英」

「あのね、父さん」昭英は目を逸らして言った。「僕はウルトラマンが大好きだよ」

史上最大の侵略

西島伝法

　いつその侵略に気づいたのかは覚えていない。『ウルトラマンレオ』の本放送に朧気な記憶はあるが、わたしが五歳になる前の一九七五年に終了して、しばらく空白の期間が続いた。だが、すでに〈おもちゃじいさん〉の暗躍によって、絵入りの靴や自転車、縁日のお面、ぬり絵、分厚い怪獣図鑑、ソフトビニール人形など、あらゆる場所にあらゆる形でウルトラ一族と数多くの奇怪で鮮烈な宇宙人や怪獣が潜伏しており、テレビの再放送などで時系列の狂ったまま同定され、意識により深く焼き込まれていった。

　新作をリアルタイムで見るには、一九七九年のアニメ版『ザ☆ウルトラマン』を、実写では一九八〇年の、人間の負の感情によって怪獣が生まれる『ウルトラマン80』まで待たねばならなかった。その後はまた十五年もの長い不在の期間が訪れることになる。

「痕の祀り」は、そういった自らの受容のあり方そのものに屁理屈をつけたような話だと、書き終わった後になって気づいた。

偶然にも、この短篇原稿を依頼される少し前から、よく判らない衝動に駆られて『ウルトラセブン』を一話から見なおしていた。中でも三十九・四十話の前後篇「セブン暗殺計画」の素晴らしさに改めて惹きつけられた。青空の下で二体並んだオウム頭のガッツ星人が手を震わせ続けるシュールさや、それに対峙するウルトラセブンの逆光で翳った姿のリアルさ。ガッツ星人は滑稽な見かけに反してかなりの知性派で、怪獣を用いてウルトラセブンを分析し尽くし、クリスタルめいた巨大な十字架に封じ込めて処刑する寸前までこぎつけた（窮地のセブンが頭部から電波を送って助けを求めるくだりには痺れる）。ここに『ウルトラマンA』で、毎回様々な超獣たちを送り込んできた異次元人のヤプールの設定を絡めて、本作の背景とした。

怪獣の死体処理の話になったのは、倒された後にどう処理されるのかが具体的に描かれることがなく、ずっと気になっていたからで、そこにJ・G・バラードの「溺れた巨人」や、九相図や、大友克洋がスターログ誌に描いた岸辺で解体されるゴジラのイラストのイメージが重なった。

倒されることが宿命づけられた存在。それ故にウルトラ怪獣は理解の範疇にあるのかもしれない。突然見知らぬ人間世界に一体だけ放り出された、暴れることしかできない不器用な存在として、共感や親しみを持つことも多かった。

一方ウルトラマンには、その格好よい光線技のポーズを真似しながらも、人智を超越した圧倒的な存在として、子供心に大魔神に近い畏怖を覚えていた気がする(後に吉田戦車によるウルトラセブンのパロディを読んだ時に、似たような感覚が蘇ってきた)。

　自らに潜む邪悪さに気づき、自分たち人間もいつか退治される側にまわるのではないかと恐ろしかったのかもしれない。

＊本書は、二〇一五年七月に早川書房より単行本として刊行された作品を文庫化したものです。

HM=Hayakawa Mystery
SF=Science Fiction
JA=Japanese Author
NV=Novel
NF=Nonfiction
FT=Fantasy

〈TSUBURAYA×HAYAKAWA UNIVERSE 01〉

多々良島ふたたび
ウルトラ怪獣アンソロジー

〈JA1334〉

二〇一八年六月二十日　印刷
二〇一八年六月二十五日　発行
（定価はカバーに表示してあります）

著者　山本弘・北野勇作・小林泰三・三津田信三・藤崎慎吾・田中啓文・酉島伝法
発行者　早川浩
印刷者　西村文孝
発行所　株式会社　早川書房
郵便番号　一〇一‐〇〇四六
東京都千代田区神田多町二ノ二
電話　〇三‐三二五二‐三一一一（大代表）
振替　〇〇一六〇‐三‐四七七九九
http://www.hayakawa-online.co.jp

乱丁・落丁本は小社制作部宛お送り下さい。
送料小社負担にてお取りかえいたします。

印刷・精文堂印刷株式会社　製本・株式会社川島製本所

Printed and bound in Japan

ISBN978-4-15-031334-0 C0193

本書は活字が大きく読みやすい〈トールサイズ〉です。